KB146705

압록강은 흐른다

압록강은
흐른다

이미륵 지음 | 이옥용 옮김

보물창고

차례

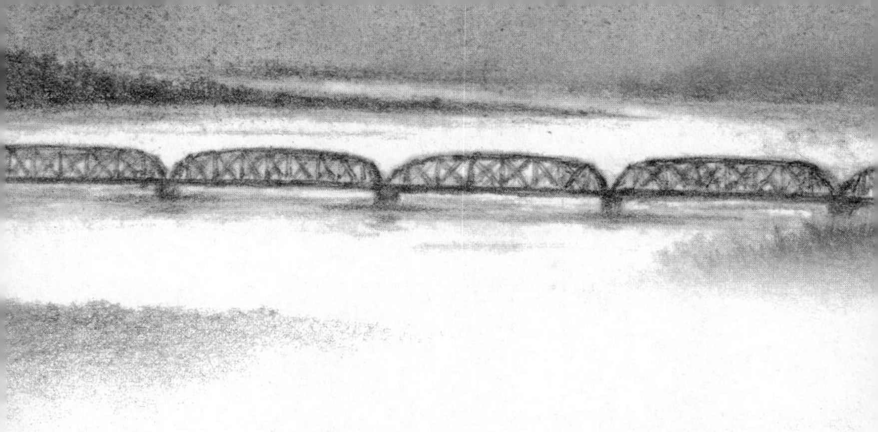

수암 형

수암은 사촌 형의 이름이다. 수암 형은 나와 함께 자랐다.

우리가 처음으로 함께한 체험은 ─아직도 또렷이 기억난다─ 그다지 즐겁지 않았다. 그 무렵 우리가 몇 살이었는지는 정확히 모르겠다. 아마 내가 다섯 살쯤 되었을 테고, 수암 형은 다섯 살 반쯤 되었을 것이다.

어느 날 저녁, 우리는 아버지 앞에 나란히 앉아 있었다. 아버지는 한문으로 쓰인 독본을 펴고 가느다란 막대기로 거기 나온 어떤 어려운 글자를 짚었다. 그 글자가 무엇을 뜻하는지 수암 형은 대답을 해야 했다. 수암 형은 그 글자를 아침에 배웠다. 하지만 뜻을 묻자 글자의 뜻을 까맣게 잊어버린 듯했다. 아버지가 몇 차례나 물었지만, 수암 형은 입을 꼭 다물고 앉아 꼼짝도 하지 않았다. 아버지는 공명심이 많은 분이라 세상을 뜬 아우의 아들에게 어려서부터 한문을 가르치고 싶어 했다. 한문은 무척이나 어려웠기 때문이다.

"이 글자는 채소를 뜻한다. 한자로는 뭐라고 읽지?"

성미가 급한 스승이 물었다.

"채."

나이 어린 수암 형이 재빨리 외쳤다.

"잘했어!"

아버지가 칭찬을 했다.

"그럼 다음 글자는 어떻게 읽지?"

그런데 그 글자는 첫 번째 글자보다 훨씬 더 어려웠나 보다. 수암 형은 입을 꼭 다문 채 방 이 구석 저 구석을 연신 흘끔흘끔 곁눈질하다가 어쩔 줄 몰라 하며 나를 바라보았다. 하지만 나는 형을 도울 수가 없었다. 아직 한문을 읽지 못했기 때문이다.

"이런, 바보 같은 녀석!"

아버지가 수암 형을 꾸짖었다. 그러자 수암 형의 가느다란 눈에서 눈물이 주르르 흘러내렸다. 수수께끼 같은 그 글자는 눈물에 젖어 축축해졌다. 나는 마음이 무척이나 아팠다.

수암 형은 내 친구였다. 우리는 함께 놀았고, 아침저녁으로 밥도 같이 먹었고, 어디를 가도 함께 갔다. 우리 집에는 아이들이 많았다. 나에게는 누나가 셋 있었고, 수암 형에게는 누나가 둘 있었다. 그러니까 아이들은 모두 일곱 명이었다. 그리고 구월이라는 아이도 있었다. 구월이는 방 청소도 하고, 아이도 돌보고, 그 외에도 이런저런 일을 혼자서 다 하는 하녀였지만, 아직도 아이들 축에 끼여 있었다. 하지만 누나들과 구월이는 모두 우리보다 나이가 많았고, 또 여자 아이들이었다. 우리는 여자 아이들과 어떻게 노는지를 알지 못했다. 그래서 우리 둘은 똘똘 뭉쳤다. 내 기억에 우리는 똑같이 짙은 갈색 옷고름이 달린 분홍 저고리에 회색 바지를 입었고, 신발도 검정색 가죽신을 똑같이 신었다. 수암 형은 나보다 여섯 달 먼저 세상에 나왔기 때문에, 만일 우리 둘의 생김새가 너무 다르게 생기지만 않았다면 사람들은 분명히 우리 둘을 혼동하는 일이 잦았을 것이며, 쌍둥이로 여겼을 것이다.

수암 형은 뚱뚱하고, 키가 작고, 팔다리가 튼튼했다. 두 뺨은 무척이나 매끈하고 아주 토실토실했다. 수암 형은 완전히 실눈이고, 입은 작고, 입술은 거의 없으며, 코는 앙증맞았다. 그와 반대로 나는 마르고, 키가 크고, 눈이며 코가 컸다. 하지만 우리는 뗄 수 없는 단짝이었고 대부분 함께 웃고 함께 울었다.

다행히 어머니와 작은어머니가 방에 들어와 우리를 밖으로 데리고 나갔다.

"애들 좀 그만 못살게 구세요! 학교에 가면 다 배워요."

어머니가 아버지에게 말했다. 우리는 겨우 방에서 풀려 나왔다.

우리 집 뒤뜰엔 햇살이 환하게 들었다. 우리는 날마다 그 곳에서 놀았다. 이 고요하고 넓은 뜰에 있으면 아무도 우리를 방해하지 않았다. 온종일 놀아도 그 곳에 오는 사람이 거의 없었기 때문이다. 날이 더울 때는 옷을 홀라당 벗어 버리고 발가벗은 채 뛰어다녀도 상관없었다. 마당이 상당히 높은 담장으로 둘러싸여 있었기 때문에 우리는 이웃의 눈에 띄지 않았다. 누나들이나 구월이가 야채를 뜯으러 와도 우리는 하나도 부끄럽지 않았다.

수암 형은 땅바닥에 기다란 도랑을 일직선으로 판 다음, 내가 주워 온 납작한 돌 몇 개로 덮었다. 형은 도랑의 한쪽 끝을 조금 더 파서 아궁이를 만들고, 다른 쪽 끝에는 굴뚝을 만들었다. 그런 뒤 우리는 아궁이에 바싹 마른 나뭇가지를 때면서 굴뚝에서 연기가 빠져나가는지 지켜보았다. 우리는 돌 사이사이에 난 틈을 흙으로 모두 메워 연기가 다른 데로 새지 않고 굴뚝으로만 높이 높이 빠져나가게 했다. 수암 형이 가르쳐 준 이 놀이는 참 재미있었다. 그렇다. 아버지는 수암 형을 바보라고 했지만, 수암 형은 절대로 바보가 아니었다. 수암 형은 성격 좋고 영리한 소년이었다.

수암 형은 잠자리채 만드는 법을 가르쳐 주기도 했다. 내 고향에서는 남자 아이라면 누구나 잠자리채를 만들 줄 알아야 했다. 우리는 가느다란 버들가지를 고리 모양으로 엮어 만든 다음, 기다란 막대에 단단하게 붙잡아 맸다. 우리는 이렇게 만든 잠자리채를 들고 거미줄을 찾으러 다녔고, 힘닿는 대로 잠자리채를 거미줄로 꽉 채웠다. 예쁜 잠자리가 우리 옆으로 날아가는 것을 보면 우리는 곧바로 잠자리채를 들고 달려가 최대한 잽싸게 휘둘렀다. 수암 형은 운 좋게도 잠자리를 곧잘 잡았다. 잠자리를 잡으면 수암 형은 엄지손가락과 집게손가락으로 통통한 가슴 부분을 잡고 꼬리를 휙 구부렸다. 그러면 잠자리는 자기 꼬리를 물었고, 수암 형은 잠자리채에서 잠자리를 가만히 떼어 냈다.

또 수암 형은 풍뎅이를 잡으면 널찍하고 매끈매끈한 돌 위에 거꾸로 뒤집어 놓고 풍뎅이가 오랫동안 날개로 윙윙 소리를 내며 빙글빙글 돌게 했다. 우리는 그게 참 멋지다고 생각했다.

뛰어놀다 지치면 우리는 짚단 위에 앉아 해바라기를 했다. 뒤뜰에는 우리 둘의 놀이터 말고도 채소밭, 물이 말라 버린 야트막한 우물, 그리고 커다란 헛간이 있었다. 담장에는 봉선화가 활짝 폈고, 채소밭에는 오이꽃, 호박꽃, 참외꽃이 노랗게 하얗게 피어 있었다. 뒤뜰에는 아름드리 석류나무도 한 그루 있었다. 석류나무에는 새빨간 열매가 수도 없이 많이 열리곤 했다. 하지만 우리는 석류를 따지 않았다. 맛이 너무 시었기 때문이다.

우리 집에는 이곳 저곳에 뜰이 있었다. 뒤뜰이라고 부르는 것은 우리 집 뒤쪽에 있었기 때문이다. 빙 둘러 지은 본채에는 방이 여섯 개에 부엌과 마루가 있었다. 그리고 한가운데에 뜰이 있었다. 그 안마당에는 여자들이 머물렀다. 안마당에는 화분이 여러 개 있었고, 오리장과 비둘기장도 있었다. 본채 앞에는 뜰이 두 개 더 있었다. 뜰이 두 개로 나뉜 건 나지막한 담이 뜰 사이로 나 있었기 때문이다. 담에는 문이 하나 있었다. 아버지 방으로 이어지는 오른쪽 뜰은 그 곳에 깊은 우물이 있다고 해서 우물뜰이라고 불렀고, 높은 대문과 줄지어 있는 사랑채에 둘러싸인 왼쪽 뜰은 바깥뜰이라고 불렀다.

화창한 어느 날 오후, 수암 형은 나와 함께 놀다가 나를 안뜰로 데리고 가더니 잠시 뒤 하녀 방이라고 하는 곳에 데리고 들어갔다. 그 방은 컸지만 굉장히 어두웠다. 그 방은 보통 때 우리가 들어갈 일이 거의 없는 방이었다. 나는 얼른 사촌 형을 따라갔다. 형은 언제나 재미난 일을 생각해 냈기 때문이다. 형은 잠시 동안 높은 장롱 앞에 서서 장롱 위에 놓여 있는 반짝반짝 빛나는 갈색 단지를 올려다보았다. 뭔가 골똘히 생각하는 눈치였다. 나는 전에 이 단지를 본 적이 있었지만, 그 안에 무엇이 들어 있는지는 알지 못했다. 수암 형은 베개를 여러 개 가져와 차곡차곡 쌓더니 장롱 위로 기어 올라가려고 했다. 나도 밑에서 열심히 형을 도왔다. 수암 형은 몇 차례나 방바닥에 나가동그라졌다. 당시 우리네가 쓰던 베개는 납작하지 않고 길고 둥그스름하기 때문이다.

하지만 수암 형은 끝내 포기하지 않고 기어이 장롱 위에 올라가 섰다. 수암 형은 오랫동안 그 곳에 있었다. 수암 형이 쩝쩝 소리를 내며 무언가 먹는 것 같았다. 거기서 무얼 먹냐고 내가 물었다. 수암 형은 대답도 하지 않고 계속 쩝쩝거렸다. 한참 뒤에야 비로소 수암 형은 내게도 꿀을 조금 주겠다고 했다. 수암 형은 단지 속에 오른손을 쑥 집어넣었다 뺀 뒤 왼손 하나로 장롱 모서리를 꼭 잡고 조심조심 아래로 내려왔다. 하지만 탑처럼 쌓아 놓은 베개들이 떼굴떼굴 굴러가는 바람에 수암 형은 결국 방바닥에 나동그라지고 말았다. 꿀이 잔뜩 묻은 손으로 수암 형이 여기저기 마구 더듬자, 손에는 먹음직스러운 노란색 꿀이 별로 남지 않았다. 그래도 난 수암 형의 손을 싹싹 핥았다. 그리고 우리는 마냥 신이 나서 그 방을 나왔다. 장차 어떤 일이 우리에게 닥칠지 까맣게 모른 채 말이다.

그 날 저녁, 우리는 우리가 저지른 죄에 대해 벌을 받아야만 했다. 우리는 이미 이부자리를 깔고 누워 있었다. 수암 형은 자기 어머니가 자는 방에, 나는 내 어머니가 자는 방에 누워 있었다. 그런데 느닷없이 우리 둘을 오라고 했다. 달콤한 참외나 배를 먹으라는 소리인가 보다, 하고 속으로 잔뜩 기대를 하면서 우리는 너른 안방에 들어갔다. 그 곳에는 어머니와 작은어머니가 있었는데, 두 분 모두 표정이 심상치 않았다. 하녀 구월이는 조심스레 베개를 하나씩 살펴보면서 자꾸만 혀를 끌끌 찼고, 어머니와 수암 형의 어머니는 우리를 찬찬히 뜯어보았다. 수암 형은 절망에 찬 눈빛으로 나를 바라보며 베개 때문에 모든 게 들통이 났다고 눈짓을 했다. 작은어머니가 우리에게 장롱에 올라갔었느냐고 물었다. 수암 형은 입을 꼭 다문 채 화가 잔뜩 난 얼굴로 자기 어머니를 흘끔흘끔 곁눈질했다. 작은어머니는 우리에게 벌을 주기 위해 대나무 회초리를 들고 있었다. 하지만 작은어머니는 회초리로 때리는 대신, 우리의 양쪽 뺨을 찰싹찰싹 때렸다. 너무 아파서 난 엉엉 울었다. 그런데 수암 형은 아무 소리도 내지 않고 가만히 있었다. 매 맞을 짓을 했다고 생각하는 듯했다. 형은 울지도 않고 대들지도 않고 조용히 나를 데리고 밖으로 나왔다.

독약

매일 아침 수암 형은 아버지에게서 새로운 글자를 넉 자씩 배웠다. 나는 형 옆에 조용히 앉아서 공부가 끝날 때까지 기다렸다. 형은 배우는 속도가 무척이나 더뎠다. 우선 넉 자를 한 자씩 뜻과 음을 따라 외우고, 그 다음에는 넉 자를 한꺼번에 외우는 것인데, 그렇게 하기까지는 시간이 많이 걸렸다.

얼마 뒤 나도 수업을 받게 되었다. 어느 날 아침, 우리의 스승이 내 앞에 책 한 권을 내밀며 말했다.

"구경하는 건 이제 그만해라. 너도 공부를 시작해야지!"

그 책은 수암 형이 배우던 책과 똑같이 노란색 표지를 파란 끈으로 엮어 만든 것이었다. 책장을 넘기자 아버지는 제일 처음에 나오는 글자 네 개를 가르쳐 주었다. 매우 엄숙한 기분이 든 나머지 난 넋이 나간 사람처럼 멍하니 앉아 있었다. 하지만 수암 형은 우리가 함께 배우게 되어서 이제는 자기 혼자 끙끙

대며 공부하지 않아도 되었기 때문에 좋아했다.

　얼마 뒤 우리는 서예도 배웠다. 우리는 서예가 글을 읽는 것
보다 좋았다. 우리는 각자 벼룻집과 습자지 여러 장을 받은 뒤,
맨 먼저 먹 가는 법을 배웠다. 우리는 벼루의 오목한 곳에 물을
아주 조금 부은 다음, 벼루에 담긴 물이 기름처럼 진해질 때까
지 손가락 두께만 한 먹을 이리저리 움직여 가며 갈았다. 먹에
서는 향긋한 냄새가 났다!

　먹이 다 갈리면 천자문을 보고 큰 붓으로 한 획 한 획 그었
다. 습자를 하는 데는 인내심이 필요했다. 우리는 처음에는 하
늘 ‘천’ 자 한 자만 썼다. 아마도 그 글자를 백 번 이상 쓴 것
같다. 우리는 청소부가 총채를 쥐듯 붓을 꼭 쥐고 고운 종이가
꼭 찰 때까지 위에서 아래로 못 쓰는 글씨를 마구 써 내려갔다.

　먹물 때문에 우리는 손가락이 새까매졌다. 우리는 아무 생
각 없이 손가락을 바지에 쓱쓱 닦고는 계속 써 내려갔다. 수암
형은 어느 모로 보나 나보다 성격이 활달하고 붓글씨도 훨씬
더 능숙하게 썼기 때문에, 엷은 회색 바짓가랑이에는 그만큼
더 많은 검은색 줄이 여기저기 쳐져 있었다. 우리가 입고 있던
분홍색 저고리 소매도 시간이 갈수록 점점 더 까매졌다. 서예
수업을 받은 첫날, 우리 집안 여자들은 우리를 보고 기겁을 했
다. 하지만 우리는 벌을 받지는 않았다. 아버지는 우리를 감싸
준 다음, 빙그레 웃으며 말했다.

"그게 바로 서예가의 명예 훈장인 게야."

하지만 가장 골칫거리는 손이었다. 손바닥에 수없이 많이 난 손금에 먹물이 잔뜩 배어 좀처럼 손이 깨끗해지지 않았던 것이다. 사람들은 종종 우리를 '먹둥'이라고 불렀다. 아침마다 나를 씻겨 주어야 했던 구월이는 끌끌 혀를 차며 말했다.

"네 손하고 까마귀 발 중에서 어떤 게 더 까만지 제발 좀 알았으면 좋겠다."

하늘 '천' 자를 쓴 다음, 우리는 땅 '지' 자를 썼다. 그 다음에는 독본에 나와 있는 순서대로 검을 '현' 자와 누를 '황' 자를 썼다. 하지만 글은 안마당 쪽으로 난 마루에서만 썼다. 방에서 쓰면 말끔한 장판에 먹물이 튈 수 있었기 때문이다. 마루에서 써도 우리는 아무 상관이 없었다. 얼마 뒤 우리는 날 '일', 달 '월', 별 '성'과 별 '신' 자를 썼다.

공부가 끝나면 우리는 아버지 방에서 곧바로 나와야 했다. 아버지가 부르기 전에는 다시 들어갈 수 없었다. 아버지를 귀찮게 하면 안 되었고, 아버지를 자주 찾아오는 손님들에게도 성가시게 굴면 안 되었기 때문이다. 우리는 그게 섭섭했다. 아버지 방에는 멋진 물건이 많았기 때문이다.

하지만 어느 날 오후, 아버지 방이 마침 텅 비어 있었다. 부모님과 수암 형의 어머니가 외출을 한 것이다. 그래서 우리는 아버지 방에 들어가 방 안에 있는 것들을 하나도 빼놓지 않고 차근차근 살펴보았다. 우리는 방석과 허리받이, 책상, 나무 담뱃갑과 돌 담뱃갑을 꼼꼼히 살펴본 다음, 벽장의 미닫이문을 열었다. 그 안에는 재미나게 생긴 물건이 엄청 많았다. 그림이 그려진 족자가 여러 개 있었고, 북 치듯 두드리면 듣기 좋은 소리가 나는 장기판과 갓통도 한 개씩 있었다.

벽장 왼쪽에는 짙은 갈색 나무로 된, 키 크고 정체를 알 수 없는 궤짝이 있었다. 궤짝에는 서랍이 셀 수 없이 많았는데 유감스럽게도 모두 잠겨 있었다. 우리가 있는 힘을 다해 아무리 이리저리 뒤흔들어도 서랍은 도무지 열리지 않았다. 그 때 수암 형은 궤짝 왼쪽에서 조그만 열쇠를 찾아 서랍을 하나하나 열어 그 안에 든 여러 가지 신기한 물건들을 찬찬히 살펴보았다. 그런데 그 일로 말미암아 크나큰 불행이 닥쳤다.

서랍 안에 위험한 것도 함께 들어 있으리라고는 꿈에도 생각하지 못한 채 우리는 서랍에 있는 것들을 조금씩 모두 맛보았다. 서랍 안에는 단단하고 흰 알뿌리들, 가느다란 나뭇가지들, 조그만 갈색 조각들, 그 밖에도 다른 물건들이 많이 들어 있었다. 내가 가느다랗고 달착지근한 나뭇가지를 맛보고 있는 사이, 수암 형은 이 서랍 저 서랍 계속 뒤지면서 검은색 환약과 희끄무레한 알약을 덥석덥석 먹었다. 그런데 형이 갑자기 조용해지더니 앉은 채 꼼짝을 하지 않았다. 뭔가 심상치 않았다.

"미악아!"

수암 형은 내게 뭔가 특별한 것을 알려 줄 때처럼 부드러운 목소리로 내 이름을 불렀다. 수암 형은 'ㄹ' 발음과 'ㅇ' 발음을 제대로 하지 못해서 나를 그렇게 불렀다.

"미악아, 물 좀 갖다 줘!"

내가 한 사발 그득 물을 갖다 주자, 형은 단숨에 물을 다 들이켰다. 그러더니 아무 감각도 느끼지 못하는 사람처럼 한동안 그대로 앉아 있었다.

"미악아, 내 목 좀 들여다봐!"

수암 형은 애처로운 목소리로 말하고는 입을 크게 벌렸다. 목구멍이 빨갛게 잔뜩 부어 있었다. 사실대로 말하자 형의 눈에 눈물이 그렁그렁 맺혔다.

"죽나 보다!"

수암 형이 슬픈 목소리로 말했다.

우리는 서랍에서 꺼낸 것을 전부 그대로 내버려 둔 채 허겁지겁 안마당으로 갔다. 누이들이 와 보더니 얼른 구월이를 부모님에게 보냈다. 수암 형의 목구멍은 점점 더 부어오르는 것 같았다. 호흡이 곤란해진 수암 형은 무척이나 괴로워했다. 아, 불쌍한 수암 형! 형이 그토록 애처롭게 보였던 적은 그 때까지 한 번도 없었다.

수암 형은 방바닥에 누워 가쁜 숨을 몰아쉬면서 마치 나와 영원히 작별이라도 하려는 듯한 눈빛으로 줄곧 나를 뚫어지게 바라보았다.

그 때 아버지가 의원을 데리고 돌아왔다. 의원은 내게 우리가 무얼 먹었는지 꼬치꼬치 캐묻고는 시커먼 탕약 한 대접을 마련했다.

이 검은색 탕약은 참으로 신통한 약이었다. 다음 날 아침, 수암 형은 씻은 듯이 몸이 나았다. 형은 보통 때보다 말수가 줄어들었고, 누가 시키지 않아도 제 스스로 그 쓰디쓴 탕약을 계속 마셨다. 의사는 이번 일을 계기로 수암 형에게서 여러 가지 다른 병을 발견한 듯했다. 왜냐하면 그 때부터 수암 형은 자주 진찰도 받고 여러 가지 약도 먹어야 했기 때문이다. 수암 형은 군소리 없이 약을 먹었다. 검은색 탕약 덕분에 목숨을 건졌다는 걸 잘 알고 있었기 때문이다.

하지만 끔찍한 날이 수암 형에게 하루하루 다가오고 있었다. 이것저것 주워 먹은 데 대해 벌을 받아야 하는 끔찍한 날이. 수암 형은 생명이 위태로울 정도로 아팠기 때문에 이렇다 할 벌은 아직 받지 않은 상태였다. 하지만 나는 내가 저지른 행동에 대해 벌을 받았다. 숱하게 꾸지람도 듣고 따귀도 수없이 얻어맞았다. 그래도 난 아무렇지도 않았다. 수암 형이 죽지 않고 살아난 것만으로도 그저 기뻤기 때문이다. 하지만 형은 엄청 끔찍한 일을 견뎌 내지 않으면 안 되었다.

어느 무더운 날 오후에 형은 아버지 방에 와 있는 의원에게 이끌려 갔다. 의원은 형의 등에 마른 쑥 두 덩이를 올려놓고 불을 붙여 쑥뜸을 떠야 한다고 설명했다. 그래야 뜨거운 기운이 몸 속에 스며들어 병이 낫는다는 것이었다. 수암 형은 의원이 말하는 것을 하나도 빠뜨리지 않고 끝까지 듣고 난 뒤, 잠시 곰곰이 생각하더니 마침내 의원 앞에 엎드렸다.

"나 혼자 두고 가면 안 돼."

수암 형이 내게 말했다.

"안 가. 나 형 두고 안 가!"

나는 수암 형에게 다짐을 했다. 어머니와 형의 어머니는 형이 움직이지 못하게 형의 두 손을 꼭 잡았다. 의원은 웃옷을 벗은 수암 형의 등에 첨탑 모양의 녹회색 쑥 덩이 두 개를 올려놓고 그 뾰족한 끝에 불을 붙였다.

"수암 형, 벌써 연기난다."

내가 말했다.

"아프니?"

의원이 수암 형에게 물었다.

"하나도 안 아파요!"

수암 형이 씩씩하게 말했다. 하지만 잠시 뒤 형은 이렇게 말했다.

"아, 점점 뜨거워지네!"

"조금만 참아. 쑥 기운이 몸 속에 깊이 스며들어야 해."

의원이 말했다. 의원은 타고 있는 쑥뜸을 살살 만졌다.

"아이쿠, 불이야!"

수암 형이 외쳤다.

"미악아, 등에 있는 거 치워 버려!"

"조금만 참아!"

두 어머니가 외치며 나를 옆으로 밀었다.

"이것 좀 치우라니까!"

수암 형은 다급한 목소리로 다시 한 번 외쳤다.

"내 살이 탄다니까!"

"형, 난 못 해!"

"미악아, 빨리 치워. 빨리 치우라니까, 미악아, 미악아, 미악아!"

보는 사람의 가슴을 갈기갈기 찢어 놓는 이러한 광경은 수암 형이 불같이 화를 내며 욕설을 퍼붓는 것으로 일단락되었다.

"아, 이 망할 놈아! 의원 놈, 이 개자식아!"

수암 형은 버럭 고함을 질렀다.

이렇게 힘든 와중에도 우리는 한문으로 쓰인 독본을 계속 배웠다. 그 책은 '천자문'이라고 불렸는데, 천자문이라는 제목은 책 표지에 쓰여 있었다. 천자문에는 글자가 정확히 천 개 있었는데, 네 글자씩 짝을 이루고 있었다. 책 표지에는 본래의 제목 외에도 '백수문(白首文)'이라는 부제도 있었다. 우리가 드디어 책을 끝까지 다 읽고 세부적인 뜻까지 공부하고 나자, 아버지는 비로소 우리에게 부제의 뜻도 덧붙여 설명해 주었다.

아버지는 이 책의 저자가 중국 황제로부터 사형 선고를 받은 젊은 죄수였다고 설명했다. 하지만 그 죄수는 위대한 시인이었기 때문에 신하들은 하나같이 황제에게 제발 그의 목숨만은 살려 달라고 간청했다. 그러자 황제는 그 죄수에게 아주 어려운 과제를 내 주었다. 만일 그가 그 과제를 무사히 풀면 살려 주겠다고 했다. 그 과제란 바로 황제가 임의로 주르르 늘어놓은 천 개의 글자로 하룻밤 사이에 훌륭한 시 한 수를 짓는 일이었다. 사형 선고를 받은 그 사람은 그 과제를 풀었다. 하지만 이튿날 그가 자신이 지은 시를 가지고 황제 앞에 나타났을 때, 황제는 그를 알아보지 못했다. 살아남기 위해 분투한 하룻밤 사이에 그는 노인이 되어 버린 것이다. 하지만 시는 정말이지 훌륭했다. 황제는 그가 위대한 시인임을 알아보고 그의 목숨을 살려 주었다.

우리는 아버지 앞에 조용히 앉아 그 이야기를 주의 깊게 들었다. 우리는 깊이 감동을 받았다. 우리는 범죄가 무엇인지도 몰랐고, 그 시인이 무슨 범죄를 저질렀는지도 몰랐다. 하지만 그가 죽을힘을 다해 싸우다 머리카락이 하얗게 세어 버렸다는 이야기를 듣자 우리는 몹시 슬펐다.

우리의 생활에 큰 변화가 생겼다. 아버지가 훈장을 집에 모셔다가 바깥뜰에 서당을 차린 것이다. 아버지는 친분이 있는 집안의 아이들도 서당에 오게 했다. 서른 명이 넘는 남자 아이들과 여자 아이 한 명이 서당에 왔다. 이 때부터 수암 형과 나는 아침마다 새로 온 훈장에게 가서 종일토록 글을 읽고 써야 했다. 훈장은 학생들을 일일이 감독했다. 우리는 이런 식의 새로운 생활이 싫었다. 저녁때까지 가만히 앉아 공부만 해야 했기 때문이다. 다른 아이들과 놀 수 있는 시간은 쉬는 시간뿐이었는데, 우리는 그게 무지 좋았다. 아이들은 우리에게 새로운 놀이를 많이 가르쳐 주었다.

남자 아이들이 가장 많이 한 놀이는 제기차기였다. 제기는 배드민턴공과 비슷한 것이라고 볼 수 있다. 우리는 제기를 구멍난 엽전과 얇고 투명한 박엽지(薄葉紙)로 만들었다. 제기는 한 발로 높이 차올린 다음, 땅바닥에 떨어지기 전에 얼른 발을 대고 다시 높이 차야 한다. 땅바닥에 제기를 떨어뜨리지 않고 가장 많이 차는 사람이 이겼다. 보통은 단지 승리자가 되어 우쭐한 기분에 젖기 위해 제기를 찼다. 하지만 어떤 아이들은 이겼을 경우 진 아이를 비아냥거리거나 그 아이의 손목을 두 손가락으로 한 대 찰싹 때리는 재미로 제기를 찼다. 또 어떤 아이들은 볶은 콩이나 밤 한 줌을 걸고 제기를 차기도 했다. 수암 형은 제기차기를 무지무지 좋아했다. 하지만 막판에 가서는 툭 하면 싸우기 일쑤였는데, 일단 싸움이 붙으면 언제나 주먹질이나 발길질을 해야 끝났다.

태어나서 처음 받은 벌

수암 형은 널찍한 사랑방 옆에 있는 작은 방에 앉아서 한창 일에 몰두하고 있었다. 수암 형은 기다란 대나무 줄기를 가늘게 쪼개 시퍼렇게 날이 선 칼로 대나무 줄기가 매끌매끌해질 때까지 다듬고 또 다듬었다. 그러고는 습자를 할 때 쓰라고 받은 큼직한 종이에 동그랗게 구멍을 내고 그 밑에 먹으로 나비 한 마리를 그렸다. 수암 형은 가느다란 대나무 살에 종이를 대고 팽팽하게 잡아당긴 다음, 풀로 붙이고 말렸다. 드디어 종이 연이 만들어졌다.

우리는 우리 집 앞에 있는 성곽 위에서 아이들이 연을 띄우는 모습을 자주 보았다. 오래 전부터 우리는 저런 거 하나만 있었으면, 하고 바랐다. 하지만 그 소원은 이루어지지 않았다. 부모님은 다른 여러 놀이와 마찬가지로 연을 띄우며 노는 것을 우리에게 허락하지 않았기 때문이다. 수암 형은 아이들의 연을 눈여겨보았다가 직접 연을 만들고 있었던 것이다. 나는 재간둥이 사촌 형에 대해 감탄하면서 형이 종이를 팽팽하게 잡아당기고 풀칠한 게 잘 마르도록 도왔다. 마음 속으로는 곧 연을 띄울 수 있기를 바랐다.

이튿날 우리는 뒷마당에서 몰래 연을 띄워 보았다. 하지만 연은 하늘로 올라가기는커녕 자꾸만 땅바닥으로 곤두박질쳤다. 수암 형이 실 끝자락을 쥐고 연과 반대 방향을 향해 전속력으로 내달리면, 나는 수도 없이 연 있는 데로 냉큼 달려가서 연을 공중으로 높이 집어던졌다. 하지만 연은 하늘로 날아오르지 않고 번번이 땅바닥에 퍼질러 있었다.

수암 형은 실망했다. 그러나 형은 아까보다 조금 더 가느다란 대나무 살과 조금 더 얇은 종이로 연을 또 만들었다. 하지만 이번에도 연은 공중으로 오를 생각을 하지 않았다. 수암 형은 연을 만들고 또 만들었다. 종이는 충분했다. 날마다 습자용으로 종이를 석 장씩 받는데, 그 중 두 장에만 붓글씨를 쓰고 나머지 한 장은 연을 만드는 데 사용했기 때문이다. 게다가 그 작은 방에는 굉장히 좋은 종이가 수천 매나 있었기에 수암 형은 가끔씩 거기에서 종이를 꺼내 쓰기도 했다. 저녁이면 그 곳엔 아무도 오지 않았기 때문에 형은 마음껏 연을 만들 수 있었다. 나는 내 방으로 돌아왔다. 피곤하기도 했고 조금은 김이 새기도 했기 때문이다.

나는 잠자리에 누우면 병풍에 그려진 그림을 곧잘 관찰했다. 여덟 폭짜리 병풍에는 산, 바위, 꽃, 시내, 다리, 기러기가 떼 지어 날아가는 바닷가의 언덕이 그려져 있었다. 병풍에 있는 그림은 촛불에 무척이나 아름답게 빛났다. 나는 소를 타고 피리를 부는 목동 그림이 가장 마음에 들었다. 목동은 키다리 수양버들 옆을 지나 아득한 언덕 저 너머에 보일 듯 말 듯 꼭꼭 숨어 있는 자기 오두막집으로 돌아가고 있는 것 같았다. 나는 햇살이 화사하게 내리쬐는 길과 그 길을 어슬렁어슬렁 걸어가는 소를 보면 기분이 좋았다. 피리 소리가 들려오는 듯했고 한없는 평화도 느껴졌다.

내가 혼자 누워 있으면 가장 어린 셋째 누나가 자주 왔다. 나보다 두 살 많은 누나를 사람들은 셋째라고 불렀다. 누나는 좀 별난 구석이 있었다. 저녁 무렵이면 누나들과 사촌 누이들이 뒷마당에 모여 여자 아이들이 즐겨 하는 여러 가지 놀이를 하며 놀았는데 셋째 누나는 그런 걸 별로 좋아하지 않았다. 그 대신 누나는 내 방에 와 자기가 알고 있는 옛날이야기를 들려주었다. 누나는 별들, 해와 달, 제비와 토끼와 호랑이, 가난한 농사꾼들과 나무꾼들에 대한 전설과 옛날이야기를 많이 알고 있었다.

누나가 들려준 이야기 중에 이런 것이 있었다. 한 가난한 나무꾼이 산에 나무를 하러 갔다. 그런데 산비탈에서 개암 한 개가 떼구루루 굴러 내려왔다.

"우리 어머니 갖다 드려야지."

나무꾼은 개암을 얼른 자루에 넣었다. 개암은 계속 굴러 내려왔다. 나무꾼은 어머니 생각만 하면서 개암을 한 개도 빼지 않고 전부 다 자루 안에 넣었다. 그런데 집으로 오자 자루 안에 있던 개암이 모두 황금으로 바뀌어 있었다.

또 이런 옛날이야기도 있었다. 한 가난한 어부가 어느 큰 강에서 물고기를 잡고 있었다. 어부는 온종일 물고기를 한 마리도 잡지 못해 이만저만 걱정이 아니었다. 집에 아무것도 가져갈 수 없었기 때문이다. 해가 저물녘에야 비로소 어부는 비늘이 은처럼 반짝거리는 잉어 한 마리를 잡았다. 어부가 잉어를 바구니에 담으려고 하는데, 잉어가 슬피 우는 모습이 눈에 띄었다. 잉어를 딱하게 여긴 어부는 잉어를 다시 물 속에 놓아주었다. 이튿날 아침, 어부는 남해 용왕에게 불려 가 잉어를 살려 보낸 대가로 손잡이가 달린 물항아리를 선물 받았다. 그 물항아리는 보통 항아리가 아니라 '보물단지'였다. 어제 어부가 살려 주었던 그 잉어가 용왕의 외아들이었기 때문이다. 이 보물단지에서는 어부가 원하는 것은 무엇이든지 쏟아져 나왔다.

다른 누나들과 마찬가지로 셋째 누나도 주로 남자 아이들이 공부하는 우리 서당에는 다니지 않았다. 딸들은 어머니나 나이가 지긋한 여자들한테서 여자들이 익혀야 할 것을 배웠다. 하지만 셋째 누나는 그런 일을 배우기에는 아직 너무 어렸다. 셋째 누나는 바느질도, 수놓는 것도, 요리하는 것도 배우지 않았다. 셋째는 그저 놀고 조잘조잘 떠들면서 하루하루를 보내고 있었다. 난 누나가 마당에 앉아서 봉선화 꽃잎을 짓이겨 자그마한 손가락 한 개에 동여매는 것을 여러 번 보았다. 그렇게 하면 손톱이 빨갛게 물드는데, 누나는 그게 예쁘다고 여겼다. 나는 누나가 방 한 구석에 누워 두꺼운 책을 읽고 있는 모습도 여러 번 보았다. 누나는 이야기책과 장편소설을 즐겨 읽었다.

누나가 읽는 책들은 어려운 한자로 쓰인 책들이 아니고, 스물 남짓한 닿소리와 홀소리로 이루어진 알기 쉬운 한글로 쓰인 것들이었다. 한글은 낱낱의 글자가 '천'이나 '지', '일'이나 '월'로 발음되지 않고, 그저 'ㅏ'나 'ㅗ', 'ㅔ' 또는 'ㄱ'이나 'ㄴ'으로 읽는다고 셋째가 하나하나 설명해 주었다. 셋째는 아주 일찍부터 보모에게서 한글을 배웠기 때문에 이야기책이란 이야기책은 모두 읽을 수 있었다. 이해하기 쉬운 우리 고유의 글자는 '언문'이라고 불렸는데, 언문은 가벼운 역사 이야기, 이야기책, 장편소설을 쓰는 데만 사용되었다. 대부분 학교를 다니지 않았던 여자들도 뭔가를 읽을 수 있도록 하기 위한 것이었다.

셋째는 내게 가르쳐 주는 것을 좋아했다. 누나는 내게 숫자, 기념일, 생일, 그리고 다른 중요한 것들을 가르쳐 주었다. 누나가 옛날이야기를 들려주지 않고 두 팔로 팔베개를 하고 가만히 내 곁에 누워 있을 때면, 나는 누나가 곧 이것저것 질문을 많이 하리라는 것을 잘 알고 있었다.

"네 방향을 뭐라고 하지?"

누나가 물었다.

"동, 서, 남, 북."

내가 말했다.

"색깔은 어떤 게 있지?"

"푸른색, 노란색, 빨간색, 흰색, 검은색."

"계절은 어떤 순서로 되어 있지?"

"봄, 여름, 가을, 겨울."

"봄엔 어떤 것들이 아름답지?"

누나는 계속해서 물었다. 누나는 사계절의 아름다움을 표현한 격언을 많이 가르쳐 주었다. 난 그 격언들을 달달 외워야 했다.

"산에는 꽃들이 만발하고, 골짜기마다 뻐꾸기가 노래하네."

"그래, 맞았어. 그럼 여름은 왜 아름답지?"

"밭에는 보슬비가 보슬보슬 내리고, 담장에는 수양버들이 푸르러지네."

"가을엔 어떤 게 아름답지?"

"시원한 바람이 들에서 속살거리고, 마른 잎이 나무에서 떨어지고, 달은 호젓한 뜰을 비추네."

"잘했어. 겨울엔 어떻지?"

"언덕과 산에 흰 눈이 쌓이고, 오솔길에는 나그네 하나 보이지 않네."

"넌 정말 똑똑하구나!"

누나는 나를 칭찬해 주었다.

어느 날 저녁, 나는 비밀 골방으로 다시 갔다. 수암 형이 무엇을 하고 있나 궁금했기 때문이다. 그 사이 수암 형은 꽤 자그마한 연을 수도 없이 많이 만들어 띄워 보았다. 이제 수암 형은 아주 큰 연을 하나 만들고 싶어 했다. 수암 형은 내게 검은색으로 동그란 구멍 아래에 커다란 나비 두 마리를 그리라고 했다. 그 동안 수암 형은 대나무 살을 깎았다. 갖풀이 부글부글 끓어올랐고, 인두는 이글이글 타오르는 화로의 잉걸불 속에 꽂혀 있었다. 우리가 대나무 살을 하나하나 종이에 붙이고 있는데, 갑자기 방문이 활짝 열렸다. 아버지가 우리 앞에 서 있었다. 우리는 소스라치게 놀라서 어쩔 줄 몰랐다. 수암 형은 당황한 나머지 연을 숨기지 못했다. 아버지는 수암 형이 무슨 짓을 하고 있는 건지 이미 다 눈으로 똑똑히 본 것이다. 아버지는 우리 둘, 그리고 연과 풀어헤쳐진 종이 꾸러미를 잠시 동안 난감한 얼굴로 바라보다가 화를 내며 버럭 고함을 질렀다.

"둘 다 나와!"

우리는 그 멋진 연을 방에 그대로 둔 채 살며시 밖으로 나왔다.

"얘는 구경만 했어요!"

내가 벌을 받지 않도록 수암 형이 더듬거리며 말했다.

이튿날 아침, 우리는 벌을 받았다. 연을 만든 것 자체는 그렇게 나쁜 일이 아니지만, 우리가 글자를 익히는 데 쓰라고 받은 종이를 함부로 쓴 것과 값비싼 종이 묶음을 마구 풀어헤쳐 놓은 것은 나쁜 짓이라고 했다. 이러한 사실을 전해 들은 훈장은 우리에게 벌을 주었다. 우리는 바지를 걷어 올리고 종아리를 맞아야 했다. 훈장은 손가락만 한 굵기의 회초리 몇 개를 늘 옆에 두고 있었지만 여태껏 회초리를 사용한 적은 한 번도 없었다. 이제 우리 두 사람에게 평화롭기 그지없던 서당에서 말썽을 피우면 어떻게 되는지 처음으로 따끔하게 본보기를 보여주어야 했던 것이다. 우리 두 말썽꾸러기가 방 한가운데에 앉아 있는 동안, 아이들은 우리가 벌 받는 모습을 구경하기 위해 모두 벽 쪽으로 가 빙 둘러앉았다.

분위기가 자못 엄숙했다. 고통스러울 만큼 엄숙했다. 훈장은 관(冠)을 쓰고 우리가 저지른 잘못에 대해 한 차례 더 상세히 설명한 다음, 매를 손에 들고 단단한지 어떤지를 살펴보았다. 아, 그 순간은 얼마나 무시무시했던지! 훈장은 수암 형에게 종아리를 걷어 올리라고 했다. 수암 형은 훈장 옆에 있는 회초리들을 못마땅한 눈초리로 바라보며 꼼짝도 하지 않고 앉아 있었다.

"냉큼 오지 못할꼬?"

훈장이 수암 형에게 소리를 질렀다. 수암 형은 한숨을 내쉬면서 훈장 앞으로 가서 바지를 걷어 올렸다. 순식간에 연달아 매 세 대를 맞자, 수암 형은 그만 울음을 터뜨렸다. 그러면서도 수암 형은 내게는 정말 아무 잘못도 없고, 자기가 연을 만드는 것을 그저 옆에서 구경만 한 것이라고 설명했다. 그럼에도 나도 종아리 세 대를 맞았다. 무척이나 아팠다. 하지만 그까짓 것은 아무것도 아니었다. 아픈 건 참을 수 있었다. 고통보다 더 불쾌한 건 우리를 불쌍하다는 듯이 지켜보는 아이들 앞에서 매를 맞는다는 수치심이었다.

남문에서

서당 아이들 대부분은 우리보다 나이가 많았기 때문에 공부하고 배우는 것도 우리보다 훨씬 앞서 있었다. 아이들 가운데는 당 왕조의 위대한 시인들의 시를 벌써 읽고 운율 연습까지 하고 있는 아이들도 몇몇 있었는데, 그 아이들은 다른 아이들의 부러움을 샀다. 그 시인들이 쓴 시들은 언제나 꽃, 비, 달빛, 술잔을 노래하고 있었다. 하지만 대부분의 아이들은 열다섯 권으로 된 '통감'이라고 하는 큼지막한 역사책을 읽었다. 통감은 무척이나 흥미진진한 책이었다. 여러 나라가 서로 싸우고, 여러 왕조가 몰락하고, 다른 여러 왕조가 그 자리를 차지했다. 우리 두 사람 수암 형과 나, 그리고 나이가 비교적 어린 몇몇 다른 아이들은 아직도 남자 아이들이 읽는 단순한 책을 읽고 있었다. 그 책에는 이른바 사람으로서 지켜야 할 다섯 가지 도리인 '오륜'과 짧게 요약된 한국 역사가 실려 있었다. 마침내 우리도 이 입문서를 다 떼고 커다란 역사책의 첫 권을 손에 들었다. 우리는 무척이나 기뻤다.

아침에 훈장이 서당에 오면 아이들은 모두 공손하게 큰절을 했다. 그런 다음에 전날 배운 것을 아직도 잘 외우고 있는지 검사받았다. 시험을 무사히 통과하면 새로운 과제를 받았지만, 배운 내용을 까맣게 잊어버렸을 때는 다시 공부해야 했다. 시험이 끝나면 아이들은 각자 자기 벼루를 찾아 먹을 갈았다. 그리고 훈장에게서 새 습자 교본을 받아 붓글씨 연습을 했다. 그런 다음 잠시 쉬는 시간이 주어졌다. 쉬는 시간이 끝나면 우리는 그 날 공부한 것을 소리 내어 읽었다. 모든 아이들이 큰 소리로 저마다 다른 책의 다른 부분을 읽었기 때문에 서당 안은 온통 벌떼가 윙윙대는 것처럼 시끄러웠다.

오후에는 오전보다 쉬는 시간이 더 많았다. 여름이면 훈장은 멱을 감으라고 우리를 자주 냇가로 보냈다. 우리 고향에 있는 수양산 골짜기에는 운치 있는 시내가 정말 많았다. 우리는 시내에서 뛰어놀고, 헤엄치고, 장난을 쳤다. 냇가로 가는 길부터 이미 아름다웠다. 마을을 벗어나 좌우에 수많은 비석들이 마치 장식을 하듯 즐비하게 늘어서 있는 그늘진 길을 따라 가면 넓고 깊은 웅덩이가 나왔다. 그 곳에서 우리는 옷을 훌렁훌렁 벗고 맑은 물 속에 머리를 들이밀며 풍덩 뛰어들었다. 한창 기승을 떨던 무더위가 한풀 꺾이고 시원해질 때까지 우리는 그 곳에 있었다. 그리고 시원해지면 그 아름다운 길을 따라 다시 집으로 돌아왔다. 나뭇가지에서는 매미들이 서로 내기라도 하듯이 맴맴 울고 있었다.

저녁을 먹고 나면 어머니와 작은어머니는 우리에게 남문으로 잠시 산책을 갔다 와도 좋다고 허락했다. 우리는 그 곳으로 산책을 가는 게 무척이나 좋았다. 저녁노을에 비친 이층 탑은 정말 멋있었다. 성벽과 우리 마을의 길게 늘어선 집들 사이로 난 골목길을 지나 수없이 많은 돌계단을 하염없이 올라가면 너른 공터가 나오고 성문이 보였다. 그 곳에는 이미 이웃집에 사는 아이들이 모여서 놀고 있었다.

어떤 아이들은 오래 되어서 못 쓰게 된 동전을 땅바닥에 던진 다음 납작한 돌멩이로 동전을 맞추는 놀이를 했고, 어떤 아이들은 제기를 찼다. 또 어떤 아이들은 힘이 다 빠질 때까지 일정한 거리를 한 발로 껑충껑충 뛰며 왔다 갔다 하는 외발뛰기 놀이를 했다. 아이들은 와글와글 떠들고, 서로 뽐내고, 말다툼을 하고, 드잡이를 했다. 하지만 '삼문(三門)' 위쪽에서 음악이 울려 퍼지면 모두 조용해졌다. 이 문들은 이 곳으로부터 한참 먼 곳, 그러니까 고을 한복판에 위치한 원님의 관청 앞에 있었지만, 고즈넉한 저녁에는 천상의 소리같이 아름답고 맑은 소리가 남문까지 울려 퍼졌다. 마치 이제 어스름이 내렸으니 슬슬 잠을 자라고 우리에게 자장가를 불러 주는 듯했다. 그 음악은 고을 원님의 저녁 인사였다. 날이 저물고 밤이 되면 이 고을 사람들은 아무 걱정 없이 모두 편히 잠자리에 들 수 있었다. 우리 고장은 얼마나 평화로웠던가!

저녁녘의 평온이 찾아왔다. 집집마다 연기가 피어오르고 회색 지붕들은 여름 저녁의 안개 속으로 서서히 자취를 감춰 버렸다. 가장 높은 산봉우리 한 군데만 아직도 푸른 하늘에서 햇살을 받아 밝게 빛나고 있었다. 그러면 난 종종 슬픔에 잠겼다. 아마도 또다시 하루가 지나고, 정체를 알 수 없는 수수께끼 같은 밤이 우리를 에워싸고 있었기 때문이었을 것이다.

우리가 가슴 속 깊이 감동을 느끼며 앉아 있는데, 한 키 큰 남자가 느릿느릿 돌계단을 올라와 탑 안으로 들어가더니 작은 종루의 문을 열고 무거운 망치를 꺼내 들었다. 그 남자는 잠시 동안 가만히 서서 삼문에서 울려 퍼지는 음악에 귀를 기울였다. 음악이 잦아들자 그 남자는 곧바로 망치를 치켜들고 엄청나게 큰 종을 쳤다. 종소리는 무척이나 컸다. 종소리는 산들이 있는 데까지 우렁차게 울려 퍼졌다. 우리는 이 종지기 주위에 둘러서서 그가 종을 몇 번이나 치는지 손가락으로 헤아려 보았다. 오른손 엄지손가락부터 새끼손가락까지 꼽았다가 거꾸로 다시 폈다. 그러면 열이 된 것이다. 우리는 얼른 왼손의 엄지손가락을 꼽았다. 오른손으로 또다시 열까지 세기 위해서였다. 매일 저녁 종지기는 종을 스물여덟 번 쳤다. 저녁 종소리는 스물여덟 명의 운명의 신들에 의해 지배되는 대지에 꼭 필요했기 때문이다.

종지기는 망치를 다시 종루 안에 놓은 뒤, 조심스레 종루의 문을 잠그고 종루 앞에 있는 공터로 나왔다. 그러고는 포문이 있는 나지막한 난간 앞에 서서 짤막한 담뱃대에 담배를 채워 넣었다. 온 힘을 다해 종을 치느라 종지기는 얼굴이 시뻘개졌고 땀이 삐질삐질 흘러내렸다. 그는 한참 동안 봉화산의 봉우리를 올려다보았다. 그 곳에서는 아무 일 없이 평화롭게 잘 있다는 표시로 저녁마다 불을 피워 알렸다. 봉화산의 봉화는 다음 산에서 받고, 또 그 다음 산으로 전해져 밤새 산봉우리를 타고 우리 나라의 수도인 서울까지 계속 전달되었다.

우리는 전설과도 같은 이 도시가 어디에 있는지 몰랐다. 하지만 그 도시는 틀림없이 봉화산이 있는 쪽에 있을 것이었다. 봉화산 마루의 봉화는 희미한 불빛을 발하며 천천히 타오르더니 곧 어스름 속에서 활활 타올랐다. 그러면 종지기는 만족한 얼굴로 다시 계단을 내려갔다. 종지기는 우리에게 조그만 밤귀신들한테 돌멩이를 맞기 전에 얼른 집으로 가라고 일러 주었다. 아이들은 종지기를 따라갔다. 아이들은 돌계단의 널찍한 난간에 걸터앉아 미끄럼을 탔다. 우리도 그렇게 했다. 돌로 된 난간은 아이들이 하도 많이 미끄럼을 타서 어찌나 깨끗하고 반들반들한지 이미 더러워진 우리 바지의 엉덩이 판이 더 더러워질 걱정은 없었다.

　우리는 아치형 성문으로 가서 남문도 정말 잘 닫혔는지, 엿
장수들이 다시 전을 벌였는지 살펴보았다. 넓은 엿판 위에는
먹음직스러운 엿사탕, 가락엿, 조각엿이 크기와 종류별로 가
지런히 놓여 있었다. 그 옆에는 작은 초롱불과 엿을 자르는 가
위가 놓여 있었다. 엿장수는 심심하면 한 번씩 구슬픈 가락으
로 엿에 넣은 여러 가지 향신료를 떠벌려 대면서 작은 가위로
쩔그럭쩔그럭 박자를 맞추었다.

　우리는 한껏 뿌듯한 마음으로 어두운 골목길을 지나 다시 집
으로 돌아왔다. 우리는 꼬마 귀신이 하나도 무섭지 않았다. 이
미 꽤 많은 집 대문에서 희미한 불빛이 새어 나왔다. 우리 귓가
에는 아까 들었던 저녁 음악의 달콤한 가락이 계속 맴돌았다.

　내가 잠시 뒤뜰로 가서 여자 아이들이 노는 것을 구경하는
동안, 수암 형은 어디론가 슬쩍 사라졌다가 한참이 지나서야
돌아왔다. 우리 마을의 남자 아이들은 어떤 골목길이나 공터에
모여 다른 마을의 아이들과 서로 치고받으며 싸웠다. 그 아이
들이 다른 동네에 산다고 적으로 보았기 때문이다. 아이들은
대부분 주먹질을 하며 싸웠다. 하지만 다른 물건이나 돌멩이를
사용할 때도 있었다. 저녁이 서늘해질수록, 또 달이 밝게 비출
수록 패싸움은 자주 벌어졌다. 이럴 때 수암 형의 웃옷은 가끔
씩 엉망진창이 되었다.

칠성이 형

우리 아버지는 가족 관계에 있어서는 별로 다복하지 못한 것 같았다. 남동생이 일찍 죽어서 아버지는 과부가 된 작은어머니와 세 아이를 보살펴야 했다. 그리고 누이의 남편도 죽었다. 그 고모는 상복기를 마친 뒤 외아들을 데리고 우리 집에 왔다. 사촌 형은 한 열 살쯤 된 듯했다. 우리 셋 중에서 가장 나이가 많은 그 형은 무척이나 예쁘게 생긴 소년이었다. 뺨은 발그레하고 또래의 다른 소년들처럼 몸이 호리호리하고 귀여웠다. 딱 한 가지 흉이 있다면 입술이 엄청나게 두툼하고 딱딱하다는 것이었다. 사람들 말로는 심하게 앓고 난 뒤에 그렇게 된 것이라고 했다. 칠성이 형의 눈빛은 활기가 넘쳤고 귀는 귓바퀴가 정말 동그란 게 예뻤다. 얼굴빛이 아주 부드럽고 조그만 두 뺨이 어찌나 발그레하던지 칠성이 형이 남자 아이들이 입는 저고리를 입지 않았더라면 모두 여자 아이로 여길 정도였다. 하지만 내가 더 놀라웠던 것은 칠성이 형의 엄청나게 깨끗한 손이었다. 형의 손을 보다가 내 두 손을 보면 나는 형과 내가 굉장히 다르다는 것을 퍼뜩 깨닫곤 했다.

저녁 무렵 우리가 여느 때처럼 우물이 있는 뜰에서 제기를 차고 있는데, 칠성이 형이 우리 앞에 불쑥 나타났다. 칠성이 형은 우리에게 다가오더니 누가 수암이고 누가 미륵이냐고 물었다. 우리는 우리 앞에 서 있는 사람이 누구인지 단박에 알아챘다. 앞으로 우리와 함께 살아야 하는 고종사촌 형 '칠성'이었다. 난 이 소년이 무척 마음에 들었다. 굉장히 잘생겼기 때문이었다. 나는 칠성이 형에게 곧바로 함께 놀자고 졸랐다. 하지만 수암 형은 나의 태도가 못마땅한 듯했다. 수암 형은 우물에 몸을 기댄 채 나랑 함께하던 놀이를 더는 하지 않았다.

"여기는 너무 추워서 놀 수 없어."

수암 형은 그렇게 말하고는 곱상하게 생긴 새로 온 소년을 의심쩍은 눈으로 뜯어보았다.

우리가 잠시 동안 계속 제기를 차고 노는데, 칠성이 형이 호주머니에서 짤막한 대나무 줄기와 주머니칼을 꺼내 대나무 줄기를 빙 둘러 깎았다. 그러더니 두툼한 입술로 피리를 불었다. 처음에는 경쾌하고 빠른 가락을 불다가 시간이 좀 지나자 느리고 구슬픈 가락을 불었다. 그 곡조를 듣고 있자니 즐거웠던 어떤 일이 떠올랐다. 신기하게도 팔다리가 아주 가벼워지는 듯한 느낌이 들었다. 수암 형도 두 팔과 두 다리를 장단에 맞추어 흔들흔들 움직이고 있었다. 나도 따라 춤을 추었다. 칠성이 형의 피리 소리는 점점 더 신명이 났다. 칠성이 형은 계속 피리를 불었다. 우리는 미친 듯이 춤을 추는 바람에 아버지와 칠성이 형의 친할아버지가 아버지의 방으로 통하는 계단에 서서 빙그레 웃음을 지으며 우리를 바라보고 있는 것도 몰랐다.

아버지는 내가 춤을 추는 모습을 한 번도 본 적이 없었다. 내 기억으로는 우리가 저녁마다 안방에서 할머니의 지도하에 춤을 추고 있을 때, 아버지는 그 곳에 있었던 적이 없었다. 우리가 팔다리를 아무렇게나 흔들고 있으면 큰누나와 둘째 누나는 작은 북으로 장단을 맞추며 아이들이 부르는 노래를 불렀다. 하지만 누나들은 칠성이 형만큼 아름답고 은은한 곡조를 들려준 적이 한 번도 없었다.

그것은 이른바 '탈춤'에 나오는 가락이었다. 탈춤은 해마다 우리 고을에서 공연되는 가장 인기 있는 무언극이었다. 몇 년 전 어느 화창한 초여름 아침에 구월이는 수암 형과 나를 데리고 이 연극을 보러 갔었다. 우리는 그 곳에서 탈을 쓴 삼십 명 남짓한 춤꾼들과 함께 음악에 맞추어 고을 전체를 누비며 북문 앞에 있는 노천 무대로 행진하는 대열 속에 끼였다. 수없이 많은 사람들이 성벽 위에, 성문 안에, 그리고 그늘을 드리운 키다리 나무들 아래 있는 무대 근처의 언덕 위에 앉아 있었다.

처음에는 절을 떠나 고을에 온 한 승려가 등장했다. 그는 아름다운 한 여인과 사랑에 빠졌고 너무 행복한 나머지 덩실덩실 춤을 추었다. 그 다음에는 한 어릿광대가 등장했다. 어릿광대는 종이 수도 없이 많이 달린 장작단을 계속 들고 다녀서 움직일 때마다 딸랑딸랑 요란한 소리가 났다. 어릿광대는 승려가 그 아름다운 여인에게 구애할 때마다 훼방을 놓더니 급기야는 그에게서 여인을 빼앗아 도망갔다. 불쌍한 늙은 승려는 다시 산에 있는 절로 되돌아갈 수밖에 없었다. 승려가 작별을 고하는 장면에서 춘 춤은 무척이나 격정적이면서도 아주 슬펐다. 그 춤은 종일 계속된 그 날 공연의 마지막을 장식했다.

해가 질 무렵 시작해서 어스름이 내릴 때까지 계속된 이 마지막 춤을 보고 나는 깊이 감동을 받았다. 노인이 너무나도 긴 소매를 애수에 젖은 곡조에 맞추어 앞뒤로 흔드는 모습이며, 천근만근 무거운 두 다리를 한 번은 보통 걸음으로, 한 번은 보폭을 크게 해 곡선을 그리며 내딛는 모습이며, 등을 똑바로 폈다 굽혔다 하면서 공중에 탄식하는 듯한 하나의 원을 그리는 모습이 전부 내 가슴 속과 내 핏줄 속에 아주 깊게 파고 들어와서 나는 그 날 저녁까지도 그 춤을 따라 할 수 있을 정도였다. 아버지는 내가 춤에 푹 빠진 게 탐탁지 않았지만, 우리 세 사촌이 함께 살게 된 첫날 저녁에 그토록 화목하게 잘 어울리는 것을 보고 기뻐했다.

실제로 우리는 가을과 겨울 동안 다투지 않고 사이좋게 지냈다. 가장 나이가 많은 고종사촌 형은 새로운 놀이를 많이 가르쳐 주었다. 우리는 무척이나 신이 났다. 서당이 끝나기가 무섭게 우리는 꽁꽁 얼어붙은 강으로 가서 어두워질 때까지 팽이를 쳤다. 그리고 집에서는 온갖 종류의 장난감과 팽이, 대나무 피리, 대나무 자, 담뱃갑, 재떨이를 만들었다.

내 고향에서 일 년 중 가장 큰 명절인 설이 다가오고 있었다. 한밤중에 조상의 신주 앞에 제사를 드리면서 명절은 시작되었다. 그러면 우리 아이들은 안방으로 불려 가 가장 맛있는 음식과 과일을 대접 받고, 그 곳에 있고 싶을 때까지 실컷 있을 수 있었다. 이튿날 아침, 어른들은 우리에게 가장 멋진 옷을 입힌 다음 친척집과 친한 이웃집에 세배를 가라고 보냈다. 날씨는 엄청 추웠다. 길이란 길은 모두 꽁꽁 얼어붙었고 살을 에는 듯한 바람이 불었지만, 우리는 신이 나서 이 집 저 집 뛰어다니며 미리 외워 둔 새해 인사말을 올렸다. 어디를 가나 우리를 따뜻한 말로 맞아 주었고, 과자와 사탕 등 달콤한 음식과 과일을 내왔다. 추켜 주는 좋은 말만 듣고 달콤한 음식만 대접받는 명절은 얼마나 좋았던가!

우리 집에서는 할머니부터 구월이까지 모두 다 가장 좋은 옷을 입고, 누구 하나 얼굴을 찡그리지 않았다. 우리가 별로 듣고 싶어 하지 않는 말은 아무도 하지 않았다. 우리 집에서 마름으로 살면서 언제나 나를 아무 짝에도 쓸모없는 아이라고 하던 우악스러운 순옥이 아저씨도 그 날만큼은 다정했다. 아저씨는 내가 언젠가는 훌륭한 사람이 될 수 있을 것이라고 했다. 모두들 우리와 장난을 쳤다. 그리고 선물도 주었다. 우리가 밤늦게 잠자리에 들었을 때 −수암 형과 나는 일 년 전부터 한 방에서 잤다− 앞으로도 보름 동안은 서당을 가지 않는다고 생각하자 날아갈 듯이 기뻤다.

"사는 게 이렇게 즐겁다니!"

나는 혼잣말을 했다. 하지만 수암 형은 이미 코를 골고 있었다.

어른들은 아이들이 집집마다 세배를 다 드리고 난 뒤에 세배를 다녔다. 수없이 많은 손님이 왔다. 여자 아이들과 처녀들, 아주머니들, 청년들과 노인들이 우리 집에 찾아왔다. 집 안은 기쁨과 웃음으로 가득했다. 명절은 이렇게 하루하루 계속되었다.

내가 명절 기분에 마냥 들떠 있는 동안, 수암 형은 저녁만 되면 몰래 집 밖으로 나가 늦게야 돌아왔다. 남자 아이들의 새해 싸움이 시작된 것이다. 새해 싸움이 시작되면 수암 형은 집에 가만히 있지를 못했다. 수암 형의 고운 옷은 온통 발자국과 코피투성이였다. 수암 형은 코피 자국을 몰래 지웠다. 하루는 흠씬 두들겨 맞고 집에 돌아왔다. 양쪽 소매는 절반쯤 찢어졌고, 머리에는 혹이 잔뜩 나 있었다. 수암 형의 말에 따르면, 운 나쁘게도 적들에게 잡혀 남자 아이 세 명에게 호되게 두들겨 맞다가 한 친구가 와서 구출해 주었다고 했다. 그 일로 수암 형 은 아이들과 싸우고 싶은 마음이 조금은 사그라졌는지 이튿날 부터는 저녁이 되어도 집에 조용히 있었다. 싸움은 점점 더 거 칠어져서 며칠 있으면 그 전쟁의 결판이 날 판이었는데도 말이 다.

그 대신에 우리 셋은 집에서 싸우기 시작했다. 그 싸움은 끝 장이 날 때까지 계속되었다. 이 싸움을 일으킨 사람은 다른 누 구도 아닌 바로 아버지였다. 아버지는 어느 날 저녁, 손님이 없 을 때 우리를 불러 특이한 놀이를 가르쳐 주었다. 빳빳한 종이 에 가장 높은 벼슬아치에서부터 가장 낮은 벼슬아치에 이르는 관직의 명칭이 모두 적혀 있었다. 가장 낮은 단계에서 시작해 서 가장 먼저 판서의 자리에 오르는 사람이 이기는 놀이였다. 아버지는 책 한 권을 가져와 아무 데나 마음대로 펼쳤다. 그러 면 우리는 그 다음 페이지의 첫 글자를 운으로 하여 이 글자로 끝나는 고전 시를 한 수 읊어야 했다. 그렇게 하면 한 등급씩 올라갈 수 있었다.

칠성이 형에게 걸린 첫 글자는 임금 '군' 자였다. 칠성이 형 은 한참 동안 침묵했다. '군' 자로 끝나는 시를 몰랐기 때문이 다. 다음은 수암 형의 차례였다. 수암 형의 운은 봄 '춘' 자였다. 그것은 흔한 운이라 우리는 운이 좋은 수암 형이 부러웠다. 수암 형은 몇 번 말을 더듬다가 말했다.

"길가에 봄이 깃들었네."

"잘했어."

아버지는 이렇게 말하고는 수암 형을 문관의 지위에 올려 주었다. 이것은 수암 형이 이룬 큰 업적이었다. 하지만 애석하게도 그건 수암 형의 처음이자 마지막 업적이기도 했다. 수암 형은 좋은 운이 다시는 걸리지 않았기 때문에 더는 진급하지 못했다. 수암 형은 여태껏 읽은 시집이 딱 한 권밖에 없었는데, 그마저도 처음부터 끝까지 외우지 못했다. 칠성이 형과 나도 곧 진급이 멎었다. 칠성이 형은 세 번, 나는 네 번 진급했을 뿐이었다. 그래서 승자는 없었다.

며칠 뒤 우리는 이 놀이를 다시 했다. 하지만 이번에는 시인들의 시를 외우는 대신, 주사위를 굴리기로 했다. 칠성이 형은 이렇게 하는 것이 훨씬 더 간단하다는 것을 잘 알고 있었다. 우리는 모두 관리가 되었고 진급도 계속했다. 놀이는 반 시간도 채 지나기 전에 끝나 버렸다. 우리는 매번 동전을 걸고 했다. 아버지는 우리가 이런 식으로 노는 것을 원래는 탐탁지 않게 여겼지만, 나중에는 각 관리들의 지위와 권력, 그리고 실제로 어떻게 그런 지위에 오를 수 있는지에 대해 재미있게 설명해 주었다.

수암 형은 관찰사의 직위에 무척이나 흥미를 느꼈다. 지난해 우리 도(道)에 관찰사가 새로 취임하는 광경을 본 뒤로 늘 그랬다. 이 세력가는 고을에서 십여 리 떨어진 곳에서부터 관리들에게 환영을 받았다. 관찰사는 앞으로 자신이 다스리게 될 그 곳에서 첫 식사를 한 다음, 말을 타고 고을로 왔다. 우리는 구월이와 함께 길가 집들 앞에 늘어선 군중들 틈에 끼여 있었다. 벌써 멀리서 매우 아름다운 음악이 들려왔고, 고을의 남문을 지나 기마대가 가까이 다가오는 것이 보였다.

처음에는 악대가 둘씩 다섯 줄로 갈색 말을 타고 오고, 그 뒤로는 색색 비단옷을 입은 처녀 사십여 명이 말을 타고 오고, 이어서 열 쌍의 높은 벼슬아치들이 화려한 검은색 관복을 입고 그 뒤를 따랐다. 이들은 당시 이십삼 부로 나뉜 우리 도의 부윤들이었다. 그 뒤로 관찰사가 젊고 잘생긴 두 명의 시종의 호위를 받으며 말을 타고 지나갔다. 관찰사의 말은 그의 머리카락처럼 새하얀 백마였다. 관찰사는 머리에 갓을 쓰고 있었는데, 갓에는 눈처럼 하얀 깃털 한 개가 파르르 나부꼈다. 갓은 호박(琥珀)으로 만든 끈으로 턱 밑에 붙잡아 맸다. 이루 헤아릴 수 없이 많은 관속이 관찰사의 뒤를 따르고 있었다. 어린 수암 형은 이 고관대작을 보고 깊이 감동을 받았다.

수암 형과 달리 나는 '어사'가 정말 좋았다. 어사는 온 나라를 돌아다니면서 부당한 일이 일어나고 있는 건 아닌지, 임금의 신하들이 자기 임무를 다하고 있는지 살피는 사람이었다. 어사는 임금에게 보고를 함으로써 가장 높은 지위에 있는 관리를 파면시킬 수도, 가장 낮은 지위에 있는 관리를 승진시킬 수도 있었다. 물론 어사는 남들이 알아보지 못하게 대부분 거지로 가장하고 전국을 돌아다녀서 아무도 이 막강한 세력을 가진 남자가 언제 나타날지 알지 못했다.

우리는 어사 이야기를 이미 무수히 많이 들었다. 어사는 수많은 가난한 집에 돈과 쌀을 갖다 주고, 죄도 없이 잡혀 있는 많은 사람에게 자유를 선물했다. 나는 거지처럼 보이지만 비밀 나졸을 수백 명이나 거느리고 비길 데 없이 강력한 어사가 되고 싶었다. 우리 셋이 놀 때 내가 어사의 자리에서 주사위로 여섯 점을 얻고 두 사촌 형이 여섯 점을 얻지 못하면 다른 관리들은 모두 추방되었다. 나 혼자 계속 승진해서 판서가 되면 나는 뒤따라오는 사람들을 느긋하게 기다렸다. 그럴 경우 조바심을 내며 경쟁하지 않아도 되었다.

하지만 쫓겨난 자들은, 특히 연거푸 몇 번씩 쫓겨난 사람은 자신이 지고 있다는 사실에 대해 수치심을 느껴 몹시 화를 냈다. 수암 형은 자주 추방되었기 때문에 화가 나서 펄쩍펄쩍 뛰었다. 칠성이 형이 수암 형을 내쫓을 때는 특히나 더 그랬다. 참 이상했다. 놀이가 계속되자, 놀이가 끝난 뒤에도 분노가 수그러들지 않는 경우가 점점 많아져 우리는 거의 매일 저녁 불만에 찬 얼굴로 잠자리에 들었다. 수암 형은 계속해서 지는 바람에 설날에 세뱃돈을 받아 모은 전 재산이 몽땅 없어졌다. 나도 잃었다. 칠성이 형이 다 땄다.

나의 두 사촌 형들은 친했던 적이 한 번도 없었다. 한 사람은 성격이 너무나 불같고, 또 한 사람은 차분했다. 수암 형은 칠성이 형을 툭하면 모범생이라고 비난했다. 칠성이 형은 언제나 너무나도 깔끔했다! 칠성이 형의 옷은 몇 달이 지나도 새 옷 같았지만, 수암 형의 옷은 사흘만 되어도 더러워졌다. 그러다 보니 가장 나이가 많은 사촌 형이 우리에게 눈엣가시가 되었다. 이미 오래 전에 하늘에 먹구름이 잔뜩 감돌고 있어서 불꽃이 조금만 일어도 천둥 번개가 요란하게 치며 소낙비가 내릴 태세였다.

주사위 놀이가 바로 그 불꽃이었다. 서당의 방학이 끝날 무렵, 나 역시 돈을 몽땅 잃었다. 나는 하나 남은 마지막 동전을 걸었다. 마침 아버지는 집에 없었다. 칠성이 형이 나를 내쫓았다. 나는 되돌아왔지만 또 내쫓겼다. 그리고 또다시 되돌아왔다. 이미 오래 전에 돈을 다 잃은 수암 형은 우리가 노는 것을 그저 바라보고만 있었다. 칠성이 형이 나를 추방하기 위해서 주사위를 높이 던졌다. 하지만 주사위가 바닥에 떨어지기도 전에 수암 형은 칠성이 형한테 와락 달려들어 머리카락을 꽉 움켜잡았다. 둘은 방 이 구석 저 구석을 떼굴떼굴 뒹굴었다. 나는 수암 형 편을 조금 들었다. 아, 모범생 소년이 코피를 흘리며 저고리가 찢긴 것을 보니 기분이 좋았다.

이것으로 우리가 함께 모여 노는 것은 끝이 났다. 징벌이 곧 따랐다. 하지만 공정하지 않았다. 나는 칠성이 형이 가장 큰 벌을 받아야 한다고 생각했다. 언제나 칠성이 형이 돈을 전부 땄고, 바로 그런 이유로 싸움이 벌어졌기 때문이다. 그리고 수암 형은 두 번째로 무거운 벌을 받아야 할 것 같았다. 다른 사람을 호되게 두들겨 팼기 때문이다. 하지만 결과는 정반대였다. 무죄 판결을 받은 칠성이 형은 유유히 아버지의 방을 나갔다. 수암 형은 아버지에게 종아리 세 대를 맞았다. 형은 엉엉 울지 않고 묵묵히 맞기만 했다.

"자, 이젠 네 차례다!"

재판관이 말했다. 하지만 난 바지를 걷어 올리지 않았다. 칠성이 형은 무죄 석방이 되고 왜 우리 둘만 매를 맞아야 한단 말인가? 난 그게 이해되지 않았다.

그런데 수암 형이 옆구리를 꾹 찌르면서 바지를 걷어 올리라고 눈치를 주었다. 나는 머뭇거리며 바지를 걷어 올렸다. 불같이 매가 날아왔다. 저항해 봤자 소용이 없었다. 아버지는 힘이 셌고, 나를 너무나도 꽉 붙잡고 있어서 빠져나올 수가 없었다. 매를 세 대 맞은 뒤 돌아서서 칠성이 형도 매를 맞아야 한다고 말을 하려고 했다. 그러자 아버지는 한 대 더 때렸다. 이번에는 정강이뼈에 맞았기 때문에 엄청나게 아팠다. 나는 빽 소리를 질렀다. 수암 형이 달려와서 아버지의 손에서 매를 빼앗으려 했다. 하지만 엉덩이를 세게 맞고는 낑낑거리며 물러났다. 나는 계속 매를 맞았다. 아무리 못해도 열 대는 맞았을 것이다. 잠시 뒤 아버지가 말했다.

"이제 됐다."

하지만 나는 그 곳을 떠나지 않았다.

"더 때려요!"

나는 반항했다.

"뭐가 어째?"

아버지가 버럭 고함을 지르고는 나에게 마구 매질을 했다. 그러자 수암 형이 다시 달려와 옥신각신하다가 아버지 손에서 매를 빼앗아 달아났다. 나는 아버지 방에서 강제로 내쫓겼다.

"자, 이젠 가고 싶은 데로 가거라. 이 고집불통아!"

대신 기도해 주는 어머니

봄이 되자 칠성이 형은 자기 어머니와 함께 우리 집을 떠났다. 그들은 우리 집 근처의 한 골목에 있는 작은 집으로 이사를 갔다. 나는 칠성이 형의 어머니가 좀 더 큰 집을 찾아 이사를 간 건지, 아니면 단지 우리가 싸워서 더는 한 지붕 아래 살 수 없어서 그렇게 된 건지 알 수가 없었다. 어쨌든 간에 서로 딴 집에서 살 게 된 것은 참으로 잘된 일이었다. 우리는 다시 만나도 싸우지 않았다. 수암 형과 나는 가장 나이가 많은 사촌 형을 마구 때려 준 것이 부끄럽기까지 했다. 칠성이 형은 얄미울 정도로 말쑥하고 깔끔했다. 하지만 그건 형 잘못이 아니었다.

칠성이 형네가 떠난 지 얼마 되지 않아 우리 집에 아주 특이한 손님이 한 분 왔다. 아주 먼 지방에서 어떤 할머니가 온 것이다. 그 할머니는 어린 나를 자기 아들이라고 불렀다. 어머니는 내게 그 할머니를 '어머니'라고 불러야 한다고 했다. 할머니가 나를 낳지는 않았지만 어머니를 위해 어머니가 대를 이을 아들을 낳게 해 달라고 기도를 드려 주었고, 실제로 그 덕에 내가 세상에 태어났다고 했다. 그러니까 그 할머니는 아기를 낳고 싶어 하는 여자들을 위해 대신 기도해 주는 여자였던 것이다. 이른바 '대원(代願) 어머니'는 사주책과 그림이 알록달록 그려진 부채 여러 개를 들고 이 집 저 집 돌아다니며 미래를 점쳐 주는 점쟁이 여자나 음악과 춤으로 귀신을 불러들이는 무당과는 뚜렷이 달랐다.

대원 어머니는 훨씬 지위가 높았고 저속한 일에는 일절 관여하지 않았다. 대원 어머니들은 오로지 천지신명이나 부처님, 또는 보살의 이름으로 기도를 했다. 어머니는 이 할머니에 대한 이야기를 듣고는 먼 길을 마다하지 않고 할머니를 찾아가 기도를 드려 달라고 부탁했다. 어머니는 아들 하나 낳지 못하고 늙어 버릴까 봐 몹시 두려웠던 것이다. 그래서 할머니가 어머니와 함께 우리 집으로 와서 부처님의 제자 중의 한 명인 거룩하신 미륵불에게 사십구일 동안 기도를 올렸다. 그래서 내 이름을 미륵이라고 지었던 것이다.

할머니가 오고 나서 며칠 뒤, 어느 날 저녁에 나는 두 어머니를 따라 숲 속으로 갔다. 그 곳에서 우리는 거룩하신 미륵불 앞에서 감사의 기도를 드렸다. 우리 고을에서 멀리 떨어진 깊은 산골짜기에 작은 암자가 있었는데, 그 곳에는 돌로 만든 보통 크기의 미륵불이 있었다. 할머니는 인근 마을에서 열쇠를 가져와서 암자의 문을 열고 촛불을 켰다. 그 사이 날은 이미 저물었다. 나는 잔뜩 겁을 먹은 채 두 어머니 사이에 서서 촛불에 밝게 빛나는 불상을 바라보았다. 미륵불의 얼굴은 온유하고 평온했다. 성인은 눈을 내리뜨고 있었다. 그의 두 귀는 유별나게 길었다. 두 팔은 몸에 꼭 붙이고 있었다. 두 손은 깍지를 끼고, 두 다리는 꼭 붙이고 발까지 같은 두께로 곧게 뻗어 있었다. 다리 두 개가 있다는 표시만 날 뿐이었다.

대원 어머니는 불상의 얼굴 앞에서 세 번 접은 종이에 불을 붙이고 기도를 드렸다. 나는 할머니가 중얼거리는 것을 다 알아듣지는 못했다. 어두운 숲 속에서 성자가 하얗게 빛이 나는 모습에 무척이나 감동을 받았기 때문이다. 바로 그분의 호의적인 중재로 내가 이 세상에 태어나게 된 것이다.

우리가 기도를 마친 뒤 그 작은 암자 문을 다시 잠그고 집으로 돌아왔을 때, 나는 내가 이 세상에 나올 수 있게 길을 열어준 마음씨 고운 대원 어머니에게 마음 속 깊이 고마움을 느꼈다. 대원 어머니가 기도를 하지 않았다면 나는 다른 어떤 곳에 태어나 수암 형도 구월이도 우리 누나들도 없이 자랐을 것이다. 나는 시간이 갈수록 대원 어머니의 손을 꼭 쥐었다. 대원 어머니는 이런 말을 자주 했다.

"우리 아기, 우리 귀한 아기!"

대원 어머니는 나에게 선물을 한 보따리 주었다. 대원 어머니는 고을의 중심지로 갈 때마다 내게 갖고 싶은 게 없느냐고 물었다. 나는 갖고 싶은 것을 모두 다 받았다. 한번은 대원 어머니가 내게 커다란 그리스 거북 한 마리를 갖다 주었다. 난 거북을 보고 말할 수 없이 기뻤다. 나는 그 때까지 한 번도 그런 동물을 본 적이 없었다. 그 동물의 등은 아름답게 조각을 한 먹통 같았고, 배에는 선명하게 임금 '왕' 자가 새겨져 있어서 경외심까지 일었다.

거북을 갖기 전까지 내 곁에 있었던 네 발 달린 친구는 잘 길들여진 작고 예쁜 다람쥐였다. 내가 저녁때 서당에서 돌아오면 다람쥐는 내 얼굴과 목에 팔짝 뛰어올라 이리저리 돌아다니고, 내가 땅콩이나 밤을 한 개 줄 때까지 내 옷소매에서 팔짝팔짝 뛰어다녔다. 나는 대원 어머니에게 다람쥐 이야기를 들려주고, 그 작은 동물이 내게서 도망갔다고 하소연했다. 그러자 대원 어머니가 내게 다람쥐 대신에 거북을 사다 준 것이다.

나는 거북의 등을 어쩌다 한 번씩 살짝 만져 보았다. 그 이상은 할 수 있는 게 없었다. 거북은 다람쥐와는 너무나도 달랐다. 거북은 팔짝팔짝 뛰지도 소리를 지르지도 않고, 마룻바닥을 그저 느릿느릿 돌아다니다가 종종 오랫동안 한곳에 머물러 있곤 했다. 거북은 아주 의젓한 데다 마치 임금처럼 위엄이 있어 보였고, 골똘히 생각에 잠긴 듯했다. 대원 어머니는 거북은 인간의 운명에 대해서 심사숙고하기 때문에 행과 불행도 예언해 줄 수 있다고 설명해 주었다. 그것을 알아보려면 등이 수평이 되도록 구부려야 한다고 했다. 그러고는 그 동물을 등에 올려놓은 다음, 그 동물이 아래로 기어 내려올 때까지 기다리는 것이다. 녀석이 오른쪽으로 기어 내려오면 행운을 뜻하는 것이요, 왼쪽으로 기어 내려오면 불행을 뜻했다.

수암 형과 나는 아침마다 한 번씩 땅바닥에서 등을 잔뜩 구부리고 거북이 오랫동안 숙고한 뒤에 기어 내려올 때까지 기다렸다. 거북이 왼쪽으로 내려와도 난 별로 무섭지 않았다. 수암 형은 내게 거북이 언제나 오른쪽으로 내려오도록 왼쪽 등을 조금 올려야 한다고 일러 주었다. 점괘가 나오면 거북은 우리에게서 풀려나 안마당으로 우물이 있는 뜰로 느릿느릿 혼자 돌아다녔다. 거북은 오이나, 참외만 먹고 살았다. 우리는 그 두 가지를 넉넉하게 주었다. 하지만 이 기이한 동물들이 자라는 여러 남쪽 나라에서는 거북들이 매일 아침 해가 뜰 때 입술에 맺히는 이슬만 먹고 자란다고 했다.

다시 한여름이 되었다. 대원 어머니는 우리 집을 떠났다. 무더위 때문에 우리는 오전에만 수업을 했다. 오후에는 냇가에 가서 실컷 헤엄을 쳐도 좋았다. 이제 우리는 헤엄을 잘 쳐서 물속 사오 미터 깊이까지 들어가 보기도 했다. 그렇게 깊은데도

냇물이 수정처럼 맑아서 바위와 모래가 있는 바닥이 연녹색으로 비치는 게 환히 잘 보였다. 우리는 개구리처럼 헤엄도 치고, 바닥까지 잠수도 하고, 여울에서 등을 대고 누워 이리저리 떠다니기도 했다. 바위 위에 누워서 눈을 감고 졸졸 흘러가는 물소리를 듣는 것도 참 좋았다.

수암 형과 나는 냇가에 갈 때마다 거북을 데리고 가서 거북이 자유롭게 헤엄을 칠 수 있게 했다. 냇가로 갈 때, 그리고 집으로 돌아오는 길에 우리는 거북이 뜨거운 햇빛을 받지 않도록 거북을 커다란 호박잎으로 돌돌 쌌다. 딱 한 번 거북을 데려가는 것을 잊었는데, 바로 그 날 불행한 일이 일어났다. 혼자 남아 있던 거북은 물이 굉장히 그리웠는지 어디론가 달아나 버렸다. 저녁때 우리가 다시 집에 돌아와 거북에게 먹이를 주려고 했지만 거북은 어디에도 보이지 않았다. 우리는 온 집 안을 살살이 찾아보았다. 모두 우리를 도와 주었다. 어스름이 깔리면서 어두워졌다. 엷은 색의 호박꽃들이 빛나고, 박쥐들이 공중에서 찍찍거렸다. 하지만 거북은 보이지 않았다. 모두 촛불이나 호롱불을 들고 방과 곳간과 뜰의 도랑까지 구석구석 찾았다. 마침내 구월이가 그토록 찾던 거북을 발견했다. 여느 때처럼 거북을 땅바닥에 내려놓아도 거북은 움직이지 않고 가만있었다. 거북은 죽은 것이었다.

이튿날 수암 형은 뒷마당에서 자기 삽으로 작은 언덕을 만

들었다. 우리는 그 언덕에 거북을 묻을 수 있었다. 당시 조선에
는 아직 평지에 무덤이 없었다. 집집마다 산이 있어서 그 곳에
다 가족 묘지를 만들었기 때문이다. 그래서 우리도 거북을 산
에 묻고 싶었다. 수암 형은 오후 내내 삽질을 했다. 드디어 언
덕의 높이가 일 미터쯤 되었다. 나는 굵은 나뭇가지 두 개와 짚
으로 만든 끈으로 거북을 무덤까지 들고 갈 들것을 만들었다.
거북은 종일토록 꼼짝도 하지 않고 그 곳에 누워 있었다. 우리
는 저세상으로 먼저 간 여자 친구의 영혼이 편히 쉬라고 산신
령과 죽은 동무에게 작은 잔에 술 대신 물을 담아 놓았다. 그리
고 해가 너울너울 질 무렵 죽은 거북을 묻었다. 호박만 한 무덤
이 다 만들어지자 우리는 정말 슬펐다.

거북은 오래 살아서 수천 살이 된다고 한다. 그런 신령스러
운 동물이 우리 집에서 죽었다면, 장차 뭔가 불길한 일이 일어
난다는 뜻이었으리라.

나의 아버지

그로부터 몇 달 뒤 아버지는 병이 났다. 여행 중이던 아버지가 며칠 만에 돌아오자 온 집안은 난리가 났다. 아버지가 어디가 아팠는지 나는 알지 못했다. 나는 다만 아버지가 방에 꼼짝도 않고 누워 있는 것만 보았을 뿐이다. 아버지는 두 눈을 꼭 감고 아무 말도 하지 않았다. 어머니, 할머니, 작은어머니가 아버지를 둘러싸고 앉아 있었다. 여러 의원들이 다녀갔으나 아무도 아버지를 고치지 못했다. 아버지는 그 날 밤부터 이튿날 오전까지 계속 그렇게 누워 있었다. 하지만 잠을 자는 것은 아니었다. 아버지는 어머니가 약을 권하면 알아들었다.

오후가 되자, 모두들 아버지가 살아날 것이라는 희망을 포기했다. 급기야 어머니는 기절하여 안방으로 옮겨졌다. 온 집안이 쥐 죽은 듯이 고요했다. 여자들은 모두 아버지 방에 모이고, 남자들은 모두 그 앞에 있는 마루에 모였다. 어느 누구도 입을 열지 않았다. 수암 형의 어머니인 작은어머니 한 사람만 아버지 입에 약을 흘려 넣어 주고 또 넣어 주었다. 하지만 아버지는 약을 삼키지 못했다.

어머니는 안방에 누워 있었다. 어머니는 다시 정신이 들었지만 아무 말도 하지 않고 내 손만 꼭 잡았다. 할머니가 안방에 오자 어머니는 할머니에게 말했다.

"어머니, 우린 이제 끝났어요!"

할머니는 어머니 말을 듣지 않았다. 할머니는 앉은 채 혼잣말을 했다. 그 때 둘째 누나인 어진이 누나가 우리에게 와 우리가 아침에 사람을 시켜 모시러 간 의원이 방금 도착했다고 했다. 수암 형과 나는 아버지 방으로 냉큼 달려갔다.

새로 온 이 의원은 사람들이 많이 찾는 명성이 자자한 의원이었다. 그 의원은 몇 주일 전부터 환자들을 치료하기 위해 우리 고을에서 머물고 있다가 다시 자기 고향으로 돌아가려던 참이었다. 의원이 우리 집에 온 것은 순전히 우리가 보낸 심부름꾼이 매우 완강하게 부탁한 덕분이었다. 의원은 잠시 환자를 살펴보더니 작은어머니에게 이렇게 말했다.

"가망이 없습니다. 제가 손을 안 대는 게 좋겠습니다."

"제발 한번 봐 주세요!"

작은어머니가 속삭였다. 작은어머니의 얼굴은 병에 걸린 아버지보다 더 창백했다. 작은어머니는 그 낯선 남자의 소매를 붙잡고 그가 방에서 나가지 못하게 했다.

"의원님께서 원하시는 건 뭐든지 다 드릴게요."

의원은 앉아서 아버지의 맥박과 심장을 살핀 뒤 온몸을 진찰했다.

"좋아요. 할 수 있는 데까지 해 보지요. 하지만 제가 환자를 고치지 못해도 나무라지는 마세요."

의원은 주머니에서 물건 넣는 집을 꺼내더니 그 안에서 기다란 침 한 개를 뽑아 아버지의 윗입술과 아랫입술에 차례로 살짝살짝 침을 놓았다. 그런 다음 늑골 바로 밑, 위가 있는 쪽에 침을 깊숙이 놓고 잠시 그대로 두었다가 천천히 다시 뽑았다.

"환자가 죽지 않고 살아날 것이라면, 오늘 저녁 안으로 어떤 기미가 보일 겁니다."

의원은 이렇게 말하고 방에서 나갔다.

저녁이 되었다. 온 집안에 다시금 희망이 솟았다. 아버지의 병세가 더 나빠지지 않을 것 같은 징조가 벌써 보였기 때문이다. 아버지는 오전과 마찬가지로 가만히 누워 있었다. 날이 어둑어둑해지자, 아버지는 두 손을 움직였다. 두 손이 맞닿았다. 우리는 잔뜩 긴장한 채 아버지의 움직임 하나하나를 지켜보았다. 작은어머니는 아버지의 두 손과 팔을 가만히 쓰다듬었다. 그러자 아버지가 눈을 뜨더니 주위를 돌아보았다. 누군가가 안도의 한숨을 내쉬었다. 아버지가 다시 눈을 감고 왼쪽으로 돌아늪는 바람에 우리는 아버지의 얼굴을 더는 보지 못했다. 아버지는 곧바로 잠이 들었고 건강한 사람처럼 숨을 쉬었다.

"살아나셨어!"

작은어머니는 이렇게 말하고 그만 울음을 터뜨렸다. 작은어머니는 일어날 기운조차 없어서 사람들이 작은어머니를 부축해 일으켜 세우고 작은어머니의 방으로 데려다 주었다.

소식을 전해 들은 어머니가 아버지 방으로 왔지만, 어머니는 아버지의 병세가 나아졌다는 게 믿어지지 않는 눈치였다. 어머니는 여전히 온몸을 떨고 있었는데, 그 모습은 꼭 시체처럼 보였다. 서서히 마음의 안정을 되찾은 어머니는 부엌일이며 의원에게 심부름을 보내는 일에 대해 지시를 내린 뒤 우리 모두를 방에서 내보냈다. 수암 형과 나는 잠자리에 들어야 했다. 우리는 곧바로 잠이 들었다.

나는 한밤중에 깨어나 아버지 방으로 달려갔다. 아버지는 자리에서 일어나 앉아 어머니와 이야기를 나누고 있었다. 내가 아버지에게 왈칵 달려들자 아버지는 나를 무릎에 앉혔다. 아버지는 어머니가 나를 떼어 낼 때까지 그렇게 했다. 나는 아버지가 정말로 살아 있는가를 확인하기 위해 자꾸만 아버지를 쳐다보았다. 부모님이 기적을 일으킨 이 의원에 대해 나지막이 이야기를 나누는 동안, 나는 아버지의 이부자리 옆에 누워 있다가 까무룩 잠이 들어 버렸다.

이 의원은 대단했다! 그는 실로 기적을 일으킨 명의였다. 나중에 들은 바로는 그 의원은 우리 고을뿐만 아니라 전국에 걸쳐 많은 사람들의 생명을 구해 주었다고 한다. 또한 자기 고향으로 돌아가서는 방금 무덤에 옮긴 사람도 살려 냈다고 한다. 그런데 그 의원은 너무나 많은 돈을 요구해 가난한 사람은 그 의원을 집에 부를 수가 없었다. 온당하지 못한 그의 이러한 처사 때문에 그는 그만 목숨을 잃고 말았다. 어느 날 그 의원이 어떤 부유한 환자에게 왕진을 갔다가 집으로 돌아가는데, 커다란 바위가 그에게 굴러 왔다. 사람들은 그 의원이 완전히 몸이 부서지다시피 한 상태로 성벽 아래에 누워 있는 것을 발견했다. 누가 범인인지 아무도 몰랐다. 사람들 말로는 의원의 무거운 돈자루가 바위로 변했다고 한다.

아버지의 회복 속도는 매우 더뎠다. 가을, 겨울 두 계절 동안 아버지는 극진한 보살핌을 받았다. 통풍이 있는데도 그 때까지 해 왔던 모든 일에서 아버지는 손을 놓아야 했다. 아버지는 집과 바깥 세계를 엄격히 나누었다. 그 동안 아버지가 의무적으로 해 왔던 사교 활동은 모두 중단되었고, 아버지와 사이가 돈독한 친구들만 여전히 우리 집을 찾아왔다. 아버지는 처음에 의원의 이런저런 지시 사항과 가족의 당부하는 바를 마지못해 따랐지만, 차츰 시간이 가면서 아버지 스스로 좀 더 휴식을 취해야 한다는 것을 느꼈다. 아버지는 점차 외부 활동을 줄여 갔고, 마침내 집안일에 손을 댔다. 집에 세운 서당은 문을 닫았다. 아이들은 집에 돌아간 뒤 다시는 만나지 못했다. 바깥 뜰은 다시 조용해졌다. 젊은 서기인 순필이 형과 늙은 하인인 방 할아버지와 마름인 순옥이 아저씨만이 여전히 그 곳에 있는 자기 집에서 살았다.

얼마 있지 않아 문중 회의가 열렸다. 사람들은 수암 형을 어떻게 할 것인지에 대해 논의했다. 수암 형은 한문을 더 배우기 위해 서당에 계속 다녀야 한다고 결정이 났다. 수암 형은 자기 어머니와 함께 시골 마을로 이사를 가기로 했다. 그 곳에는 한학을 잘 가르치는 서당도 있고 아버지가 직접 관리하던 아버지 소유의 토지도 있는데, 앞으로는 작은어머니가 그 땅을 맡아 경영하게 되었다. 그렇게 해서 우리는 어린 시절을 함께 보낸 이래 처음으로 가슴 아픈 이별을 해야 했다. 나는 우리 고을에서 한 시간 넘게 걸어가야 도착하는 용당포 앞바다까지 수암 형을 바래다주었다. 그 곳에서 수암 형은 작은 배를 타고 깊고 바위투성이인 해협을 지나 건너편 강가로 갔다. 배가 돛을 올리고 출렁거리는 파도 위에서 일렁이며 멀어져 가는 동안, 수암 형은 자기 어머니와 둘째 누나 사이에 앉아서 조금은 겁먹은 표정으로 우리 쪽을 바라보고 있었다.

이렇게 식구가 많이 줄어든 뒤, 우리는 예전과 다름없이 생활했다. 하지만 아버지의 마음 깊은 곳에서는 커다란 변화가 일어나고 있었다. 아버지는 집에서 불경을 읽고 기도를 하기 시작했다. 매일 저녁 아버지는 기도하는 데 몇 시간씩 보냈다. 비가 오고, 바람이 불고, 손님이 찾아오고, 집안에 우환이 생겨도 아버지는 기도를 멈추지 않았다. 아버지는 기도와 염불을 범어로 했기 때문에 나는 한마디도 알아들을 수가 없었다. 다만 이 모든 말들이 앞으로 펼쳐질 아버지의 삶에 어떤 관계가 있을 것이라고 막연히 짐작할 따름이었다.

어머니는 아버지가 기도를 하고 염불을 하는 게 무척 기뻤다. 어머니는 온 마음으로 부처님의 가르침을 믿고 있었기 때문이다. 여름이 되자 어머니는 신광사(神光寺)에 가서 우리 집을 위해 불공을 드리지 않겠느냐고 아버지와 의논했다. 어머니는 이 절의 스님 한 분을 집으로 모셔 와서 여러 가지 제사와 제물에 대해 조언을 듣기로 했다. 하지만 그 계획은 다음 해 여름으로 미루어졌다. 참 아쉬웠다.

우리 고을은 산으로 둘러싸여 있고 산에는 크고 작은 절이 여기저기 수도 없이 많이 있었지만, 나는 아직까지 절을 본 적이 없었다. 우리는 지금까지 부처님께 공양을 드린 적도 없고, 절에서 불공을 드려 달라고 부탁한 적도 없었다. 우리 집에 자주 찾아와 대문 앞에서 염불을 중얼중얼 외던 시주승들은 세속에 사는 이들의 마음에 신심이 일게 해 주지는 못했던 것 같다. 우리 고을에서는 일 년에 딱 한 번, 거룩하신 부처님이 십구 년 동안 명상을 한 뒤 그 동안 하지 않았던 목욕을 하고 친히 설법을 시작한 음력 4월 8일에 불교 의식이 거행되었다. 큰길가에 있는 집 앞에는 한 집도 빠짐없이 키 큰 나무를 한 그루씩 세워 놓았다. 집 높이의 서너 배가 족히 넘는 나무도 많았다. 나무줄기는 색색의 천으로 친친 감아 장식을 했고, 나뭇가지에는 수없이 많은 끈이 걸려 있었는데, 끈은 지붕과 땅바닥에 드리워졌다. 저녁에는 끈과 띠에 연등을 매달아 놓아서 마치 수백만 송이의 빛나는 꽃들로 그득 찬 정원을 거닐고 있는 듯한 기분이 들었다.

나는 절에 꼭 한번 가 보고 싶었다. 특히 우리 부모님이 여러 차례 말씀하셨던 신광사를 구경하고 싶었다. 그래서 나는 어느 화사한 날 오전에 신광사로 소풍을 가는 두 친구를 별 생각 없이 따라나섰다. 아침 산책을 마치고 집으로 돌아오는 길에 마침 서문 안에서 서당에 같이 다니던 친구들을 만났던 것이다. 어디를 가냐고 묻자 친구들은 짧게 말했다.

"신광사!"

신광사라는 말을 듣자 내 심장은 쿵쾅거렸다. 친구들이 함께 가자고 하자 나는 선뜻 따라갔다.

나는 씩씩하게 앞서 걸으며 장차 닥쳐올 일에 대해서는 조금도 걱정하지 않았다. 걸어서 소풍을 가는 것은 얼마나 신이 났던가! 우리는 재빨리 우리 고을을 벗어나서 수많은 골짜기를 지나 점점 더 깊은 산 속으로 들어갔다. 마침내 우리는 완전히 산에 둘러싸여 버렸다. 햇볕은 뜨겁게 내리쬐었고, 우리는 땀을 뻘뻘 흘렸다. 하지만 우리는 지치지 않고 계속 산을 올라갔다. 드디어 저 멀리에 나무로 둘러싸인 뜰이 보였다. 신광사의 회색 지붕이 나뭇잎 사이로 언뜻언뜻 보였다.

우리가 그 곳에 도착하고 나서야 비로소 나는 나무들이 땅바닥에 길게 그림자를 드리우고, 해는 이미 서쪽으로 한참 기운 것을 알았다. 나는 기겁을 했다. 나는 친구들에게 지금 안 가면 너무 늦어질 터이므로 곧바로 다시 집으로 돌아가자고 했다. 친구들은 이미 날이 저물었으니 오늘 밤은 절에서 자야 한다고 했다. 나는 무슨 일이 있어도 그렇게 하고 싶지 않았다. 부모님이 내가 어디 있는지 몰랐기 때문이다. 집에 돌아가자고 재촉했지만 소용이 없었다. 친구들은 우선 절을 구경하고 싶어 했다. 우리가 실랑이를 벌이는 사이에 해는 더욱더 기울었다. 우리를 맞아 준 젊은 스님은 밤에 우리가 이 위험한 길을 되돌아간다는 것은 당치 않은 일이라고 했다. 나는 집으로 돌아가는 것을 단념할 수밖에 없었다. 나는 태어나서 처음으로 근심 걱정이 그득한 밤을 이 산 속에서 보내게 되었다.

나는 수없이 많은 불상이 있는 장엄하고 화려한 법당들을 구경하지도 않고, 그 젊은 스님이 이야기해 주는 것도 듣지 않고, 스님이 우리에게 갖다 준 음식도 입에 대지 않았다. 나는 저 너머 산들만 바라보았다. 그 산들 뒤에는 분명 우리 고을이 있을 터였다. 그런데 어디에도 내 눈에 익은 넓은 골짜기와 바다는 보이지 않았다. 깎아지른 듯이 가파른 산봉우리가 사방으로 둘러싸여 있을 뿐이었다. 절의 저녁 종이 쓸쓸하게 골짜기에 울려 퍼졌다. 누런 장삼을 걸친 스님들이 저녁 기도를 드리기 위해 마당에 들어섰다. 스님들은 손에 염주를 감아 드리우고 있었다. 대웅전을 비롯한 모든 법당에서는 수천 개의 초가 발하는 불빛이 환하게 흘러나왔다. 법당의 벽 주위에는 빙 둘러 제단이 있었는데, 제단에는 수천 개의 촛불이 빛나고 있었다.

이 곳에서 스님들은 기도를 드리고 염불을 외웠다. 죽은 사람의 가족은 스님들과 함께 죽은 이의 넋을 위해 불공을 드렸다. 기도는 잠깐씩 쉬느라 중단되었을 뿐 동이 틀 때까지 계속되었다. 동이 트자 기도를 마친 사람들이 탁 트인 마당으로 와서 천천히 원을 그리며 돌았다. 족히 백 명은 넘을 듯한 스님들은 무척이나 화려하고 장엄한 승복을 입고 있었고, 여자들은 상복을 입고 있었다. 여자들은 한결같이 두 손으로 목판을 한 개씩 들고 있었는데, 목판 위에는 원기둥 모양으로 접어 놓은 전지(全紙)가 하나씩 있었다. 필시 죽은 영혼을 위한 자리였을 것이다. 사람들이 둥글게 그리며 도는 원 한가운데에는 신성한 장작불이 어슴푸레한 어둠 속에서 활활 타오르고 있었다.

둔탁한 목탁 소리가 장엄한 리듬을 이루며 울렸고, 스님들은 합창을 하듯 작별의 염불과 나무아미타불을 외웠다. 이제 죽은 이들의 영혼이 드디어 이 땅에서 풀려나 다른 세계에 가는 것이었다. 우리는 목탁의 박자와 리듬이 있는 염불에 감동을 받아 여자들의 뒤를 따랐다. 우리는 쉬지 않고 원을 따라 돌았다. 어느새 날이 밝았다. 사람들의 얼굴이 점점 더 또렷하게 보이고, 골짜기도 환해졌다. 기도는 더욱더 간절해지고 사람들은 점점 더 빨리 돌았다. 이제 동녘 산들 위로 이글이글 타오르는 시뻘건 해가 둥실 떠올라 우리에게 햇빛을 내리비쳤다. 스님들이 계속 염불을 외는 동안, 여자들은 한 사람씩 불 가까이 다가가서 영혼이 머물던 자리를 불 속에 던졌다. 여자들은 모두 흐느꼈다. 이것이 영원한 작별이었기 때문이다. 사내아이인 우리도 덩달아 훌쩍거렸다. 목탁 소리가 둔탁하고 침울하게 울렸다. 스님들은 계속 나무아미타불을 외웠다.

나는 이 날 밤의 감격을 깊이 간직한 채, 산들과 작별을 하고 집으로 돌아왔다.

집에 돌아와서 나는 아무리 꾸지람을 듣고 벌을 받아도 묵묵히 견뎌 냈다. 이 종교적인 체험은 충격 그 자체였다. 참으로 이상한 일이었다. 나는 그 전날보다 성숙해진 것만 같았다. 아버지는 나를 곧 용서해 주면서 내가 체험한 것을 모조리 이야기해 보라고 했다. 아버지는 기뻐하는 듯했고, 내게 이제부터는 아버지가 저녁 기도를 드릴 때 잠깐 동안은 같이 해도 된다고 허락했다. 기도를 드린 뒤 아버지는 양쯔 강 유역의 계곡에 여기저기 흩어져 있는 크고 작은 절들에 대해 이야기해 주었다. 아주 유명한 시인들이 그 절들을 찾아가 절을 찬미하는 노래를 했다고 한다.

나는 막 당 왕조의 시인들이 쓴 시를 읽었다. 하지만 내가 아버지에게서 정말 듣고 싶었던 것은 역사적인 기록이나 시가 아니라, 아버지가 손수 지은 이야기들과 당나라 때의 전설과 설화와 일화였다. 그 시대에는 불행한 시인들이 너무나도 많았다. 그리운 이를 보고 싶으나 버림받아 더 이상 볼 수 없게 되자 너무나도 괴로운 나머지 강물에 뛰어들어 생을 마감하려고 했던 훌륭한 시인들이 수도 없이 많았다. 애절한 가락이 바위와 나뭇잎 여기저기에서 흘러나와 쓸쓸한 골짜기 안으로 울려 퍼졌고, 구슬픈 이별가가 저녁 안개가 낀 둥팅 호 위에서 떠돌았다. 달빛이 아름답게 비치는 밤이면 아버지는 우물뜰에 있는 복숭아나무 아래 자리를 만들라고 했다. 아버지가 들려주는 이야기는 무척이나 시적이었다. 아버지의 이야기는 끝이 없었다. 가끔 아버지는 시를 짓기도 했다. 그럴 때면 평상시의 엄격하고 근엄한 모습은 온데간데없이 사라졌다. 아버지는 좋은 운 (韻)이 떠오르면 나와 농담도 했다. 한번은 내게 술을 몇 잔 그득 따라 주면서 마셔 보라고 한 적도 있었다.

이 일은 어머니가 우리 곁에 없는 아름다운 달밤에 일어났다. 되레 잘된 일이었다. 어머니는 내가 아버지와 함께 술을 마시는 것을 허락하지 않았을 것이기 때문이다. 어머니는 술을 마시는 것을 아주 싫어했다. 하지만 아버지는 몸에 해로운 독한 술을 즐겨 마셨다. 그 때문에 두 분은 이따금씩 소소한 싸움도 했다. 하지만 대부분 어머니는 너그럽게 마음을 풀고, 아버지에게 저녁마다 곡주 한 병을 가져다 주었다. 아버지와 내가 함께 앉아 있으면 아버지 앞에는 술병, 술잔 두 개, 과일이 그득 담긴 사발을 올린 작은 상이 놓였다. 어머니는 보통 밤이 깊어지고 술병이 빌 때까지 우리 옆에 있었다. 하지만 그 여름날 저녁에는 어머니가 우리 곁에 없었다. 마침 여자들이 낭독회를 열고 있었기 때문이다.

달은 이미 텅 빈 서당의 지붕 위로 두둥실 떠올라 구름 한 점 없는 푸른 하늘을 훤히 비추고 있었다. 두 뜰 사이에 있는 담이 짙은 그늘을 드리우고 있었다. 사람 하나 보이지 않고 인기척 또한 없었다. 이 큰 집에 움직이는 것은 아무것도 없었다. 그토록 재미나게 이야기를 들려주는 아버지가 빙그레 웃을 때면 그 얼굴에서 굉장한 생명력과 통찰력이 환하게 뿜어져 나오는 듯했다. 밤이 깊어질수록 아버지는 술을 더 많이 마셨고, 그럴수록 아버지가 들려주는 이야기는 점점 더 흥미진진해졌다. 아버지는 참으로 많은 시를 인용하고 읊었다.

"우리 나라의 위대한 시인 김삿갓이 누군지 아느냐?"

아버지가 물었다.

"모릅니다."

나는 아버지가 새로운 이야기를 해 줄 것이라고 기쁜 마음으로 기대하며 대답했다.

"김삿갓의 할아버지는 어느 북도의 부사(府使)였어. 임금은 나라를 잘못 다스려서 얼마 되지 않아 백성들로부터 존경을 받지 못했단다. 당시 세력이 막강했던 그 부사는 병사 삼만 명을 거느리고 있었어. 병사들은 뛰어나게 활을 잘 쏘았지. 부사는 임금을 왕좌에서 내쫓기 위해서 병사들과 함께 서울로 진군했단다. 세 개의 도가 이미 그 부사에게 병합되어 아무도 남진을 막지 않았지. 하지만 부사가 병사를 거느리고 새로 손에 넣은 고을에 왔을 때, 부사는 길에서 그를 기다리고 있는 한 남자를 우연히 만났어. 그 남자는 무장도 하지 않고 손에 아무것도 들고 있지 않았단다. 하지만 그 남자는 승리를 거머쥔 정복자의 말에 다가가서 고삐를 잡았어."

아버지는 술잔을 내려다보더니 잔을 비웠다. 나는 다시 잔을 채우려 했지만 술병은 이미 비어 있었다.

"더 없니?"

아버지가 물었다. 그 말을 하면서 아버지는 조금 -그렇게 말해도 될지 모르겠다- 조금 슬픈 표정을 지었다. 나도 덩달아 슬퍼졌다.

"술을 더 가져올게요."

나는 술병을 들고 일어났다. 아버지는 소리 내어 웃고는 내 손을 잡고 말했다.

"넌 참 용감하구나. 어머니께 잘 말씀드려라! 어머니가 술을 좀 더 주실지도 모르겠다!"

아버지가 말했다.

"제가 꼭 술을 갖다 드릴게요."

내가 대꾸했다. 그리고 한 병 가득히 술을 가져와서 아버지에게 따라 주었다. 아버지는 기뻐했다.

"그런데 그 젊은 남자는 누구였어요?"

내가 물었다.

"그래, 네게 물어보려던 참이야. 이 대담한 이가 누구였을까?"

나는 한참 동안 생각하다가 말했다.

"임금인가요?"

"그렇지! 임금이 몸소 나와서 그렇게 무기도 없이 적을 대했다면, 그것 또한 옳은 일이겠지. 아마 다른 임금들은 그렇게 했을 거야. 하지만 이 임금은 엄청난 겁쟁이였단다. 이 대담했던 사나이는 임금이 아니라, 바로 정복자 자신의 손자였어. 그 유명한 김삿갓 말이야! 상상도 못했지? 하지만 그가 실제로 그의 손자였단다. '북으로 회군하십시오!' 손자가 할아버지에게 부탁했지. 하지만 할아버지는 이렇게 말했어. '내 군관이 되거라. 그럼 네게 병사 천 명을 주겠다.' '그렇게는 못 합니다. 할아버님은 임금님께 맹세한 신의를 저버렸습니다. 저는 할아버님께 복종하지 않겠습니다!' 손자는 그렇게 대답하고는 할아버지가 진군하도록 내버려 두었어. 김삿갓은 임금에게 충성했단다. 하지만 할아버지에 맞서 어떤 일도 꾸미지 않았지. 김삿갓은 문전걸식하는 방랑 시인이 되어 버렸단다."

"저 같으면 할아버지를 도왔을 거예요."

아버지가 이야기를 마쳤을 때 내가 말했다.

"아니다. 넌 아직 이해를 못해. 임금께 충성을 맹세한 이상 절대로 신의를 깨면 안 되는 법이란다."

"하지만 김삿갓은 할아버지에게도 순종하겠다고 약속했으니 할아버지 말씀을 거역하면 안 되지요."

"물론이지."

아버지는 나의 논리에 기뻐하면서 동의했다.

"그렇기 때문에 김삿갓은 할아버지에게 어떤 짓도 하지 않고, 시인이 되어 세상에 등을 돌리고 만 것이란다."

"그래도 저라면 할아버지를 도왔을 거예요."

내가 말했다. 난 임금 때문에 자기 할아버지를 버리고 떠나야 한다는 게 이해되지 않았다.

"아니, 이 고집쟁이 같으니!"

아버지가 소리쳤다.

"아닙니다. 아버지 생각은 그러시겠지요. 하지만 저는 아버지가 어른이라고 해서 저보다 그 점에 대해 더 잘 아시는지는 모르겠습니다!"

"말 한번 잘했다!"

아버지가 말했다.

"자, 우리 똑똑한 아들, 나랑 한 잔 마시자!"

아버지는 아마도 격식으로 놓아둔 듯한 다른 빈 잔에 술을 따랐다.

나는 아버지의 말에 무척이나 놀랐다. 어머니가 술에 대해 늘 나쁘게 이야기했던 터라 그 때까지 나는 사람을 취하게 만드는 음료를 좋지 않은 것으로 여겼기 때문이다. 하지만 나는 술잔을 집어 들었다.

"잘했다. 자, 마셔라!"

나는 단숨에 잔을 비웠다. 금방 눈물이 흘러내렸다. 술이 너무 독했던 것이다. 아버지가 얼른 대추를 하나 입에 집어넣어 주었다. 좀 괜찮아졌다.

"술맛이 어떠냐?"

"좋은데요."

내가 말했다.

"그것 보렴. 자, 한 잔 더 받아라!"

나는 고개를 끄덕였다. 아무 말도 할 수 없었다. 가슴이 막 울렁거리고 목이 꽉 죄어 드는 것만 같았다. 하지만 나는 가만히 앉아 신음 소리를 내지 않으려고 애를 썼다. 그러는 동안 아버지는 김삿갓의 시를 한 수 한 수 읊었다.

우리가 두 번째 잔을 비웠을 때, 나는 이미 손에 대추 두 개를 쥐고 있었다. 하지만 이번에는 그렇게 끔찍하지 않았다. 한 껏 흥이 난 나는 대추를 우적우적 씹었다. 하지만 얼마 지나지 않아 머리가 빙빙 돌았다. 참으로 이상하고 알 수 없는 일이었다. 그래도 나는 꾹 참고 기분이 매우 좋은 척하며 그대로 앉아 있었다.

어머니가 우리에게 왔다. 어머니는 내가 예사롭지 않다는 것을 대번에 알아차렸다.

"당연한 거요. 아무렴. 저 애가 술을 두 잔이나 마셨어요."

아버지가 어머니에게 말했다.

어머니는 놀라 아무 말도 하지 못했다. 하지만 어머니의 눈빛은 엄격하지도, 꾸짖는 것 같지도 않았다. 오히려 조금 빈정거리는 듯했다.

"한 잔 더 마셔도 돼요?"

내가 아버지에게 물었다.

"세상에!"

어머니가 소리를 지르며 잔을 빼앗았다.

"그렇게 심하게 굴지 마세요."

아버지가 어머니에게 부탁했다.

"술을 조금 마셨다고 애한테 해로운 건 아니에요. 하지만 내가 외로우니 친구가 있어야 해요."

"오늘 한 번만 봐 주는 거예요!"

이렇게 말하고 어머니는 잔을 채웠다.

나는 무척 자랑스럽게 세 번째 잔을 비웠다. 내가 꼭 어른이 된 것 같았다. 이토록 명민하고 이토록 재미있게 이야기를 할 줄 아는 아버지의 친구가 되었던 것이다.

"아, 시인에게 술은 정말 없어서는 안 되는 것이라는 걸 어머니가 아신다면 얼마나 좋을까! 아버지, 그렇지? 아니, 아버지께는 존댓말을 써야지요. 그렇지요, 아버지?"

"그러게 말이다."

아버지가 말했다. 어머니는 눈을 가늘게 뜨고 옆에서 나를 관찰하고 있었다. 나는 어머니가 나를 기특하게 여기는 건지, 아니면 나를 놀리고 있는 건지 분간할 수가 없었다. 하지만 상관없었다. 정말 그랬다! 달빛은 아주아주 밝았고, 복숭아나무에서는 복숭아 향기가 났고, 나는 술상에 아버지와 마주 앉아 있었다. 그리고 나는 아버지의 친구였다!

신식 학교

이른바 신식 학교라고 불리는 학교에 대해 나는 진작 들었다. 그것도 자주 들었다. 지난 가을부터는 부모님도 가끔 그 학교 이야기를 했다. 몇 해 전에 비로소 세워진 이 이상한 학교는 우리 고을 북쪽 직물공 골목 근처에 있고, 반짝이는 유리창이 많다고 했다. 이 학교에서 가르치는 것은 참으로 이상야릇해 보였다. 그 학교 학생들은 한문 고전도, 서예와 시도 배우지 않고, '대양의 서쪽' 또는 '유럽'이라 불리는 어느 신대륙에서 들여온, 완전히 새로운 여러 가지 학문을 배운다고 했다. 이 신대륙이 실제로 어디에 있는지, 그리고 그 신대륙의 학문들이 어떤 것인지 사람들은 정확히 알지 못했다. 어떤 사람들은 이 학교에서 고등 산수와 어려운 마술을 가르친다고 하고, 어떤 사람들은 심지어 지리학과 천문학까지 가르친다고 했다. 하지만 모두 이 학교가 아이들을 망쳐 놓지 않을까 걱정을 했다. 그

학교에서는 한문 고전을 가르치지 않았기 때문이다.

아버지는 이 학교에 대해 훨씬 더 많이 알고, 좋은 점도 알고 있는 듯했다. 아버지는 어머니, 그리고 온 집안 식구들과 오랫동안 논의를 한 끝에 일 년 동안 내가 그 곳에서 수업을 받도록 결정을 내렸다. 아버지는 내가 열한 살이란 나이 치고는 충분히 고전을 읽었다고 했다. 당분간은 몇 달 전에 공부한 '중용'과 '맹자'로도 충분했지만, 그 다음에 배워야 할 책들은 내 나이에는 너무 어려울 것이라고도 했다.

신식 학교에 가고 싶으냐고 내게 물었을 때 난 별로 내키지 않았다. 나는 외아들이었기 때문에 그야말로 몹쓸 놈이 되고 싶지 않았다. 나는 한문 고전과 한시 읽기를 무척이나 좋아했다. 하지만 나는 아버지를 믿고 용감하게 말했다.

"아버지가 가라시면 갈게요."

그리하여 나는 날은 맑았지만 아직은 쌀쌀한 어느 봄날 아침에 아버지를 따라 고을 중심지로 갔다. 나는 가장 좋은 옷을 입었고, 어머니가 내게 선물한 새 보자기에 점심을 싸서 들었다. 우리는 골목길을 지나 큰길로 나섰다.

"아버지, 신식 학교에서 천문학을 배운다는데 사실이에요?"

내가 물었다.

"그렇다는구나. 하늘에 대한 이야기가 나오면 주의 깊게 잘 들어라. 그런 건 수준이 높은 학문이란다."

아버지가 대답했다.

"제가 그걸 이해할 수 있을까요?"

아버지는 내게 고개를 끄덕였다.

"잡념 없이 언제나 머리가 맑아야 한다!"

아버지는 진지하게 훈계했다.

우리는 종각 거리를 지나 옆길로 접어들었다. 그러자 곧 큰 건물의 문 앞에 이르렀다. 바로 사람들의 입에 그토록 자주 오르내리던 그 무시무시한 학교였다. 대문에 학교 이름이 새겨져 있었다. 나는 교정을 들여다보았다. 교정은 엄청나게 넓어 보였다.

"들어오너라!"

앞장서 가던 아버지가 말했다.

"좀 겁나니?"

내가 선뜻 아버지를 따라가지 않자 아버지가 물었다. 그러고는 싱긋 웃었다. 나는 천천히 교문의 문턱을 넘었다. 그런 다음 다시 멈추어 서서 건물 여기저기를 살펴보고 있자, 아버지는 내 손을 잡고 어느 방으로 갔다. 이 방에서 한 노인이 나오자 아버지는 그 노인에게 허리를 굽혀 인사하라고 했다.

"이분이 학교 교장 선생님이시다!"

아버지가 웃으며 내게 말했다.

"항상 감사하게 생각하고 말씀 잘 들어라!"

아버지가 교장 선생님과 말씀을 나누는 동안, 나는 해가 들지 않아 침침하고 작은 어느 방으로 인도되었다. 그 곳에는 송 선생님이라고 하는 젊은 선생님이 있었다. 선생님에게 허리 굽혀 인사를 하자, 그분은 나더러 앉으라고 했다. 나는 선생님의 자리 앞에 있는 의자에 앉아도 되냐고 물었다. 나는 이제껏 돗자리에만 앉았기 때문에 의자란 것을 몰랐다. 의자는 굉장히 고상하고 우아해 보였다. 송 선생님이 앉아도 된다고 해서 나는 조심스레 의자에 앉았다.

"지금까지 무얼 배웠니?"

선생님이 물었다.

내가 잠시 멍하니 앉아 있자, 선생님은 계속 물었다.

"예를 들면 통감을 읽었니?"

나는 그렇다고 했다.

"네, 여덟 권까지 읽었어요."

"그 다음엔 또 뭘 읽었지?"

나는 또다시 잠자코 있었다. 통감 다음에 무엇을 읽었는지 바로 떠오르지 않았다. 나는 너무 당황했다.

"사략(史略)이니?"

선생님이 물었다.

나는 고개를 끄덕였다.

"맹자도 읽었니?"

나는 또 고개를 끄덕였다.

"중용도 읽고?"

"그것도 이미 읽었어요."

"정말 많이 읽었구나!"

선생님은 책장에서 책 한 권을 가져와서 내 앞에 펼쳐 놓았다.

"한번 보렴!"

나는 책을 읽었다.

"다 이해할 수 있겠니?"

나는 잠시 머뭇거리다가 그렇다고 했다.

"이 말이 무엇을 뜻하는 것 같니?"

선생님은 그렇게 묻고는 '아메리카'라는 낱말을 짚었다.

"아마도 영국 근처에 있는 나라인 듯합니다."

내가 말했다. 나는 사람들이 유럽에 대해 이야기할 때 그 두 이름을 자주 언급하는 것을 들은 적이 있었다.

송 선생님은 한참 동안 생각하더니 나를 2학년으로 배정해 주었다.

아버지는 나를 한 번 더 보지도 않고 가 버렸다. 교장실에는 아무도 없었다. 아버지는 나 자신에게 나의 운명을 맡겨 버린 것이다.

첫날에는 하늘에 대해서 아무것도 배우지 않았다. 자연 시간에는 말 네 마리가 서로 반대 방향으로 끄는 공에 대해 배웠다. 그리고 기다란 유리관 속에 동전과 깃털을 한쪽 끝에서 다른 쪽 끝으로 한 개씩 떨어뜨리며 관찰했다. 그 다음 시간에는 산수를 배웠다. 우리는 체조를 두 번씩이나 해야 했다. 저녁 무렵 나는 유리관을 다시 관찰했다. 유리관을 눈 앞에 대면 모든 것이 알록달록한 색으로 빛났다.

해가 졌다. 학급 친구들은 교문 밖으로 우르르 몰려 나갔다. 하지만 나는 다시 송 선생님에게 불려 갔다. 나는 교과서 두 권과 등에 메는 책가방, 연필 몇 자루, 석판으로 만든 칠판을 받았다. 어떤 상인이 내게 주라고 학교로 가져온 것이라고 했다. 나는 교과서를 찬찬히 살펴보았다. 하나는 '동양사'라고 적혀 있고, 다른 책은 '자연법칙'이라고 적혀 있었다. 나는 책을 펴서 대강 훑어보았다. 자연 책에는 그림이 실려 있었다. 저울, 유리관, 돛을 단 배 몇 척, 그리고 유럽의 기선이 그려져 있었다. 하지만 오늘 배운 공은 없었다.

송 선생님은 내게 시계가 있느냐고 물었다.

"없습니다."

내가 말했다.

"아버지는 갖고 계시니?"

"아니요."

"그거 안됐구나. 새로운 시간 구분법은 알고 있니?"

"열두 시간 말인가요?"

"그래. 하지만 열두 시간이 두 번 있단다. 오전과 오후에 각각 열두 시간씩 있지. 내일부터는 아침 여덟 시까지 학교에 와야 해. 오늘은 시계가 여덟 시를 칠 때 해가 바로 남쪽 옥외 체조장 벽에 와 있었단다. 어쨌든 간에 아침밥을 먹고 나서 곧바로 학교에 오너라."

나는 다시 자연 책을 대충 읽었다.

"공은 없네요."

내가 잠시 뒤에 말했다.

"공이라니 어떤 공을 말하는 거냐?"

"말 네 마리가 끌어당기는 공이요."

"그건 옥 선생님께 여쭈어 보아라. 나는 역사만 가르친단다. 이제는 집에 가거라. 벌써 날이 어두워져 부모님이 기다리실 거야."

아버지의 방에는 집안의 남자들과 여자들 여럿이 모여 앉아 있었다. 어머니와 둘째 누나도 있었다. 모두들 내 책, 가방, 연필을 요리조리 살펴보았다. 그 동안에 나는 아버지가 물린 저녁 밥상에서 남은 음식을 싹싹 먹어 치웠다.

사람들이 모두 자기 방으로 물러간 뒤에 아버지와 나는 잠자리에 누웠다. 아버지는 오늘 학교에서 새롭게 배운 것이 무엇이냐고 물었다.

"여러 가지를 배웠어요, 아버지."

"유럽에 대해서도 좀 배웠니?"

"네. 그런데 유럽이라는 데는 정말 특이했어요."

"자, 어떤 이야기였는지 한번 들어 보자."

아버지가 못 참겠다는 듯이 성급히 말했다.

"정확하게 설명은 못하겠어요. 정신을 바짝 차리고 들었는데도 선생님이 무슨 말씀을 하시는지 제대로 이해가 되지 않았어요. 선생님은 어떻게 해서 네 마리의 말이 공을 반대 방향으로 끌고 가는지에 대해 설명해 주셨어요. 저녁 무렵에는 유리관을 봤어요. 그 유리관을 눈 앞에 대면 학교 교정의 모든 돌이며 사람들의 옷, 그리고 지붕의 기왓장이 모두 알록달록하게 빛났어요. 왜 그런지는 모르겠어요. 아버지께서 설명해 주실 수 있으세요?"

"그런 게 유럽에서 온 것이라던?"

한참 동안 잠자코 있던 아버지가 물었다.

"네, 그런 것 같아요."

"어느 선생님이 네게 그걸 보여 주셨니?"

"옥 선생님이라고 하는 것 같았어요."

"선생님이 또 뭐라고 그러시던?"

"빛이 그렇게 갈라진다고 한 것 같아요."

"빛이 갈라진다고? 빛이 갈라져?"

아버지는 두 번이나 중얼거렸다.

잠시 뒤 아버지는 남포등에 불을 다시 켜고 방 한쪽 구석에 있는 나지막한 책장에서 책 몇 권을 가져오라고 했다.

이 책들은 아버지가 서울에서 가져온 것이었다. 거기에는 유럽의 많은 지혜가 담겨 있었다. 아버지는 책을 다 넘겨 본 뒤 다시 책장에 꽂으라고 했다.

"학교에서 선생님 말씀을 좀 더 주의 깊게 들어야겠다."

아버지는 실망한 표정으로 말했다.

"이제 불을 끄고 자거라."

"오늘은 기분이 참 이상했어요."

내가 말했다.

"학교의 모든 게 무척이나 낯설었어요. 학교가 마음에 안들까 봐 오랫동안 두렵기도 했고요. 이제까지 보고 듣던 것과는 너무 달라서요."

아버지는 오랫동안 말이 없었다. 그런 다음 이렇게 물었다.

"그래서 슬프던?"

"그 비슷한 기분이 들었어요. 자꾸만 서당이랑 우리 집이 생각나지 뭐예요."

"이리 가까이 오렴."

아버지가 내 손을 끌어당겼다.

"너 아직 소동파의 시를 외우고 있니?"

나는 잠시 생각한 뒤 그렇다고 했다. 시인이 배를 타고 가며 지은 이 시를 나는 작년에 아버지 앞에서 소리 내어 읽었다.

"한번 읊어 보아라."

나는 막히지 않고 단숨에 읊어 내려갔다.

"영탄가도 읊을 수 있겠니?"

나는 영탄가를 읊었다. 오십 절이 끝나기까지 오랜 시간이 걸렸다.

"이제 좀 마음이 차분해졌니?"

아버지가 물었다.

나는 그렇다고 대답하고 내 이부자리로 돌아갔다.

"내일도 학교에 갈 거니?"

"네. 아버지가 가라시면 갈게요."

시계

내 옆자리에 앉은 기섭이는 잘생기고 총명한 소년이었고, 아는 게 많은 듯했다. 기섭이는 나를 딱하게 여겼다. 내가 교과 내용을 거의 이해하지 못해 풀이 죽어 있었기 때문이다. 나는 자연을 대부분 이해하지 못했고, 산수는 더더욱 몰랐다. 기섭이는 가끔 아무것도 쓰지 않아 깨끗한 내 공책을 보고는 숫자 몇 개를 적어 주었다. 적어도 내가 어려운 산수 문제의 답이라도 공책에 써서 집에 가져갈 수 있게 하려는 것이었다. 하지만 그것도 별반 도움이 되지 못했다. 어떻게 해서 그런 답이 나왔는지 나는 알지 못했기 때문이다. 그래서 나는 온종일 기가 죽은 채 저녁이 되기만을 기다렸다.

하지만 집으로 돌아오는 길에 나는 자연 시간에 어느 정도 알아들은 것과 유럽에 대해 새로이 들은 것을 머릿속으로 정리해 보았다. 아버지에게 이야기해 주기 위해서였다. 아버지는 아무리 사소한 것이라도 새로운 것이라면 기쁜 마음으로 들었다. 나는 학교에서 들은 것을 아버지에게 하나도 빠짐없이 설명해 주었다. 그리고 아주 조금이라도 유럽의 것으로 보이는 것은 모조리 아버지에게 가져다 주었다. 유럽의 글자가 적힌 종잇조각, 고층 건물, 교량, 또는 탑이 있는 사진을 아버지는 오랫동안 꼼꼼히 살펴보았다.

쉬는 시간이나 학교가 파한 뒤에 몇몇 아이들은 옥외 체조장에 모여 유럽의 여러 나라, 유럽의 수준 높은 학문과 현자들에 대해 이야기를 나누었다. 그런데 현자들의 이름이 한결같이 이상하고 낯설어서 나는 좀처럼 기억할 수가 없었다. 우리 반 친구인 복술이는 한 부유한 중국인이 유럽의 어느 현자를 방문한 이야기를 들려주었다. 그 부자의 손에서 값비싼 다이아몬드 반지가 스르르 빠지더니 그만 뜰에 떨어졌다. 그는 현자와 이야기를 나누다가 자기에게 일어났던 불운을 말했다. 그러자 현자는 그에게 이렇게 대답했다고 한다.

"저를 찾아 주신 귀한 손님, 걱정하지 마세요. 유럽에서는 아무도 땅에 떨어진 남의 물건을 줍지 않는답니다!"

내심 걱정하던 그 남자는 마침 마당을 비로 쓸고 있던 하인이 반지를 손으로 집었다가 땅바닥을 깨끗이 쓸고 난 다음 다시 제자리에 내려놓는 것을 창문으로 보았다고 했다.

기섭이는 잠시 유럽에 살았던 어떤 중국 황태자에 대한 이야기를 들려주었다. 황태자는 다시 중국으로 돌아가기 전에 그 나라의 제일 높은 남자를 찾아갔다. 작별 인사도 하고 손님을 환대해 주는 그 나라의 미덕에 대해 감사의 뜻도 아울러 전하기 위해서였다. 성의 뜰에 도착한 황태자는 마침 자갈이 많이 깔린 곳을 청소하고 있던 정원사에게 주인을 만나 볼 수 있겠느냐고 물었다. 그러자 정원사가 대답했다.

"제가 바로 이 나라의 대통령입니다. 유럽에서는 주인도 종도 없습니다. 그런 건 미개한 나라에서나 있는 것이지요."

아버지는 복술이의 이야기와 기섭이의 이야기를 듣고 얼마나 좋아했던가!

"그것 봐라. 유럽 인들이야말로 된사람들이야!"

아버지는 기쁨에 넘치고 들뜬 목소리로 말했다.

그로부터 며칠 뒤 아버지가 집에 가져오게 한 커다란 벽시계는 밤 열두 시를 알렸다. 그 소리는 온 집안에 울려 퍼졌다. 시계는 고요한 밤에 계속 째깍째깍 소리를 냈다.

아버지는 그 때까지도 등불 옆에 앉아서 내 교과서를 이것저것 들춰 보고 있었다.

"유럽에 대해 더 들은 건 없니?"

"네. 없어요."

"이 나라들을 누가 다스리는지 말해 주지 않던?"

"아니요. 하지만 제 생각에는 대통령이 다스리지 않을까 싶어요. 대통령이 임금인 셈이죠."

"흠, 그럴 수도 있겠다."

아버지는 종종 생각에 잠기기도 하고 살짝 웃기도 하며 계속 책을 읽었다. 그러고는 책을 옆에 밀어 놓고 마치 자신에게 가려져 보이지 않는 새로운 세계 안을 들여다보고 싶다는 듯이 앞을 응시했다.

어느 날 저녁, 내가 집으로 돌아가려고 하는데 한 소년이 교실 문 앞에서 나를 기다리고 있었다. 그 소년은 상급생인 용마 형이었다.

"네가 남문 안에 사는 이 감찰 댁 아들이니?"

용마 형이 물었다.

"네, 맞아요."

내가 말했다.

"어떤 집에 갈 건데 함께 가자. 그 집 아들을 우리 학교에 오게 하려고 가는 거야."

나는 이미 신식 학교를 다니는 아이들이 고을을 돌아다니며 이 집 저 집 찾아가 신식 학교의 좋은 점을 말하면서 자식들을 신식 학교에 보내도록 부모들을 설득한다는 말을 자주 들었다.

"송 선생님이 오늘 저녁에는 우리 둘이 가라고 하셨어."

내가 망설이자 용마 형이 말했다.

"저녁 먹고 곧바로 버들다리로 와! 거기서 만나자. 그리고 그 집 부모님에게 보여 드리게 교과서도 몇 권 갖고 와."

우리가 강을 따라 걷고 있을 때는 날이 이미 어둑어둑해졌다. 저녁놀에 강물만 희미하게 빛나고 있었다.

"너 뉴턴에 대해 좀 아니?"

걸어가면서 용마 형이 물었다.

"아니요."

내가 말했다.

"하지만 중력에 대해서는 물론 들어 봤겠지? 모든 것을 땅에 떨어뜨리게 하는 중력 말이야."

"아니요. 들은 적 없어요."

나는 또다시 그렇게 말할 수밖에 없었다.

용마 형은 놀란 얼굴로 나를 바라보았다. 용마 형은 내 또래의 남자 아이가 아직도 중력에 대해 모른다는 사실을 이해할 수 없다는 표정이었다.

"저는 지구가 태양 주위를 돈다는 것, 그것 한 가지만 알아요."

"좋아. 사람들한테 그건 말해 줄 수 있겠다."

용마 형이 씩 웃으며 말했다.

"아니면 산소에 대해서 말해도 돼. 물이 산소와 수소라는 서로 다른 두 물질로 이루어져 있다고 이야기해. 우리 선조들은 우주가 음과 양 두 극으로 구성되어 있다는 것만 알고 있었지. 하지만 유럽 인들은 물이나 공기, 바위 같은 개별적인 것에도 이 원리가 작용하고 있다는 것을 알고 있어."

용마 형의 목소리는 매우 부드러웠다. 용마 형은 말을 신중하게 하면서도 잘했다.

"많은 사람들이 이제 나쁜 시대가 왔다고 하지. 그럼 넌 이렇게 말하는 거야. '나쁜 시대가 아니고 새로운 시대가 온 거예요. 말하자면 눈이 많이 오던 기나긴 겨울이 지나고 지금 막 봄이 시작된 거예요. 진달래와 철쭉이 피고 뻐꾸기가 울죠. 나는 우리 시대를 그렇게 느낍니다.' 하고 말이야."

우리가 찾아간 집의 가장은 붓을 만드는 사람이었다. 그 집의 바깥벽은 이 곳에서 붓을 판다고 큼직하게 쓴 글씨로 가득 메어 있었다. 우리가 돌계단을 다 올라갔을 때, 마침 한 젊은 여자가 주전자를 손에 들고 우리 쪽으로 오고 있었다. 그 여자는 우리가 찾아온 목적을 듣더니 한마디 대꾸도 없이 집으로 들어가 문을 닫아걸었다. 우리가 몇 번이나 문을 두드렸지만 끝내 열어 주지 않았다.

우리는 거기 서서 잠시 동안 가까운 계곡의 시냇물이 콸콸 흘러내리는 소리를 듣다가 그냥 돌아왔다.

"혹시 집에 나무 상자가 있으면 검은 종이로 안팎을 붙여봐. 한쪽은 그냥 두고 거기다 희뿌연 유리를 덮는 거야. 그리고 반대 방향에 바늘귀만 한 가는 구멍을 내. 이 상자로 풍경을 보면 나무와 꽃들이 모두 유리에 비치는 걸 볼 수 있어. 그 상자를 사람들에게 보여 줄 때에는 이 상자와 비슷한 것으로 사진을 찍는 거라고 말하렴."

용마 형은 자기 집에 도착하자, 내게 자신이 갖고 있는 많은 책들을 보여 주기 위해서 나를 자기 방으로 데리고 갔다. 그 중에 몇 권은 유럽식으로 제본되어 있었고, 금박 글자로 장식되어 있었다. 나는 그 책들을 만질 엄두도 나지 않았다.

"우리는 먹 한 가지로 그림을 그리고 있는데, 유럽에서는 금으로 글씨를 쓰고 있는 거지."

용마 형이 설명해 주었다. 내가 집으로 돌아가려고 하자, 용마 형은 내게 작고 얇은 책을 한 권 주었다. 푸른 표지에는 유럽식으로 보이는 이름이 쓰여 있었다.

"이 책은 진보적인 사고를 하는 사람이라면 누구나 읽는 책이야. 아버님께 한번 보여 드려!"

나는 그 책을 받아들고 서둘러 집에 왔다.

"에이브러햄 링컨, 에이브러햄 링컨, 사람 이름이겠지?"

아버지가 중얼거렸다.

"전 그렇게 알아들었어요."

아버지는 몇 페이지를 읽었다. 나머지 페이지는 대충 넘기고 책을 앞뒤로 주의 깊게 살펴보았다.

"너는 그만 자거라."

아버지는 짧게 말하고 책을 계속 읽었다.

"그 사람이 유럽의 현자인가요?"

내가 물었다.

아버지가 고개를 끄덕였다.

"공자나 맹자처럼요?"

"아냐. 그렇진 않단다."

"그럼 우리 나라의 율곡 같은 분이신가요?"

"아니, 전혀 다르단다."

아버지는 귀찮다는 표정이었다. 나는 아버지가 그 책을 다 읽을 때까지 잠자코 기다렸다. 아버지는 책을 읽으면서 몹시 흥분한 듯했으나 아무 말도 하지 않았다. 아버지는 묵묵히 앉아서 앞에 놓인 책만 줄곧 바라보았다. 그러고는 담뱃대에 불을 붙여 담배를 피웠다.

이 유럽 인이 혹시 시인일까? 아니면 영웅? 그도 아니면 어느 못된 임금의 충신일까? 유럽에도 나라를 제대로 다스리지 못하는 임금들이 있을까?

나는 서랍에서 사진을 꺼내 고층 건물과 기다란 다리와 뾰족한 탑을 유심히 들여다보았다. 사람들은 이 탑으로 무엇을 한 것일까?

벽시계가 느릿느릿 뎅뎅 소리를 내며 시각을 알렸다. 그 소리는 아득히 먼 곳에서 울려오는 듯했다. 마치 하늘에 흘러가는 구름 사이로 어쩌다 내게 빛을 비추는 지혜의 아성(牙城)에서, 그 도달할 수 없는 곳에서 들려오는 것만 같았다.

아버지는 손님을 거의 받지 않았다. 아버지는 자신이 충분히 쉬어야 한다고 했다. 아버지는 고을 각지에서 여러 가지 일 때문에 찾아온 손님들을 젊은 서기인 순필이에게 맞이하게 했고, 우리 땅에서 일하는 농부들은 마름인 순옥이가 대접하고 충고를 하게 했다. 사람들은 오갔고, 흥정하고 계약을 맺었다. 하지만 이 모든 일은 예전에 서당이 있던 바깥뜰에서만 이루어졌다. 우물뜰은 빗장을 걸어 놓은 문이 달린 담으로 다른 뜰과 분리되어 있었는데 온종일 조용했다. 아침이면 머슴은 우물뜰을 깨끗이 쓸었고, 저녁에는 구월이가 그 곳에 있는 자그마한 정원에 물을 주었다.

아버지가 매일같이 맞이하는 유일한 사람은 어머니였다. 어머니는 저녁 식사를 마친 뒤 구월이나 다른 여자 하인 한 명을 거느리고 와서는 우리와 함께 잠시 동안 있었다. 어머니는 아버지와 집안 살림에 대해 상의하고, 아버지에게 안채에서 일어난 일이며 어머니를 찾아온 여자 손님들에 대해 이야기했다. 어머니는 잠시 동안 내가 학교 이야기를 하는 것을 귀 기울여 듣고 난 뒤, 열린 창 위쪽으로 걸어 올렸던 대나무 발을 내리라고 이르고 남포등에 불을 붙였다. 그러고는 우리에게 잘 자라는 말을 하고 갔다.

가운데 누나인 어진이 누나는 저녁이면 종종 우리에게 와 우리가 나누는 대화를 귀 기울여 들었다. 어진이 누나는 내가 학교를 다니는 것에 대해서 무척이나 관심이 많았다. 누나는 내 교과서를 자주 뒤적였다. 그러고는 마음에 드는 곳을 읽기도 했다. 자기 방에서 자세히 공부할 셈으로 내가 다음 날 필요로 하지 않는 책을 이것저것 가져간 적도 한두 번이 아니었다. 하지만 아버지가 누나에게 신식 학교에 가고 싶으냐고 묻자, 누나는 기겁을 하면서 얼른 책을 옆으로 밀쳐놓았다.

"어떻게 저한테 그런 농담을 하시는 거예요?"

누나는 당황한 얼굴로 말했다.

'큰애기'라고 불리던 제일 큰 누나는 이미 오래 전에 시집을 갔다. 제일 어린 셋째 누나는 아직도 숫기가 없어 아버지의 방에 들어오지 못했다.

어느 날 저녁, 부모님이 오랫동안 상의를 하고 있고, 나 혼자 안채의 '동쪽 방'에 있는데, 어진이 누나가 왔다.

"이 책들은 참으로 이상하구나."

누나는 못마땅하다는 듯이 말했다.

"한자도 없고 깊은 뜻을 지닌 문장도 없어. 이런 책들을 읽으면 네가 현명해질 것 같니?"

"그럴 것 같아."

내가 말했다.

"이 책들에서 너는 무엇을 배우니?"

누나가 잘난 척을 하며 책을 한 권 한 권 살펴보았다.

"너한테는 참 안된 일이야. 너는 재능이 있는 애야. 이미 중
용을 읽었잖아. 시도 많이 배우고 율곡의 일화까지 옮겨 써 봤
고. 그런데 이제는 이런 쓸모없는 것들에 네 재능을 낭비하고
있구나."

어진이 누나는 총명했다. 책을 많이 읽었고, 일화며 문체가
뛰어난 장편소설도 많이 읽었다. 누나는 어머니도 미처 모르는
고전 문장을 늘 입에 달고 살았다. 사람들 말로는 어진이 누나
가 우리 남매들 중에서 가장 머리가 좋다고 했다. 또 툭하면
나를 꾸짖는 유일한 누나였다. 누나는 내 글씨가 삐뚤빼뚤하
고 엉망이며, 말을 할 때는 아름답게 꾸며서 하지 못한다고 생
각했다. 그래서 나는 되도록 누나와 나누는 대화를 피하고 싶
었다.

마침내 내가 입을 열었다.

"새로운 학문들은 달라. 새로운 학문들을 공부하면, 예를
들어 매일 수천 마일을 달릴 수 있는 기차를 만드는 법을 알 수
있어. 달까지의 거리를 재는 방법이라든가 전력을 이용해 불을
켜는 방법도 배우고."

"그러니까 너는 현명한 사람은 아니야."

누나가 걱정스러운 말투로 말했다.

"다른 시대가 온 거야."

나는 말을 계속했다.

"우리가 어둠 속에서 자고 난 뒤에 훨씬 더 밝은 시대가 온 거야. 새로운 바람 한 줄기가 우리를 잠에서 깨운 거야. 이제 기나긴 겨울이 지나고 봄이 온 거란 말이야. 사람들 말이 그래."

어진이 누나는 한참 동안 침묵했다. 누나는 내가 하는 말을 거의 듣지 않았다.

"사람들이 유럽이라고 부르는 그 나라는 여기서 얼마나 멀리 떨어져 있니?"

"아직 그건 안 배웠어. 하지만 수만 리는 될 거야."

"옛날에 소군 공주가 꽃이라곤 하나도 없는 나라에 시집갔었지. 그 곳이 혹시 유럽일까?"

"아니야, 그건 오랑캐 나라였잖아."

"유럽에도 백합이며 개나리며 진달래, 철쭉 같은 꽃들이 필 거 같니?"

"몰라."

"그 곳에도 남풍이 불어 달빛 아래서 술상 앞에 앉아 시를 지을 수 있을까?"

"그것도 확실히 모르겠어."

"넌 아는 게 하나도 없구나."

누나는 실망한 나머지 딱 잘라 말했다.

방학

서당에는 여름 방학이 없었다. 날씨가 아주 무더울 때는 보통 때보다 공부를 적게 했다. 그럴 때면 가끔 멱을 감으러 가도 좋았다. 서당은 일요일도 없고 한 달에 딱 이틀만 쉬었다. 하지만 신식 학교에서는 일요일에 수업이 없고, 여름에는 한 달 동안이나 게으름을 피우며 편히 보낼 수가 있었다. 이 얼마나 좋은 제도인가! 아버지도 좋아했다.

아버지는 내게 어느 멀리 떨어진 시골에 있는 유명한 훈장에게 가서 습자를 더 하든지, 아니면 아버지 곁에서 한문책을 옮겨 쓰든지, 둘 중 하나를 선택하라고 했다. 아버지는 나의 필체가 마음에 들지 않았다. 아버지는 학교 수업이 없는 날에는 습자 연습을 하라고 했다. 나는 아버지 곁에 있기로 결정했다.

나는 가느다란 붓 몇 자루와 아무것도 쓰여 있지 않은 공책 한 권을 받았다. 거기에다 쌀알만 한 글자로 빼곡히 채워야 했다. 매일 아침 나는 아버지가 준 책을 두 쪽씩 배우고, 오전 내 내 그것을 베껴 썼다. 아버지는 내게 꽤 많은 글자를 되풀이해 서 연습시켰다. 한 면을 몽땅 다시 베껴 써야 할 때도 많았다.

오후에는 '바둑'이라는 놀이를 배웠다. 바둑은 바둑판 위에 서 수많은 검은 돌과 흰 돌로 겨루는 고상한 놀이였다. 희고, 곱고, 종종 종잇장처럼 얇은 바둑돌을 보니 바닷속에서 매끈매 끈하게 닦인 조개껍질이 생각났다. 한쪽 면에서는 아직도 진주 층이 보였다. 검은 돌은 두껍고 둥글며 석판처럼 회색빛이 돌 았다. 시냇가에서 주워 온 듯했다.

"자, 검은 돌을 쥐어라. 그리고 바둑판에 힘껏 세게 놓으렴!"

내가 흰 돌과 검은 돌을 찬찬히 살피고 있을 때 아버지가 말 했다.

나는 그렇게 했다. 바둑판이 그려진 상자에서 맑고 은은한 소리가 오랫동안 울렸다. 상자 안에는 구리선이 이리저리 감겨 있다고 아버지가 설명해 주었다.

"상대방이 바둑돌을 놓거든 울리는 소리가 잦아들 때까지 기다려라. 그런 다음에 돌을 놓으렴. 절대로 경솔해서는 안 된 다!"

아버지가 말했다. 나는 검은 돌 스무 점을 미리 놓고 대국을 시작했다.

"천천히!"

내가 돌을 쥐고 유리해 보이는 곳에 얼른 놓으려 하면 아버지는 이렇게 외쳤다.

"항상 먼저 생각을 해야 해! 적이 약점을 드러낸 것 같아도 그건 대부분 속임수에 불과한 거야!"

언젠가 아버지는 바둑은 원래 인간의 놀이가 아니라 하늘에서 이 산 저 산 꼭대기에 내려와 바둑으로 시간을 보내던 신선들의 놀이라고 했다.

"아이들이 경주하는 것처럼 그렇게 성급하게 바둑을 두는 신선들을 상상할 수 있니?"

"아니요. 신선들은 매우 고상해요!"

내가 말했다.

"나무꾼 이야기를 들어 봤지? 길을 잃어 신선 세계에 그만 잘못 들어갔다가 신선들이 바둑 두는 것을 구경한 나무꾼 말이야. 자신이 일하던 곳에 돌아와 보니 도낏자루가 썩어 있었지. 시간이란 걸 도통 모르고 사는 신선들의 놀이가 이 땅에 사는 인간들에게는 너무나도 긴 시간이 걸린 거지."

우리는 바둑을 두고 또 두었다. 한낮의 찌는 듯한 무더위가 가시고 오후가 되면 나는 바둑판을 들고 정원으로 가 나무 그늘 아래 놓아야 했다. 우리는 바둑판을 사이에 놓고 돗자리 위에 마주 앉았다. 나는 계속 지기만 했다. 하지만 언젠가 한 번은 꼭 이길 것이라고 굳게 믿었다. 정원에 시원한 그늘이 드리우고 구월이가 저녁을 먹으라고 부를 때까지 우리는 계속 바둑을 두었다.

어머니가 아버지에게 오는 저녁이면, 나는 자주 용마 형에게 불려 나갔다. 우리는 학생들을 모집하러 다니기도 했고, 우리 고을을 산책하면서 상점들을 구경하기도 했다. 우리는 큰길을 따라 동문(東門)까지 걸었는데, 거기서는 일본 상점도 구경할 수 있었다.

나는 우리 나라 사람들이 '왜놈'이라 부르며 그다지 예의 바르고 점잖은 인간으로 여기지 않았던 일본 사람들에 대해 별로 아는 게 없었다. 하지만 용마 형은 일본 사람들이 지금은 유럽 사람들로부터 많은 것을 배워 나라를 개혁했으므로 이제는 일본이라는 나라를 문화국으로 여겨야 한다고 했다. 실제로 일본 상인들은 유럽에서 들여온 듯한 진기한 물건들을 많이 팔고 있었다. 대부분 사탕, 담배, 남포등, 석유, 인형 그리고 여러 가지 장난감 따위였다. 어떤 가게 앞에는 못이 많이 박힌 커다란 널빤지가 세워져 있었다. 동전 한 닢만 있으면 누구나 경사진 널빤지에 공을 굴릴 수 있었다. 공은 아래로 굴러 내려가 어떤 숫자를 가리켰다.

최고의 상품은 벽시계였다. 그래서 그 일본 사람은 줄곧 이렇게 외쳐 댔다.

"이리 와서 한번 해 보세요. 벽시계를 타 가세요. 아라, 아

라, 아라, 우리 가게 벽시계 없어졌네."

다른 가게에서는 자전거를 팔기도 하고 대여도 해 주었다. 이 곳에서 용마 형은 오랫동안 서서 자전거를 자세히 관찰했다. 용마 형은 자전거가 정말로 유럽에서 온 것이라고 생각했다. 매우 독특하게 생겼기 때문이다.

"나도 한번 타 보면 안 될까?"

잠시 동안 다른 아이들을 바라보다가 용마 형이 내게 물었다.

"그건 별로 점잖지 못한 일이에요."

그 이상야릇한 장난감이 정말 고상한 유럽에서 온 것인지 잘 알지도 못하면서 내가 말했다.

"형은 선비 집 아드님이잖아요."

용마 형은 고개를 끄덕였다. 그러고는 잠시 생각하다가 자전거를 타 보겠다는 생각을 접었다.

상점들은 밤늦게까지 환하게 불이 켜져 있었다. 상인들은 상점 앞에 돗자리를 깔고 앉아 있었다. 우리 나라 사람들과는 달리 그 상인들은 검은색 옷을 입고 있었다. 검은색 천에는 특히 눈송이같이 흰 무늬나 단순한 선 또는 점이 있는 경우가 많았다. 매우 조잡해 보이는 커다란 글자를 등에 하나씩 달고 다니는 사람들도 많았다. 고상하고 품위 있는 흰 옷을 입고 있는 사람은 한 사람도 없었고, 신을 신고 있는 사람도 없었다. 그들은 한결같이 두 발을 안짱다리처럼 안쪽으로 향한 채 딸깍딸깍

소리를 내며 게다를 끌고 다녔다. 일본 여자들은 물건을 판 다음, 하인을 거느리거나 가마를 타지 않은 채 길을 걸어 다녔다. 그들은 전부 하인같이 보였다. 이들은 모두 체면이나 염치를 모르는 하층민일까? 아니면 너무나도 가난해서 아내마저도 장사꾼으로 거리에 내보낸 것일까?

나는 이들의 고향이 담긴 사진도 본 적이 없고, 이들이 사는 마을이나 도시가 담긴 사진 역시 본 적이 없었다. 용마 형도 별로 아는 바가 없었다. 용마 형은 일본은 이제 개혁되었고 기차와 기선이 많다는 말만 되풀이했다.

"사람들이 그러는데 지금 이 세상에는 개화된 나라가 여섯이 있대."

언젠가 용마 형이 말했다.

"그 여섯 나라는 영국, 미국, 프랑스, 독일, 러시아, 일본이야. 하지만 일본은 남의 흉내만 냈기 때문에 사람들이 제일 꼴찌로 친 거야."

"우리 나라는 어디에 들어가죠?"

내가 놀라서 물었다.

"개화되려면 아직도 멀었어."

용마 형이 의기소침한 얼굴로 말했다.

"우리 나라엔 아직 기차가 너무 적어."

"그럼 중국은 어때요?"

내가 또 물었다.

"중국인들은 아주 보수적인 것 같아."

용마 형이 한참 침묵한 뒤 말했다.

"내가 포목 장수 유 씨한테 땋은 머리는 구식이니 잘라 버리라고 하니까 욕을 하더라. 그 노인은 불같이 화를 내면서 내가 곧바로 도망을 가지 않으면 따귀를 때릴 기세였어. 남산 뒤에 있는 야채 장수도 아주 구식이야. 야채 장수에게 뭘 좀 아는가 보려고 교과서 몇 권을 보여 준 적이 있었어. 그러고 나서 내가 중국도 유럽 문화를 받아들이려 하느냐고 한자로 썼어. 야채 장수는 하하 웃더니 손사래를 쳤지. 그러고는 담뱃대로 땅바닥에 이렇게 썼어. '유럽은 오랑캐 나라다. 그 곳에는 공자가 가르치는 유교적인 풍습이 없다.'"

'보수적'이란 말은 별로 좋게 들리지 않았다. 나는 그 말이 꼭 '어리석다'거나 '완고하다'는 말을 뜻하는 것만 같았다. 중국인들이 정말 보수적이라면 그건 유감스러운 일이었다. 내게 중국은 아름답고 부드럽고 훌륭한 어떤 것이었기 때문이다. '양쯔 강'이나 '둥팅 호', '쉬저우'나 '항저우'와 같은 말의 울림을 떠올리거나 소동파나 도연명의 시 몇 구절을 읊기만 해도 내 앞에는 훌륭하고 찬란한 하나의 세계가 펼쳐졌던 것이다.

셋째 누나와 어진이 누나도 그렇게 생각하고 느꼈다. 중국 소설을 많이 읽었기 때문이다. 누나들은 양쯔 강 계곡의 아침 안개며 달빛이 비치는 요양 잎을 보지는 못했지만, 저 훌륭한 중국을 그 무엇보다도 좋아했고, 심지어는 우리 나라보다도 더 좋아했다. 누나들은 우리 나라를 '동방의 작은 나라'라고 조금은 경멸하듯이 부를 때가 많았다.

여름 방학이 끝날 무렵, 나는 특이하면서도 아름다운 저녁을 보냈다. 저녁 식사를 마친 뒤 나는 기섭이와 '호랑이'라는 무시무시한 별명을 가진 친구에게 끌려 나갔다. 기섭이와 호랑이는 그들과 함께 곧바로 학교에 가자고 했다. 오늘이 임금님인지 중전마마인지, 아니면 어느 지체 높은 사람의 생일이라 저녁에 우리가 시가행진을 해야 한다고 했다.

우리가 학교에 도착했을 때, 교정에는 이미 학생들이 모두 모여 있었다. 족히 이백 명은 넘는 듯했다. 체조 선생님이 와서 키 순서대로 넉 줄로 정렬하라고 했다. 우리 중에서 가장 키가 큰 용마 형은 맨 앞줄에 섰고, 반대로 나는 거의 맨 끝줄에 기섭이와 나란히 섰다. 우리는 기나긴 연설을 들었다. 또한 거리에 나가 행진을 할 때는 우리 고을 사람들과 다른 학교 학생들이 우리를 보고 감탄할 정도로 질서정연하게 하라는 훈계도 들었다.

날이 저물기 시작했다. 우리는 촛불을 켠 종이 초롱을 하나씩 들고 교문 밖으로 나가 북과 나팔 소리에 맞춰 행진했다. 우리는 애국가를 부르며 종각 거리로 갔다. 남쪽과 동쪽에서도 학생들이 똑같이 초롱을 들고 노래를 부르며 종각 거리로 행진을 하고 있었다. 학생 수가 얼마 되지 않는 그 두 '신식 학교'는 모두 올 여름에 생긴 학교였다. 기섭이의 말에 따르면 그 중 하나는 선교사들이 설립했다고 했다.

드디어 이 세 학교가 합류했다. 우리는 이리저리 행진했고 마지막으로 '삼문'을 지나 관찰사가 거하는 관청에 이르렀다. 그 곳의 수많은 뜰은 마치 빛의 바다처럼 환히 빛나고 있었다.

분위기가 사뭇 장엄했다. 전에도 여기에서 저녁 무렵에 많은 축제가 열렸다. 하지만 나는 조그만 옆문을 통해 작은 마당까지밖에 들어가지 못했다. 그 작은 마당에서 나는 다른 쪽 마당에서 하는 불꽃놀이를 보며 감탄하고, 귀를 쫑긋 세우고 아름다운 음악도 들었다. 이제 우리는 거대한 '삼문'을 지나고 많은 현관을 지나 어떤 뜰로 향했다. 그 곳에는 연꽃이 핀 연못에 정자가 있었다. 부윤이 우리를 직접 맞아 주었다.

우리는 우리 나라 왕실을 상징하는 무늬인 오얏꽃 모양의 커다란 연못 주위에 늘어섰다. 수많은 초롱불이 물에 비쳤다. 그 때 우리 도에서 제일 높은 사람이 정자 앞에 나타났다.

그는 바로 관찰사였다. 관찰사는 새 시대가 온 것을 제때에 알아차린 우리의 명민한 통찰력을 칭찬했다. 우리 조국은 비록 작은 나라일지 몰라도 우리의 선조들은 고귀한 문화를 보유했고, 그것을 일본에 전파하였다고 했다. 하지만 이제는 일본이 선두에 서서 우리 나라가 개혁하도록 도와 주겠다고 하는 형편이니만큼 우리는 동쪽의 이웃 나라 일본처럼 발전하기 위해서 열심히 노력해야 한다고 했다.

우리는 조국과 임금님을 위해서 기쁜 마음으로 '만세'를 불렀다.

우리는 새로운 문화를 신봉한 데 대한 상으로 연필 한 다스와 공책을 두 권씩 받았다.

우리는 만족해서 집으로 돌아왔다. 아름다운 밤이었다. 우리가 작은 민족이고 우리 나라가 작은 나라라는 것은 사실이다. 하지만 그보다 더 중요한 것은 우리가 총명하다는 것이었다. 저 크고 훌륭한 중국은 일찍이 우리 나라를 '작은 중국'이라고 불렀다. 우리의 선조들이 무척이나 총명했기 때문이다. 또한 일본에 문자, 철학, 종교, 건축술, 그리고 그 밖의 많은 것을 전해 준 것도 다름 아닌 우리였다! 새로운 문화를 받아들이는 것은 일본보다 조금 뒤졌지만, 그것은 별로 걱정할 일이 아니었다. 우리는 부윤이 말한 대로 정말이지 영리한 민족이었다. 그러한 사실은 내게 크나큰 힘을 실어 주었다.

그 날 밤은 정말 멋진 밤이었다!

옥계천에서

가을에는 수업 시간이 더 길었다. 지리와 세계사를 새로 배우기 시작했는데, 교과서가 부족해 칠판에 쓴 것을 일일이 옮겨 적어야 했기 때문이다. 교문을 나설 때면 너무 늦어서 이미 해가 지고 서늘할 때가 많았다.

어느 날 저녁 늦게 구월이가 마중을 나왔다. 오늘 같은 날은 혼자 길거리를 다니는 것이 위험하다고 어머니가 보냈다고 했다. 고을에는 참으로 많은 일본 군인들이 돌아다녔다. 그들은 심지어 민가에까지 불쑥불쑥 들어가기도 했다. 그런 일을 겪은 집이 한두 가구가 아니었다.

일본 사람들은 우리를 돕기 위해서 적이 아닌 친구로 우리나라에 왔다는 말을 자주 들었지만, 왠지 수상쩍은 구석이 있었다. 우리는 서둘러 집으로 갔다. 일본 군인에 대한 이야기를 들으면 난 늘 겁이 났다.

"아버지께서 뭐라시던?"

내가 구월이에게 물었다.

"전 잘 몰라요."

"어머니는 뭐라셨어?"

"머지않아 전쟁이 또 일어날 거래요."

"순옥이는 뭐래?"

"이제 세상이 망할 거래요."

우리는 부리나케 걸었다. 큰 거리는 보통 때보다 어두웠다. 늘 보던 과일 파는 여자들이 하나도 보이지 않았다. 그 과일 장수들은 종이 초롱에 불을 켜고 늦참외며 호박이며 배를 팔았다. 떡을 팔 때도 많았다. 남문은 어두운 밤하늘을 향해 입을 크게 벌리고 서 있었다. 언제나 감동적인 노래를 멋지게 불러 젖히던 엿장수도 보이지 않았다.

집에 오자 식구들은 그 날 일어났던 여러 사건에 대해 잔뜩 흥분해서 이야기를 하고 있었다. 실제로 거리건 골목이건 일본 군인들이 없는 곳은 한 군데도 없었고, 가택 수색을 당한 집도 많았다. 순옥이는 군인 세 명이 한길 건너편에 있는 국숫집으로 들이닥치는 것을 직접 목격했다. 하지만 아무도 그 군인들이 무엇을 찾고 있는지 알지 못했다. 아무도 그들의 말을 알아듣지 못했기 때문이기도 했고, 그들이 아무도 자기네에게 가까이 다가오지 못하게 했기 때문이기도 했다. 사람들은 모두 우리 고을에 뭔가 아주 안 좋은 일이 들이닥칠 것이라고만 짐작할 뿐이었다.

부모님은 이 날 밤늦게까지 논의했다. 어머니는 아이들 중에 몇 명만이라도, 예를 들면 이제는 다 자란 어진이 누나와 가장 어린 나만이라도 일단 안전한 곳으로 보내자고 했다. 다른 사람들과 마찬가지로 가택 수색이 정확히 무엇을 뜻하는지 몰랐던 아버지는 어머니 말씀에 동의하지 않았다. 아버지는 전쟁이 일어날 이유도 없고, 군인들 또한 아무 죄가 없는 백성들에게 나쁜 짓을 하지는 않을 것이라고 했다. 그러니 그 군인들에게 저항하지 말고 그들이 가져가고 싶어 하는 것은 뭐든지 다 주어 버리라고 했다. 또한 임금님이 친히 그들을 보낸 것은 다 이유가 있을 것이라고 했다.

어머니는 이 날 좀처럼 진정이 되지 않았다. 어머니는 하는 수 없이 뜻을 굽히고 마침내 내가 앞으로 며칠 동안은 집 밖으로 나가지 말고, 이 날 밤은 내가 전에 쓰던, 안채에 있는 동쪽 방에서 자라고 했다. 나는 더 이상 무섭지도 않고 아버지 말씀을 듣고 마음이 완전히 진정되었는데도 그냥 어머니 말씀을 따르기로 했다.

이튿날 오후에 정말로 무기를 든 군인 네 명이 우리 집에 와서는 우리 집에 있는 뜰이란 뜰은 모두 휘젓고 다녔다. 그들은 호기심 어린 얼굴로 방이며 다락이며 물건을 놓는 작은 골방이며 헛간을 모조리 들여다보았다. 하지만 그들은 아버지가 예측했던 것처럼 우리를 귀찮게 군다거나 무언가를 빼앗아가지 않은 채 떠났다. 그래서 모두 안심이 되었다. 그리고 나는 다시 학교에 갈 수 있었다. 군인들이 쳐다보자 이 뜰 저 뜰로 도망다니던 어진이 누나 한 사람만 오랫동안 심란해했다.

그런 식의 가택 수색은 자주 되풀이되었다. 거의 매일같이 수색했고, 하루에 두 번씩 수색할 때도 많았다. 군인들은 아침 일찍 나타나기도 하고, 저녁때 안뜰에 불쑥 나타나기도 했다. 그럴 때면 여자들이 기겁을 하고 도망갔다.

이 무렵 흉흉한 소문이 돌았다. 가까운 산 속 여기저기에서 우리 나라 사람들, 곧 농부, 사냥꾼 그리고 새로운 시대를 별로 달갑게 여기지 않고 일본 사람들이 흑심을 품었을 것이라고 추측한 젊은이들이 모여 이 침략자들에 맞서 싸우고 있다는 것이었다.

아버지는 처음에 그것을 한낱 소문으로 여겼다. 하지만 소문만은 아닌 듯했다. 점점 더 많은 일본 군대가 중무장을 하고 북문이나 서문을 지나 싸움터로 향하는 것을 우리도 직접 보았기 때문이다. 그들은 노래를 부르며 어딘가로 행진을 했고, 싸움이 끝난 뒤에는 다시 노래를 부르며 우리 고을로 돌아왔다.

나중에 그들은 죄수들도 끌고 왔다. 정말 끔찍한 광경이었다. 우리 나라 농부들이 매를 맞아서 피를 흘리며 무거운 쇠사

슬에 묶인 채 질질 끌려가고 있었다. 농부들의 얼굴은 심하게 다쳐 알아볼 수 없을 정도로 일그러져 있었다. 나는 지금껏 쇠사슬에 묶인 사람도, 이토록 얻어맞아 피투성이가 된 사람도 본 적이 없었다. 온몸이 부르르 떨렸다. 너무나도 무서워 식은 땀이 얼굴에 흘러내렸다. 집으로 돌아오는 내내 열이 났다.

어머니는 나를 학교에 보내지 말고 아직 안전하고 한적한 어느 시골로 보내자는 말을 또다시 꺼냈다. 내가 심약하고 예민한 아이라 그런 광경을 보게 하면 안 된다는 것이었다. 아버지는 오랫동안 어머니와 의논했지만 끝내 승낙하지 않았다. 아버지는 하인인 방 노인과 마름 단 두 사람만 우리 농지로 보내 그 곳에서 농사짓는 농부들에게 일본인들에게 어리석은 짓을 하지 않도록 주의시키라고 일렀다. 그리고 내게는 군인들이 행진할 때 절대로 그들을 쳐다보지 말라고 했다. 호기심이 넘치는 철없는 애들이나 군인들의 얼굴을 보는 것이라고 했다.

싸움은 더욱더 잦아지고 격해졌다. 겨우내 그리고 봄이 끝날 때까지 사람들이 고을로 끌려왔다. 그 중에는 여자들이 있는 경우도 많았다.

여름이 되어 장마철이 시작되자 비로소 좀 조용해졌다. 가택 수색도 완전히 중단되었다. 장맛비가 아침부터 저녁까지 소리 없이 부슬부슬 내렸다.

어느 날 저녁, 기섭이가 나를 찾아왔다. 기섭이는 창백하고 여위어 보였다.

"너 그 이야기 들었니?"

기섭이가 물었다.

"무슨 이야기?"

기섭이는 잠시 침묵했다.

"우리가 속은 것 같아. 우리 나라가 합병되었어."

"일본에게?"

"물론 일본에게지."

"그런 얘기가 어디에 쓰여 있었는데?"

"시간 날 때 한번 남문으로 가서 포고문을 읽어 봐. 하지만 조심해야 해. 그 곳에 군인이 한 명 서 있거든. 욕을 하거나 포고문을 뜯어 버리면 안 돼."

저녁을 먹은 뒤 나는 구월이를 데리고 남문으로 갔다. 실제로 그 곳에는 인쇄된 커다란 종이가 붙어 있었고, 남폿불 두 개가 그 종이를 비추고 있었다. 주위는 쥐 죽은 듯이 고요했다. 성문 근처에도 한길에도 사람 하나 보이지 않았다. 어둠 속에서 남폿불 두 개만 가물거렸고, 총을 든 군인 하나가 포고문 옆에 말없이 서 있었다. 나는 가만히 벽보 가까이 갔다. 벽보엔 임금님의 큼직한 옥새가 찍혀 있었다.

그랬다. 그것은 내가 태어나서 처음이자 마지막으로 읽은 임금님이 쓰신 편지였다. 그것은 오백여 년 동안 우리를 보호해 주었던 왕조가 보내온 작별 편지인 만큼 장엄한 기분이 들면서도 슬펐다. 내가 다 읽고 나자, 구월이가 와서 내 손을 잡아끌고 성문 밖으로 갔다.

"뭐라고 적혀 있어요?"

구월이가 물었다. 구월이는 글을 읽지 못했다.

"우리 임금님이 물러나셨대!"

"영원히요?"

"응. 영원히."

"임금님이 왜 물러나신 거예요?"

"나도 몰라."

집에 돌아와 나는 아버지에게 포고문의 내용을 한 자도 빼지 않고 전부 이야기했다.

아버지는 아무 말도 하지 않고 주의 깊게 들었다.

"앞으로 더 심각한 일이 일어날까요?"

내가 물었다.

아버지는 나를 물끄러미 바라보다가 침묵했다.

집안사람들 모두 말이 없었다. 바깥채의 남자들도, 어머니와 누나들도 모두 말이 없었다.

밤이 깊었는데도 부모님과 순옥이는 술잔을 앞에 놓고 앉아 지난 왕조의 임금님들에 대해 이야기를 나누었다. 아버지는 왕실 전체가 우리를 지켜 주기에는 너무나 약해졌다고 결론지었다. 우리는 새 임금님이 나타나 나라를 다스릴 때까지 조용히 기다려야 한다고 했다. 그리고 나에게는 걱정일랑 하지 말고 마음 편히 계속해서 학교에 다니고, 세상일에는 신경 쓰지 말라고 했다.

그 해 가을, 성벽, 성문, 그리고 모든 낡고 오래된 관청을 허물어 버리고 좁은 길을 넓히는 공사가 시작되었다. 상점은 헐리고 사람들이 사는 집과 마당은 이리저리 나뉘었다. 공사를 하면서 뜯어낸 구들장이 쓰레기 더미에서 삐죽삐죽 나와 있었고, 길도 그와 같은 쓰레기 더미로 변해 학교에 오갈 때 이만저만 고생이 아니었다. 사람들은 밤낮을 가리지 않고 미친 듯이 일을 했다. 어디를 가나 두들기고, 망치질을 하고, 톱질을 해 대는 통에 온통 먼지가 떠다녔다. 사람들은 고함을 지르고, 지시를 내리고, 말다툼을 하고, 서로 치고받으며 싸웠다. 나는 집에 돌아와 대문을 닫고서야 비로소 마음이 놓였다.

우리 집 바깥뜰도 부산하고 어수선해졌다. 사람들이 끊임없이 오고 갔다. 행상인과 거지가 늘어났다. 쫓겨난 농사꾼, 파면당한 벼슬아치, 피난민, 이곳 저곳으로 떠돌아 헤매는 이주민들이 잠을 재워 달라고 애원했다. 순옥이는 잠시 동안만 묵게 하고 다시 길을 떠나게 했다. 순옥이는 그들에게 이 집이 겉보기에는 좋아 보여도 재산은 그다지 많지 않으니 다른 데로 가서 살 궁리를 하라고 누누이 말하곤 했다.

날씨가 추운 겨우내 그랬다. 거지와 고향을 떠나온 이주민이 날이 갈수록 많이 와서 우리 집에 있는 사랑방이란 사랑방은 모두 차지해 버렸다. 순옥이는 대문 앞에 앉아 욕설을 퍼부어 댔다.

"아이고, 이 몹쓸 놈의 세상! 이 망할 놈의 세상!"

우물뜰 한 곳은 여전히 조용했다. 그 어느 때보다도 고요했다. 아버지는 종일토록 수없이 많은 새로운 규칙과 새로 생긴 세금에 대해 통역을 통해 점령군들과 흥정을 해야 했으므로, 그 일이 끝나면 너무나도 지친 나머지 초저녁만 되면 자리에 누웠다. 아버지는 오래 이야기를 하지 못했다. 내가 학교 이야기를 하면, 아버지는 잠깐 동안만 내 말을 듣다가 쉬고 싶으니 나도 이제 그만 누워 불을 끄라고 했다. 아버지는 내가 이야기를 할 때면 자주 말을 자르며 이렇게 말했다.

"웬만큼 들었으니 산책 좀 하고 오너라. 나중에 다시 오너라."

나는 아버지가 날 귀찮게 여기나 보다, 하며 입을 꼭 다물어 버렸다.

나는 별로 산책을 가고 싶지 않았다. 밤에 헐린 성벽과 지붕을 모두 뜯어낸 성문을 보고 있노라면 내 가슴 속에는 이루 말할 수 없는 크나큰 슬픔과 엄청난 두려움이 밀려왔다. 나는 그냥 집에 있는 게 좋았다. 아버지 곁에 있으면 왠지 보호를 받는 듯한 느낌이 들었다. 나는 아버지의 핏줄이고, 아버지는 능히 나를 보살펴 줄 수 있을 것이었다.

다시 여름이 되었다. 어느 무더운 날 오후에 아버지는 함께 옥계천에 가서 시원하게 목욕할 생각이 있느냐고 내게 물었다. 나는 좋아서 그러마고 했다. 옥계천은 오래된 나무가 울창한 어느 고요한 계곡을 흐르는 아름다운 시내였다. 서당에 다니던 어린 시절, 나는 옥계천 그늘에서 숱한 날을 보냈다.

구월이는 술과 과일이 담긴 쟁반과 돗자리를 들고 앞서갔고, 나는 바둑판을 겨드랑이에 끼고 아버지 뒤를 따라나섰다. 우리는 고을을 벗어나 옥계천 옆으로 난, 오래된 낯익은 오솔길로 접어들어 천천히 골짜기를 지나 계속 올라갔다. 뜰처럼 너른 곳이 나왔다. 그 곳에는 낡은 정자가 있었다. 구월이는 그 곳에 우리가 앉을 자리를 마련해 놓고 돌아갔다.

아버지는 내가 바둑판을 펴 놓고 검은 돌 열 점을 먼저 두고 있는 동안 주위를 둘러보았다.

"몇 년 동안 참으로 일이 많았는데도 이 곳은 하나도 변하지 않았구나!"

아버지가 빙그레 웃으며 말했다.

"이 곳에 있으니 완전히 딴 세상에 있는 것 같지 않니?"

"맞아요. 딴 세상 같아요, 아버지."

내가 말했다. 이 곳에서는 사람들 소리가 조금도 들리지 않았다. 들리는 소리라고는 나무 꼭대기에서 울어 대는 매미 소리와 계곡에서 졸졸 흐르는 시냇물 소리밖에 없었다. 녹색 그늘에는 고요가 깃들고, 이따금씩 상큼한 산바람이 우리를 살짝살짝 스치고 지나갔다.

나는 아버지 잔에 술을 따랐다.

"만수무강하세요."

내가 기생들이 하는 말을 흉내 내어 말했다.

아버지는 빙그레 웃음을 지었다.

"시조를 읊어 본 적이 있니?"

"없어요. 어떻게 제가 그런 걸 할 수 있겠어요?"

"한번 해 봐라."

아버지는 그렇게 말하고는 '부드러운 남풍'을 읊었다. 그것은 이름난 기생들만이 권주가로 부르던 어려운 옛 시조였다. 나는 말문이 막혀 그저 아버지를 바라보기만 했다. 지금껏 나는 아버지가 그토록 아름다운 옛 시조를 읊을 수 있다는 것을 상상조차 하지 못했기 때문이다. 나는 아버지를 따라 읊을 엄두가 나지 않았다. 아버지는 바둑판을 뚫어지게 바라보았다.

"아직도 열 점을 놓니?"

아버지가 못마땅한 듯이 물었다.

나는 망설이다 두 개를 빼고 여덟 점으로 안쪽 벽을 쌓았다.

하지만 아버지는 바둑돌 두 개를 더 뺐다.

"너는 여섯 점으로도 이 늙은 아비를 이길 수 있어!"

아버지는 하하 웃으며 그렇게 말하고는 첫 돌을 놓았다.

나는 물론 첫 판을 졌다.

"그럼 이제는 여덟 점을 놓고 하자!"

나는 또 졌다.

아버지는 나를 딱하다는 듯이 쳐다봤다.

"그 동안 많이 잊어버렸구나. 좋든 나쁘든 두 점을 더 놓아야겠다."

"저는 아무래도 좋아요!"

내가 말했다. 나는 열 점을 놓고 계속해서 두었다.

"이제 그만하자!"

내가 돌을 자꾸 잘못된 곳에 놓는 것을 보고 아버지가 갑자기 말했다.

"이제 옷을 벗고 물에 좀 들어가렴!"

아버지를 실망시킨 것 같아 나는 슬펐다.

"호랑이가 종종 개를 낳기도 한다는 것을 생각하셔야지요."

아버지를 위로하려고 내가 말했다.

"됐다. 이리로 와서 옷을 벗고 내 앞에 똑바로 서라. 아비 앞이니까 부끄러워하지 않아도 된다."

아버지는 나를 두루 살펴보았다.

"아직도 너무 말랐구나."

아버지가 걱정하는 목소리로 말했다.

"네가 올해 몇 살이지?"

"열세 살이요."

"어쨌든 이제 천천히 물 속에 들어가렴. 이 곳은 유난히 물이 차단다."

아버지는 술을 마시며 내가 매우 어설프게 바위를 하나하나 건너가는 것을 지켜보고 있었다.

그러고는 아버지도 물 속에 들어왔다. 아버지는 조심스레 크고 널찍한 바위 밑에 앉아서 어깨 너머로 물을 끼얹었다. 하지만 일 분도 채 안 되어 얼른 물 밖으로 나가더니 갑자기 모래 위에 맥없이 쓰러졌다. 아버지는 마치 죽은 사람처럼 창백한 얼굴을 한 채 온몸을 부들부들 떨었다. 나는 얼른 수건을 가져다가 아버지 몸을 닦았다. 아버지가 추울 것 같았기 때문이다.

아버지는 차츰 얼굴에 혈색이 돌아왔다. 아버지는 몸을 일으켰다.

"아버지, 어떻게 되신 거예요?"

내가 물었다.

"아무것도 아니야. 어떻게 되긴 뭐가 어떻게 돼? 내 옷이나 가져오렴!"

우리는 옷을 입었다. 여전히 나는 온몸이 떨렸다. 하지만 아버지는 내게 이렇게 말했다.

"겁내지 마라. 난 오래 살 거야. 네가 예쁜 색시를 얻어 내게 손주 하나 안겨 줄 때까지 살 거야."

하지만 나는 그 어떤 소리를 들어도 기쁘지 않았다.

"아버지, 우리 이제 그만 집에 가요!"

"아, 아니다. 보다시피 내 상태가 다시 좋아졌잖니. 이 아름다운 자연 속에 조금만 더 있자꾸나!"

아버지가 웃으며 말했다. 아버지는 저녁 햇빛이 아직도 비스듬히 빛을 비추고 있는 산들을 바라보았다. 우리가 있는 곳은 이미 그늘 속에 잠겼고, 산골짜기에서는 서늘한 바람이 한 줄기 불어왔다.

"바둑 한 판 더 둘까?"

"아니요. 제발 그만 가요."

다행히 구월이가 때마침 나타났다. 우리를 데리러 온 것이다.

"옥계천에서는 땅 속의 힘이 조금도 줄지 않은 채 그대로 솟아오른단다."

걸으면서 아버지가 말했다.

"다음에 이 곳에서 목욕을 하려거든 조심해라!"

집에 돌아온 아버지는 대문에 들어서기가 무섭게 또 한차례 발작을 일으켰다. 집안사람들은 의식을 잃은 아버지를 안방으로 옮겼다.

저녁 내내 나는 미친 듯이 의원들을 찾아다녔다.

자정이 조금 지나서 어머니는 내게 아버지의 왼편에 무릎을 꿇고 앉아 아버지의 손을 쥐라고 했다. 어머니는 아버지의 오른 손을 쥐고 기도를 드리기 시작했다. 모두 함께 기도를 드렸다.

구월이는 기다란 흰 천으로 아버지의 병상에서 대문의 문턱 까지 길을 준비하고 있었다. 아버지의 혼이 떠날 길이었다.

상복을 입고

어진이 누나는 말이 없어졌다. 어진이 누나는 전처럼 말을 자주 하지도, 많이 하지도 않았다. 아버지의 죽음이 누나를 그렇게 바꾸어 놓은 듯했다. 누나는 안채에 가서 말없이 자기 일을 했고, 웬만해서는 아버지 방에 들어가지 않았다. 아버지가 살아 있을 때는 어머니가 남자들 가까이에 그렇게 자주 가면 안 된다고 주의를 주어도 날이면 날마다 들락거렸었는데 말이다.

가을이면 어머니는 자주 먼 길을 떠났다. 어진이 누나는 어머니를 대신해야 했는데, 그럴 때만 밤늦게 내 방에 왔다. 내가 잘하고 있는지 살펴보기 위해서였다. 누나는 내가 그림을 그리고 글을 쓰는 모습을 잠시 지켜보았다. 무슨 그림을 그리는 것이냐고 묻지도 않고, 글씨를 못 쓴다고 나무라지도 않았다. 누나는 부드러운 목소리로 말했다.

"일찍 자야지. 어머니가 그러래!"

나는 자정이 넘은 시각까지 책을 볼 때가 많았다. 학교 공부
는 전보다 훨씬 어려워졌고 시간도 많이 걸렸다. 일본어를 아
주 많이 배운 데다 모든 과목의 교과서가 일본어로 된 교과서
로 교체되었기 때문이었다. 역사 시간에도 완전히 다른 내용의
역사를 배워야 했다. 우리 나라가 일본에 합병되기 전 독립 국
가였을 때 일어났던 사건들은 모조리 삭제되었다. 왜냐하면 우
리 한민족은 고유한 역사를 지닌 민족으로 인정받지 못하고,
단지 변방에 살면서 옛날부터 일본 제국에 조공을 바치지 않으
면 안 되는 소수 민족으로만 여겨졌기 때문이었다.

지리나 박물학 같은 과목들도 공부하기가 어려웠다. 교재에
나오는 수많은 개념과 표현, 그리고 내용이 정리되는 방식이
달라졌기 때문이다. 일본어 수업을 하기 위해 이러한 과목들은
수업이 대폭 단축되었다. 그 과목들을 온전히 가르칠 시간이
없었던 것이다. 선생님들은 자세히 설명해 주지도 않고 교재에
있는 내용을 대충 훑어가며 읽기만 했다. 나머지는 모두 우리
학생들에게 맡겨 두었다.

친구들 중에는 기섭이가 내게 자주 와 나하고 잠깐씩 잡담
도 하고 내 공부도 도와 주었다. 기섭이는 자주 아파서 몇 주일
씩 학교를 쉴 때도 있었다. 그래도 기섭이는 늘 우리 반에서 공
부를 잘하는 축에 들었다. 기섭이는 언제나 나의 수학 공부를

도와 주려고 했다. 기섭이는 내 옆에 앉아 내가 문제를 어떻게 푸는지 지켜보았다. 내가 제대로 풀지 못하면 기섭이는 씩 웃고는 아무 말도 하지 않고 고쳐 주었다.

용마 형은 매일 저녁 왔다. 하지만 언제나 잠시 동안만 머물렀다. 용마 형은 매번 내게 학교에서 배운 것 중에 이해하지 못하는 것이 있느냐고 물었다. 용마 형은 우리들 중에서 가장 총명하고 경험도 제일 많고 일본어도 가장 잘했기 때문에 나를 가장 잘 도와 줄 수 있었다. 용마 형은 내가 질문을 하면 언제나 정확하고도 명료하게 대답해 주었다. 그러고는 곧바로 다시 돌아갔다. 다른 친구들 공부도 봐 줘야 했고, 자기 공부도 해야 했기 때문이다.

일 년 전부터 나와 같은 줄에 앉아 친해진 만수 역시 우리와 함께 어울렸다. 만수는 재미난 이야기를 많이 해 주었다. 만수는 내게 산책 갔던 이야기, 이상야릇하게 생긴 오래된 나무들, 산 속 시내에서 목욕하기 좋은 멋진 장소들, 그리고 우리 고을 근처에서 새로 발견한 여러 암자와 탑에 대한 이야기를 자주 들려주었다. 만수는 금방금방 배웠고, 박물학을 배울 때도 나보다 이해하는 속도가 훨씬 빨랐기 때문에 나를 곧잘 도와 줬다.

친구들이 도와 줘도 나는 친구들을 따라가기 위해서는 그 아이들보다 훨씬 많이 공부를 해야 했다. 그 이유가 단지 내가 너무 오래 서당에 다녀 새로운 학문을 공부할 때 어떻게 사고

해야 하는지 적응이 되지 않아서인지 어쩐지는 정확히 알 수 없었다. 나는 도통 이해되지 않는 것이 꽤 많았다. 원자나 이온, 에너지 같은 개념은 정말 아득했다. 그뿐만이 아니었다. 대수학도 어렵기는 마찬가지였다. 대수학 때문에 애를 많이 먹었다. 나는 방정식이 무엇을 뜻하는지 이해할 수가 없었고, 대수학이란 것의 의미가 무엇인지도 몰랐다. 만수와 기섭이도 그 두 가지에 대해 내게 설명해 주지 못했다. 용마 형조차도 학교에서 배우는 방정식은 나중에 고등 물리학을 공부할 때 응용할 수 있을 것이라는 소리만 했다. 나는 혼자 골똘히 생각하고 또 생각했다. 밤새 생각할 때도 한두 번이 아니었다.

내가 늦은 시간까지 책을 펴 놓고 졸음과 씨름을 하고 있노라면 어머니는 내게 와 내 손에서 가만히 연필을 빼앗고 책과 공책을 모두 한데 모아 놓은 다음 어서 가서 자라고 했다. 하지만 내가 조금만 더 공부를 해야 한다고 하면 어머니는 짧게 말했다.

"그럴 필요 없다. 내 말을 들으렴."

그러던 어느 날 밤, 어머니는 내가 잠자리에 누운 뒤에도 잠시 내 곁에 앉아 있었다.

"어떤 과목이 제일 어렵니?"

"전부 다 어려워요."

내가 웅얼거렸다.

"수학, 물리, 화학, 전부 다 모르겠어요."

한참 있다가 어머니가 말했다.

"네가 이 학교에서 공부를 잘 못해도 슬퍼할 필요 없어. 우리 모두에게 낯선 이 새로운 문화가 네게 맞지 않는 것일 뿐이야. 학교를 다니기 전 몇 년 동안을 생각해 보렴! 네가 얼마나 쉽게 고전과 시를 배웠는지를 말이야. 넌 무척이나 총명했지! 너를 괴롭히는 신식 학교는 그만두고 올 가을에 송림 마을로 가서 푹 쉬렴. 송림 마을은 가장 작은 땅이지만 내게는 가장 소중한 농토란다. 그 곳에는 밤나무와 감나무가 있지. 그 곳에서 편히 쉬렴. 우리 농가와 농부들이 하는 일도 익혀 두어라. 불안하기 짝이 없는 이 고을보다 한적한 시골 마을에 있으면 네가 무럭무럭 잘 자랄 거야. 너는 구시대의 아이거든!"

그런 말을 들으니 슬펐다. 아버지는 나를 여러 새로운 학문들로 인도해 주었다. 오로지 그 학문들만이 우리를 한층 더 수준 높은 문화로 이끌어 줄 것 같았다. 하지만 나는 늘 내가 신학문에 소질이 별로 없는 것만 같아 두려워했는데 어머니가 그런 말을 한 것이다. 사 년씩이나 공부를 열심히 했는데도 재능이 없어 학교를 그만둬야 한다는 것이 몹시 슬펐다.

"그렇게 할래?"

내가 말없이 누워 있자, 어머니가 물었다.

"물론이지요, 어머니. 어머니 뜻이 그러하시다면 그렇게 할

게요."

나는 풀 죽은 목소리로 말했다.

"우리 아들 참 기특하네."

어머니는 그렇게 말하고 방에서 나갔다.

송림만에서

　작은 송림 마을은 멀리 떨어진 외딴 송림만(灣) 옆에 있었다. 만 입구 쪽 물가에는 굴이 다닥다닥 붙어 있는 바위가 많았다. 바닷가와 만 뒤쪽 깊숙한 곳에는 초가지붕을 올린 농가 이십여 채가 꼭꼭 숨어 있었다. 하지만 낮에는 마을에서 사람을 거의 볼 수 없었다. 이 곳 사람들은 여자건 남자건 모두 언덕 너머 밭에서 일을 했기 때문이다. 그들은 보리, 밀, 조를 차례차례 거두어들이고 있었다. 나는 이 밭 저 밭 돌아다니며 농부들이 곡식을 베고 단으로 묶은 뒤 소가 끄는 수레에 싣고 집으로 돌아가는 것을 지켜보았다.

　저녁이면 나는 이 마을의 농사를 총감독하는 농부네 집 사랑방으로 돌아왔다. 그 곳이 내 방이었다. 흙벽으로 된 그 방은 이렇다 할 장식 없이 단순했다. 방 한구석에는 생나무로 만든 작은 책상이 한 개 있었다. 마을은 잠시 동안 활기를 띠었다.

소들이 여기저기에서 음매 하고 울어 댔고, 어머니들은 바닷가에서 놀고 있는 아이들에게 집에 와서 밥을 먹으라고 큰 소리로 외쳤다. 잠시 뒤 마을은 다시 조용해졌다. 마을 전체가 잠을 자고 있는 듯했다.

마을의 총감독을 맡고 있는 그 집 주인만이 내 방에 와서 잠깐 동안 나와 이야기를 나누었다. 그는 그 사랑방에서 가장 따뜻한 아랫목에 누워 편히 쉬라고 자꾸 권했다. 그는 불 앞에 앉아 새끼를 꼬았다. 가을에 초가지붕을 새로 이으려면 새끼가 필요하다고 했다. 그는 등잔 대신 두툼한 종지에 말간 식물성 기름을 담아 사용했다. 종지 안의 심지에서는 희미한 불꽃이 가물가물 피어올랐다. 새끼 꼬는 소리는 단조롭고 방바닥은 따끈따끈해서 잠을 안 자려고 해도 자꾸만 눈이 감겼다. 그러다 눈을 떠 보면 거의 언제나 불은 꺼져 있었고, 돌다리 아저씨는 -그 집 아저씨를 나는 그렇게 불렀다- 보이지 않았다. 집도 마을도 온통 쥐 죽은 듯이 고요했다. 송림만의 밤물결이 철썩거리는 소리와 파도가 부서지는 소리만 들려올 뿐이었다.

가을걷이 중에서 딱히 새로이 볼 게 없는 날에는 나는 구경하는 대신 물고기를 잡으러 갔다. 낚시질을 하면 단조로운 들일에서 벗어나 확실하게 기분 전환을 할 수 있어서 좋았다. 나는 바구니와 낚싯대를 들고 해안을 따라 송림만 입구에 있는 굴 바위까지 갔다. 굴이 다닥다닥 붙어 있는 그 바위들은 썰물일 때도 바닷물이 철썩철썩 휘감고 있었다. 굴 바위 위에 앉으면 밀물이 밀려올 때까지 아무 방해도 받지 않고 낚시질을 할 수 있었다. 돌다리 아저씨는 점점 불어나는 바닷물에 휩쓸려 가지 않으려면 바위에서 언제 내려와 바닷가로 가야 하는가를 매번 자세히 일러 주었다.

나는 그 곳에 홀로 앉아 온종일 낚시질을 했다. 대개는 '공미리'라고 하는 물고기가 물렸다. 공미리는 손가락 굵기만 한 물고기였는데 맛은 별로 없었다. 나는 공미리보다 더 좋은 물고기는 거의 잡지 못했다. 이 곳 농사꾼들이 제일로 치는 도미는 가을이 다 가도록 구경 한번 못했다. 그래도 나는 아무 일도 없는 날이면 그 곳으로 가 굴 바위 위에 끈기 있게 앉아 있었다. 물고기를 잡기 위해서이기도 했지만, 탁 트인 바다가 보고 싶기 때문이기도 했다. 나는 드넓은 바다 풍경이 참 좋았다. 이 곳은 좁은 송림만을 벗어난 곳이라, 내 앞에는 끝없는 바다가 펼쳐져 있었다. 바다와 하늘이 저 멀리 수평선에서 마치 하나가 된 것처럼 보였다. 서쪽으로는 바위가 많은 연평도가 오뚝 솟아 있었고, 북쪽으로는 좁다란 모래밭이 나지막한 언덕들을 둘러싸고 멀리까지 뻗어 있었다. 그 드넓은 바다에 배 한 척 보이지 않았다. 이따금씩 산들바람이 바닷물에 젖은 굴 바위를 살짝살짝 스치고 지나갈 뿐이었다.

농부들은 모두 집에 좋은 낚시 도구를 갖추고 있었으나 낚시질은 하지 않고 그물로 물고기를 잡았다. 그들은 송림만에서 한참 떨어진, 이른바 '바다 큰 고랑' 가까이에 그물을 쳤다. 하지만 그들이 잡은 물고기는 조그마한 공미리가 아니라, 공미리와는 완전히 다른 비교적 큰 물고기, 예를 들면 가자미, 혀넙치, 도미 또는 길고 흰 갈치 따위였다. 그 물고기들 역시 좋은 물고기 축에 들었다. 나는 그물로 어떻게 물고기를 잡는지, 또 그물을 어떻게 치는지 지금껏 한 번도 본 적이 없었다. 그래서 사람들이 그물을 치러 함께 가자고 했을 때 얼른 따라나섰다. 그들은 밤에 썰물이 일 때 그물을 치기로 했다. 처음에 그 말을 들었을 때, 나는 기분이 언짢았다. 하지만 가장 좋은 물고기들은 밤에 그물에 걸린다는 사실을 알게 되었다.

　달이 뜨지 않아 모래톱은 어두웠다. 우리는 물 속을 걸어야 할 때가 많았다. 물은 얕았지만 살을 에는 듯이 차가웠다. 맑은 밤하늘에는 헤아릴 수 없이 많은 별들이 반짝이고 있었다. 바다는 별빛을 받아 서서히 밝아졌다. 주위는 아직 어두웠지만 나는 차츰 미역이며 여기저기 기어 다니는 게를 구별할 수 있게 되었다. 우리는 좁은 고랑을 숱하게 건넜다. 바닷물은 이맘 때면 그 고랑을 거쳐 바다로 흘러갔다.

　물 속을 한참 걸은 뒤 우리는 드디어 큰 고랑에 이르렀다. 그 곳에서는 엄청난 양의 바닷물이 거대한 급류처럼 소용돌이

치고 있었다. 사람들은 바로 이 옆에 마치 병풍을 치듯이 그물을 말발굽 모양으로 빙 둘러쳤다. 그러자 곧 여기저기에서 팔뚝만 한 물고기들이 그물을 넘기 위해 펄쩍펄쩍 뛰어올랐다. 하지만 허사였다. 조수가 얕아지면 얕아질수록 극심한 위기에 몰린 물고기들은 자신의 운명에서 빠져나가려고 더욱더 절망적으로 몸부림을 쳤다. 물고기들은 서로 미친 듯이 뒤섞여 날뛰고 펄펄 뛰어오르다가 끝내는 모두 물기라고는 전혀 없는 바닥에 널브러져 밤하늘 아래 마치 은처럼 반짝반짝 빛났다.

우리는 서둘러 물고기를 바구니에 담아 가지고 집으로 향했다. 모래톱에는 깊은 정적이 흐르고 있었다. 부서지는 파도 소리가 아득히 멀어졌기 때문이다. 어디선가 사람들이 말하는 소리가 나지막하게 들려왔다. 그들 또한 물고기를 잡아 돌아가는 길인 듯했다. 하지만 어디에도 그들은 보이지 않았다. 밤이 너무도 아름답고 고요해 그들의 말소리를 물에 빠져 죽은 자들의 혼이 모두 나타나 서로 소곤소곤 속삭이는 것이라고 믿을 정도였다.

쾌청한 가을 날씨가 계속되었다. 농부들은 아침 일찍부터 저녁 늦게까지 곡식을 타작했다. 팥과 콩, 메밀과 무, 그리고 마지막으로 벼를 거둬들였다. 곡식은 키에 까불러서 깨끗하게 한 다음 스무 말씩 가마니에 담았다. 돌다리 아저씨는 나를 이 집 저 집 데리고 다니면서 일하는 과정과 곡식의 종류에 따른

품질의 차이를 자세히 설명해 주었다.

돌다리 아저씨는 내가 송림 마을에서 외로움을 느끼지 않도록 애를 많이 썼다. 저녁때 내가 딱히 할 일이 없어 심심해하면 뭔가 읽으라고 손으로 쓴 책 몇 권을 내 방에 넣어 주었다. 그 책들은 얄팍한 옛 시집, 일화집, 두툼한 소설 두 권이었다. 하지만 이 책들은 기름을 먹이고 갈색이 나는 책장이 너무나도 닳아서 침침한 불빛 아래서는 작은 글씨를 도저히 읽을 수 없었다.

"이 곳 생활이 무척이나 따분할 거야. 지금껏 고을에서만 살았으니까 말이야."

언젠가 돌다리 아저씨가 어떤 농가에서 나를 데려오는 길에 말했다.

"하지만 늘 옛날 선비들을 생각하렴. 그분들은 세상이 어수선해지면 산 속에 들어가셨단다. 그분들은 밤에 붓을 들기 위해 낮에 쟁기로 밭을 가셨지. 너도 왜놈들이 물러가고 옛날과 같은 좋은 세상이 다시 올 때까지 그분들처럼 조용히 이 곳에서 살아야 한다."

이 곳 농민들은 이 나라에 새 왕조가 들어서기만 하면 예전처럼 다시 좋은 세상이 될 것이라고 철석같이 믿고 있었다. 나는 그렇게 생각하지 않았다. 하지만 나 역시 우리 민족의 더 나은 미래를 상상할 수 없었기에 반대하지는 않았다. 또한 내가

'아저씨', '아주머니'라고 부르는 어른들에게 반대를 하는 것은 불손하게 생각되었다. 지주의 가족과 소작인들의 가족을 일가친척으로 보고, 부를 때도 역시 그렇게 하는 것이 옛날부터 내려오는 좋은 풍습이었다.

나는 그렇게 부르는 것이 좋았다. 나는 그 많은 아저씨와 아주머니를 구별하기 위해 언제나 그분들이 사는 곳의 지명을 덧붙여 불렀다. 그래서 어떤 아저씨는 '웃골 아저씨', 그 아저씨의 부인은 '웃골 아주머니'라고 불렀고, 또 다른 아저씨는 '뒷섬 아저씨', 그리고 그 아저씨의 부인은 '뒷섬 아주머니'라고 불렀다. 그들은 나를 보통 '고을에서 온 조카'라고 부르며 친조카처럼 대해 주었다. 돌다리 아저씨는 이러한 것은 좋은 풍습이라고 했다. 서로 그렇게 부름으로써 소작인들이 지주와 한 가족처럼 느끼기 때문이었다. 지주 집안을 중심으로 모두가 커다란 일가를 이루고 있었다. 그런 까닭에 지주 집안은 다른 집들보다 부유했다.

어느덧 가을이 가고 눈이 내리기 시작했다. 희고 큰 눈송이가 밤낮으로 송림만과 들과 길에 휘몰아쳐 내렸다. 가을걷이가 끝나고 시월 고사를 지낸 뒤에는 곳간을 큼직한 자물쇠로 잠갔다. 지붕에는 새 짚을 이고 창에는 새 창호지를 발랐다. 이제 사람들은 따뜻한 방 안에 앉아 손으로 하는 일만 했다. 남자들은 새끼를 꼬고, 돗자리를 짜고, 그물을 뜨고, 짚신을 삼았다.

여자들은 실을 잣고 베를 짰다. 아이들이 있는 집에서는 아이들을 마을의 훈장에게 보냈다. 훈장 역시 농사를 짓는 사람이라 겨울 한 철만 쓰기와 읽기를 가르치기 위해 아이들을 모았다.

저녁이면 이웃에 사는 농부들이 일감을 가지고 때때로 한곳에 모였다. 그들은 이야기도 나누고 한 사람씩 돌아가면서 소설을 읽어 주면 귀 기울여 듣기도 했다. 그들이 읽는 소설은 대부분 주인공이 아무 죄도 없이 쫓겨 다니는 구식 소설이었다. 주인공은 모함을 받고 쫓기는 신세가 되어 고향을 떠나야만 했다. 그는 이리저리 떠돌아다니며 추위와 굶주림에 시달리다가 마침내 어느 현명한 은자를 만났다. 은자는 그를 맞아들였다. 나중에 주인공 역시 현자가 되었고, 임금은 그를 불러 아주 높은 벼슬을 내렸다. 그는 영리하고 예쁜 여자와 결혼한 뒤 다시 고향에 돌아와 모든 사람의 부러움을 받으며 행복하게 살았다.

소설은 모두 그렇게 시작해서 그렇게 끝났다. 그래도 사람들은 그 소설들을 읽고 또 읽었다. 소설을 읽어 줄 때 인내심을 가지고 묵묵히 듣고 있던 사람들은 착하고 죄 없는 주인공에게 들이닥친 운명에 대해 번번이 흥분을 감추지 못했다. 그들은 소설을 매우 엄숙한 목소리로 읽기도 하고, 노래하듯이 읽기도 했다. 때로는 높게, 때로는 낮게, 때로는 명랑하게, 때로는 아주 슬픈 목소리로 읽었다. 눈이 수북수북 많이 쌓일수록, 밤이 고요해질수록 사람들은 더욱더 감정을 실어 소설을 읽어 내려갔다. 그래서 사람들은 먼 곳에서도 이야기의 주인공이 얼마나 힘든 상황에 처해 있는지를 알아맞힐 수 있었다. 나는 자주 이야기가 들려오는 집 앞에 멈추어 서서 가만히 귀를 기울였다. 이야기가 어떻게 진행되는가를 알기 위해서가 아니라, 단지 책을 읽는 목소리를 듣기 위해서였다. 그 목소리는 근심 걱정이라고는 모르던 나의 어린 시절을 떠올렸기 때문이다. 어린 시절, 이 나라는 평화로웠다.

이른 봄에

겨울 동안 나는 신식 학교를 다니던 시절과 학교 친구들과 새로운 세계인 유럽에 대해 친구들이 들려주었던 것들을 많이 생각해 보았다. 어렸을 적에 모아 두었던 사진도 다시 꺼내 보았다. 사진 속에는 장엄하고 화려한 집과 성이 여러 채 담겨 있었다. 그 집들과 성들은 너무나도 높아서 이 땅 위에 있지 않고 꼭 하늘나라에 있을 것만 같았다. 눈보라 속에서도 송림만을 따라 산책할 때면, 머나먼 서쪽에 이 건물들이 있는 듯했다. 그 건물들을 드나드는 금발의 쾌활하고 키가 큰 사람들도 눈앞에 아른거렸다. 그들은 세상 걱정도, 생존 경쟁도, 악습도 몰랐다. 그들은 오로지 자연과 우주에 대해서만 연구하고 지혜의 좁은 길들을 추구했다. 이 새로운 문화의 진정한 교양인이 되려면 그 곳 대학에서 공부를 해야 했다. 그 곳에서는 모든 것을 직접 보고, 직접 체험하고, 학자들에게서 다양한 학설을 모두 직접 배울 수 있었다. 이 놀라운 세계에 대해 들었던 수많은 아름다운 전설과 일화가 다시금 생생하게 내 머릿속에서 살아났다. 나는 어떻게 하면 그 곳에 갈 수 있을까, 하고 궁리하기 시작했다.

더 이상 눈은 오지 않았다. 송림만의 얼음장도 하나 둘 떨어지더니 어느덧 스르르 없어졌다. 날씨도 따뜻해졌다.

어느 화창한 삼월 오후, 나는 신막 시장을 향해 길을 떠났다. 신막 시장은 꼬박 이틀을 걸어야 닿을 수 있는 곳으로 기차가 그 곳을 가로질러 다닌다고 했다. 그 곳에서 기차를 타면 우리 나라의 북쪽 국경을 넘어갈 터이고, 거기에서 계속 서쪽으로 갈 수 있는 방법은 어떻게든 있을 것이므로 결국 유럽에 도착할 것이 분명했다. 내가 알고 있던 건 그게 전부였다. 기차가 어떻게 생겼는지, 기차를 어떻게 타는지, 외국에서는 어떤 언어를 쓰는지, 그리고 유럽에서도 돈을 사용하는지 어쩌는지 나는 이 모든 것들을 하나도 몰랐다.

나는 오후 내내 걸었다. 달빛에 길이 잘 보였기 때문에 밤에도 걸었다. 하지만 다음 날도 온종일 걸어야 했다. 저녁 무렵에야 비로소 넓은 평지에 자리잡은 장터가 보였다. 먼발치에서 봐도 그 곳이 나의 고향과는 다른 곳이라는 것을 알 수 있었다. 그 곳은 훨씬 소음이 많았고 교통도 복잡했다. 인력거와 자동차와 오토바이가 수많은 보행객들을 헤치며 달리고 있었다. 인력거꾼은 고함을 질러 댔고, 자동차는 클락션을 울려 댔고, 오토바이는 경적을 울려 댔다. 큰길가에는 대부분 일본 사람들이 살고 있었다. 그들이 신고 다니는 게다는 어딜 가도 따각따각 소리가 났다. 나는 간신히 비좁은 거리의 인파를 뚫고 기차역이 있는 곳까지 갔다. 거기서 나는 만주로 가는 열차가 내일 아침 이른 시간에야 비로소 그 곳을 통과한다는 사실을 알았다.

나는 다음 날 아침에 길을 잃지 않기 위해서 기차역 건물과 플랫폼, 그리고 기차역의 입구와 출구를 머릿속에 깊이 새겨 두었다. 모두 태어나서 처음 보는 것들이었다. 한참을 찾아 헤맨 끝에 그 곳의 가장 끝 쪽에서 우리네 작은 여관을 발견하고 그 곳에 들어갔다. 여관에서 묵는 일도 난생 처음 겪었다.

저녁을 먹고 난 뒤 나는 곧바로 잠자리에 들었다. 다음 날 아침 일찍 일어나야 했기 때문이다. 밤새 쉬지 않고 걸었기 때문에 굉장히 피곤했다.

그렇게 고단했는데도 좀처럼 잠을 이룰 수가 없었다. 다리도 쿡쿡 쑤시고, 선잠이 들면 계속 어머니가 보였다. 나는 어머니가 공연히 나를 찾아 헤매지 않도록 작별의 내용이 담긴 편지를 간단하게 써서 작은 책상 위에 놓고 왔다. 어머니는 내가 철이 안 들었다고 여겨 나를 떠나보내지 않았을 게 분명했으므로 나는 편지를 썼던 것이다.

편지를 떠올리자, 이 곳으로 오는 내내 안심이 되었다. 그래서 어머니 생각은 거의 하지 않았다. 그런데 자꾸만 어머니가 보였다. 마치 어머니가 내 앞에 있는 것만 같았다. 어찌어찌하다 나는 겨우 까무룩 잠이 들었다. 하지만 곧 깨어났다가 다시잠이 들고, 잠시 뒤 또다시 깨어났다. 어머니가 나를 부르는 소리도 들리고, 슬픈 얼굴로 말없이 내가 쓴 편지를 뚫어지게 들여다보고 있는 모습도 보였다. 어머니는 나를 보러 송림 마을에 와서 며칠 동안 있을 때면 내 얼굴을 두 손으로 감싸며 빙그레 웃곤 했는데, 그런 모습도 한 번 보였다. 밤새 그랬다.

나는 어린 시절에 대한 꿈도 꾸었다. 나는 우리 집 뒤뜰에서짚방석에 앉아 어머니가 물들인 명주를 말리려고 그 곳에 와빨랫줄에 너는 것을 구경하고 있었다. 따스한 햇살이 뜰을 비추고 있었다. 나는 어머니를 보고 기쁜 마음으로 달려가 뒤에서 끌어안고 외쳤다.

"어머니, 뒤에 누가 있는지 맞춰 봐!"

어머니는 명주를 다 널고 돌아서서 나를 번쩍 들어 올렸다.

"글쎄, 이게 누구지?"

어머니가 웃으며 물었다. 어머니는 나를 어머니의 얼굴 위로 들어 올렸다.

"정말 이게 누구지? 내 금지옥엽이구나! 너는 위대한 시인이 되고 싶니? 아니면 뛰어난 화가? 아니면 영웅? 그도 아니면황해도 부윤이 될래?"

새벽녘에 나는 어머니가 슬피 울고 있는 모습을 보았다. 나는 어머니 무릎을 베고 있었다.

"아니야, 어머니, 나 안 떠날 거야!"

나는 어머니가 그렇게도 슬피 우는 모습은 딱 한 번 본 적이 있었다. 아버지의 장례를 마치고 높은 산에서 내려와 우리 집 묘지기의 집 앞 천막에서 밤을 보냈을 때였다. 다시 잠이 깨었을 때 나는 몸에 열이 나는 듯했다. 그리고 으슬으슬 추웠다.

밖은 어둑어둑해지고 찬바람이 평지 위로 불고 있었다. 하지만 하얗게 칠을 한 기차역의 작은 대합실은 환하게 불이 켜져 있었고 수많은 사람들이 북적댔다. 대부분 일본 사람들, 군인들, 여자들이었다. 그들은 멀거니 서 있거나 여기저기 어슬렁거리기도 하고, 서로 허리를 굽혀 인사를 하기도 하고, 작별을 나누고, 선물을 주고받기도 했다. 사람들이 점점 더 밀려들자 서로 허리를 굽혀 인사하는 것도 어렵게 되었다. 마침내 조그마한 창구가 열리고 기차표를 팔기 시작하자, 제복을 입은 사람들이 직위에 따라 창구 앞에 늘어섰다. 사복을 입고 게다를 신은 일반인들도 줄을 섰다. 나는 맨 끝에 섰다. 내 차례가 되었을 때, 나는 만주의 수도로 가는 표 한 장을 샀다.

플랫폼 위쪽으로는 이제 막 새벽의 어두움이 걷히고 있었다. 살을 에는 듯한 차가운 바람이 불었다. 마침내 기차가 우레와 같은 굉음과 기적 소리를 내고 증기를 내뿜으며 달려왔다. 사람들이 우르르 달려가 기차 문 앞에 잔뜩 몰려들었다. 기차는 어느새 기적 소리를 울리며 급히 떠나 버렸다. 나는 플랫폼에 그대로 서 있었다.

한 역원이 내게 다가와서 왜 기차를 타지 않았느냐고 물었다. 내가 대꾸를 하지 않자, 그는 내 손에서 기차표를 빼앗아 흘끗 쳐다보았다.

"선양까지 간다는 거야?"

역원은 놀라서 외쳤다. 그는 나를 찬찬히 뜯어보더니 역 건물로 데리고 가서 동료들에게 뜻하지 않은 이 돌발 사건에 대해 설명해 주었다.

나이가 지긋한 한 남자가 의심쩍은 눈으로 나를 살피더니 내 이름과 나이와 직업을 물었다.

"부모님께서 네가 기차 타고 선양에 가는 걸 허락하셨니?"

그가 물었다.

"아뇨."

내가 말했다.

"그럴 줄 알았다."

그 중년 남자가 슬며시 화를 내며 말했다.

"만주에서 도대체 뭘 하겠다는 거야?"

"거기에서 유럽으로 가려고 했어요."

내가 잠시 망설이다가 말했다.

그는 한참 동안 내 얼굴을 사뭇 진지한 눈빛으로 바라보았다.

"아니, 그렇게 멀리 여행을 가고 싶었다고? 여권은 있니?"

"아뇨. 그런 건 생각도 못했어요."

"그렇구나. 짐은 있니?"

"없어요."

"영어나 불어나 독일어는 잘하니?"

"못해요. 아직 안 배웠어요."

"돈은 얼마나 가지고 있어? 어디 내놔 봐."

나는 갖고 있던 돈을 몽땅 책상 위에 꺼내 놓았다. 그는 돈을 흘깃 보더니 피식 웃었다.

"짐도 없고, 영어도 모르고, 여권도 없으면서 달랑 이 돈 몇 푼만 갖고 유럽으로 갈 생각이었어?"

"네. 그랬어요."

그는 나를 다시 날카롭게 쏘아보았다.

"그런데 왜 기차를 타지 않았니?"

나는 또다시 잠자코 있었다. 나를 이리로 데리고 온 젊은 역원이 내가 그 물음에 아무 말도 하지 않았다고 했다.

"말해 봐. 왜 기차를 안 탄 거야?"

중년 남자가 한 번 더 물었다.

"모든 게 너무 정신이 없고 시끄러웠어요."

내가 대답했다.

젊은 역원은 하하 웃으며 조선 사람들이 이렇게 말하는 것을 여러 번 들었다고 했다.

"열차는 이 사람들에게는 너무 상스럽고, 너무 시끄럽고, 너무 빠르다니까."

그의 말에 모두 껄껄 웃었다.

"하지만 너는 당나귀를 타고 유럽으로 갈 수는 없어."

중년 남자가 말했다.

"그건 그래요. 그렇게는 못 가죠."

내가 대답했다.

"시끄러워도 내일 한 번 더 우리 기차를 타고 유럽으로 가 보지 않을래?"

"아직 잘 모르겠어요."

대화가 끊어졌다. 중년 남자는 내게 기차표를 반환하라고 이르고 환불을 한 뒤 뭔가 수북이 쌓여 있는 것들 옆에 돈을 놓았다.

"고향에 다시 돌아가서 공부를 더 하렴. 우리 나라 학교도 유럽의 학교만큼 좋단다. 네가 뛰어난 아이라서 학교를 수석이나 좋은 성적으로 졸업하면, 서울에 가서 대학을 다닐 수 있어. 우리 나라 대학들도 유럽 대학들만큼 좋단다. 서울에서는 어디를 가나 새로운 문화를 접할 수 있지. 공공건물들은 모두 유럽식으로 지어졌단다. 삼 층짜리 건물로 말이야. 사 층짜리 건물도 있어. 교수들도 우아한 유럽풍 복장을 하고 있지. 하지만 서울로 가는 것도 일단 네 부모님이 허락을 하셔야 하는 거야. 규정대로라면 나는 집을 나온 남자 아이는 모두 잡아 경찰서로 보내야 해. 그럼 경찰서에서 아이들을 집에 보낸다. 하지만 너는 나쁜 애 같지 않으니까 특별히 봐 줄게. 이 돈 갖고 집으로 가거라. 하지만 돈은 조심해라. 돈은 정말 소중한 거니까!"

나는 여관으로 돌아와 잠을 자려고 누웠다. 잠에서 깨어났을 때는 이미 늦은 오후였다. 여관방에는 햇빛 한 줄기 들어오지 않는 듯했다. 추웠다. 밖에서 거리의 소음이 들려왔다. 인력거꾼들은 고함을 질러 대고, 자전거는 따르릉따르릉 경적을 울려 대고, 장사꾼들은 자신이 팔고 있는 물건들을 사라고 외치고 있었다. 특히 잘 알려진 일본 알약인 '은단'을 사라는 소리가 가장 요란했다. 멀리서 기적이 울리더니 기차 한 대가 증기를 내뿜으며 역에 도착했다. 그러자 사람을 부르고 지시를 내리는 소리가 들렸다. 또 다른 기차가 반대편에서 요란한 기적소리를 울리며 들어왔다. 귀가 찢어질 것만 같았다. 어디선가 헌병이 사람을 두들겨 패고 있었다. 신음하는 소리가 들리고 용서해 달라고 비는 소리도 들렸다. 포장 도로 위에서 게다가 따각거리는 소리도 들렸다. 마치 행진곡 같았다.

나는 송림 마을로 향했다.

가뭄

돌다리 아저씨는 내가 돌아오는 것을 보고 무슨 말을 해야 할지 모르는 것 같았다. 아저씨는 내 앞에 서서 한동안 말없이 나를 살펴보았다. 아저씨는 내가 어디를 갔다 왔는지, 왜 다시 돌아왔는지 묻지 않았다.

"방에 들어가거라!"

아저씨는 짧게 외쳤다. 아주머니도 내가 완전히 다른 사람이 되어 버리기라도 한 듯이 놀란 눈으로 나를 바라보았다. 아주머니는 저녁 밥상을 들고 내 방에 왔다. 언제나 나를 그토록 잘 보살펴 주었던 아주머니를 다시 보니 얼마나 기뻤는지 모른다.

"아주머니, 저 다시 돌아왔어요."

하지만 아주머니는 아무 말도 하지 않고 방을 나갔다.

나는 사흘이 넘도록 송림 마을을 떠나 있었다. 마을로 돌아올 때는 갈 때보다 훨씬 더 오래 걸렸다. 나지막한 언덕 몇 개가 있는, 지루하기 짝이 없는 지역을 가로질러 황톳길이 끝없이 나 있었는데, 그 길을 다 걷고 난 뒤에야 비로소 송림 마을의 산줄기가 눈에 들어왔다. 이제 나는 소음이라고는 전혀 없는 이 고요한 마을에 다시 돌아온 것이다. 어디선가 암소가 음매 울고 있었고, 굴 바위 주변에 파도가 부서지는 소리가 들릴 뿐이었다.

한밤중에 창문을 열자, 송림만 전체가 파도에 휩싸이는 게 보였다. 모래사장은 은빛 파도와 거의 구분이 되지 않았다. 은빛 파도가 철썩거리는 소리만 나지막하게 들렸다. 거무스름한 언덕 앞에는 초가집들이 희미한 달빛 아래 곤히 잠을 자고 있었다. 지난 며칠 동안 겪었던 일이 꿈인지, 아니면 이 마을 자체가 꿈인지 나는 알 수가 없었다.

농부들은 쟁기로 밭에 고랑을 내고, 씨를 뿌리고, 이제는 모를 심었다. 여자들은 집에서 꼰실과 천의 색을 바래고, 누에고치를 길렀다.

종달새들이 하늘 높이 날았고, 가는잎할미꽃과 들장미가 만발했다. 뻐꾸기가 먼 골짜기에서 울었다.

화창한 날이 이어지고, 봄비는 내리지 않았다. 초여름이 되자 농부들은 이만저만 걱정이 아니었다. 비가 오지 않고 계속 가물었기 때문이다. 밭의 흙은 가루처럼 맥없이 부서졌고, 상당수의 논에는 물기가 없는 곳이 여기저기 보였다. 사람들은 흉년이 들까 봐 두려워했다.

도대체 가뭄이 왜 든 것인지 그 이유를 묻는 사람들이 여럿 있었다. 대부분의 사람들은 필시 일본 사람들 때문일 것이라고 생각했다. 그들은 숱하게 많은 성벽과 존경심을 불러일으키는 건물을 헐어 버리고, 아주 오래 된 무덤들을 파헤쳤다고 했다. 이 마지막 일은 특히 나쁜 짓이었다. 그들은 무덤에서 죽은 사람들에게 바친 진귀한 도자기 그릇을 마구 훔쳐 냈기 때문이다. 도자기 그릇은 동경으로 옮겨진 뒤 아주 비싼 값에 팔린다고 했다.

산마다 수많은 묘가 파헤쳐져 하늘을 뚫어지게 응시하고 있었다. 아주 오래된 해골이 뙤약볕 아래 여기저기 나뒹굴었다. 도로를 만들 때도 이 야만인들은 오래된 많은 산소를 파헤치고 손상시켰다. 산허리를 지나가다 보면 사람의 뼈나 하나도 손상되지 않은 두개골이 산 위쪽에서 데굴데굴 굴러 내려올 때가 많았다. 그러면 사람들은 기겁을 하고 도망쳤다. 사람들과 마찬가지로 나 역시 그런 몹쓸 짓을 하는 자들은 언젠가 꼭 천벌을 받게 될 것이라고 믿었다.

가뭄은 계속되었다. 대부분의 밭에는 이제 물 한 방울 남지 않아 여기저기 쩍쩍 갈라졌다. 사람들은 밤마다 물을 퍼 나르기 시작했다. 마을 가까이 있는 유일한 물줄기인 시내가 말라 버리자, 사람들은 물을 담아 올 수 있는 통을 힘닿는 대로 모조리 들고 가까운 물줄기를 찾아 몇 시간씩 걸어가야 했다. 어리고 약한 볏모를 적어도 이튿날까지라도 살리고 싶었던 것이다.

꽤 많은 여자들이 별이 밝게 빛나는 밤에 자기 집 뒤뜰이나 텃밭 옆에서 비가 오게 해 달라고 빌었다. 그들은 촛불을 켜고 주발 그득 물을 담아 작은 상 위에 올리고 죄 없는 농부들을 제발 그렇게 심하게 벌주지 말라고 하늘에 빌었다.

하지만 하늘은 무심했다. 매일 아침 불덩이 같은 해가 동쪽에서 떠올라 괴롭고 힘겨워하는 땅에 온종일 뜨거운 볕을 쏟아 부었다. 일을 할 때 노래를 부르는 사람은 한 명도 없었다. 사람들은 낮에는 말없이 김을 매고, 밤이 되면 잔뜩 절망한 얼굴로 하늘에 구름이 한 점이라도 있는지 눈이 빠지게 쳐다보았다. 나 역시 밤에 제대로 잠을 이룰 수가 없었다. 나는 자주 하늘을 올려다보았다. 우리는 모두 이 궁리 저 궁리를 하느라 더는 아무 말도 하지 않았다.

어느 이른 아침, 집안사람들이 나를 깨웠다. 하늘을 보니 그 뜨거운 열기가 좀 누그러진 듯했다. 송림만 곳곳에 비가 좍좍 내리자, 온 마을에 엄청난 기쁨의 환성이 울려 퍼졌다.

소나기가 그치자 날씨는 곧 다시 무더워지고 푹푹 쪘다. 벼는 상태가 나아지더니 쑥쑥 자랐다. 사람들은 이제 아침 일찍부터 저녁 무렵까지 김을 맸다. 나는 날마다 어머니에게서 소식이 오기만을 기다렸다. 나는 어머니에게 편지를 써서 어머니의 허락 없이 이 곳에서 도망을 친 사실에 대해 용서를 구했다. 어머니에게서 무슨 말씀을 들을 때까지 나는 송림 마을에 머물 생각이었다. 나는 돌다리 아저씨에게서 내가 집을 뛰쳐나가 있던 며칠 동안 어머니가 잠 한숨 자지 않고 아무것도 입에 대지 않았다는 말을 들었다. 어머니는 줄곧 안방에 홀로 있으면서 아무하고도 말을 하지 않았다고 했다. 나는 어머니가 많이 편찮은 것은 아닌가, 하고 걱정이 되었다.

어느 날 저녁에 어머니가 몸소 송림 마을에 왔다는 말을 들었을 때, 나는 얼마나 놀랐는지 모른다. 하지만 내가 어머니를 뵈러 갔을 때, 어머니는 차분하게 미소를 지으며 나를 맞아 주고는 건강이 어떠냐고만 물었다.

다음 날 저녁, 내 방에 어머니와 단 둘이 있게 되자 어머니는 내게 공부를 더 할 생각이 있느냐고 물었다.

"없어요."

내가 말했다.

"잘 생각해 봐!"

"공부할 생각 정말 없어요."

"이제 와서 왜 그런 생각을 하는 건데?"

"공부를 하면 나중에 서울에 가야 하잖아요."

"서울 가기 싫니?"

"네."

"왜 싫니?"

"어머니 곁을 떠나지 않을 거예요."

"서울에 가도 돼. 내일 우리 고을로 가서 공부를 계속하렴."

"싫어요. 안 갈래요."

"그러지 말고 해 봐. 난 네가 공부를 계속했으면 좋겠다."

어머니가 왜 그런 말을 하는지, 그러니까 왜 당신의 뜻을 굽히는지 나는 그 이유를 알지 못했다. 나는 정말 더는 공부를 하지 않기로 작정했었다. 새 시대는 내게 너무 낯설고, 또한 나는 새 학문에 소질도 없는 것 같다는 사실을 깨달았다고 생각했기 때문이다.

"알았어요, 어머니. 한번 해 볼게요!"

결국 나는 그렇게 말하고 말았다.

시험

학교 친구들은 내가 다시 공부를 하러 돌아오자 무척이나 기뻐했다. 친구들은 어떻게 하면 내가 그 동안 뒤떨어진 공부를 만회하고 하루 빨리 전문학교 공부를 시작할 수 있는지 일러 주었다. 내가 고향에 있는 학교를 졸업하고 전문학교 입학시험을 준비하기 위해 몇 년 동안 서울에 있는 비교적 좋은 중학교를 다니려면 아직도 삼사 년은 더 걸려야 했다. 모두들 내게 독학을 해서 이 기간을 단축하고, 통신 교육 교재로 시험 준비를 하라고 했다. 괜찮은 계획 같았다. 나는 한 유명한 통신 교육 기관으로부터 중학교 전 과목에 해당하는 통신 교육 교재를 받아 공부를 시작했다.

처음에는 일이 순조롭게 풀렸다. 교재가 이해하기 쉽게 쓰여 있어서 나는 모든 과목에서, 심지어는 수학도 그럭저럭 잘 따라갈 수 있었다. 하지만 통신 교육을 받기 시작한 지 몇 달

뒤에 처음 배우게 된 영어는 어려웠다. 일본어로 영어 발음이
상세히 표기되어 있었지만, 아무리 되풀이해서 읽어도 정확하
게 이해되지 않았다. 문법에 대한 설명 역시 이해하기 힘들기
는 마찬가지였다. 나는 지금껏 이 언어에 대해 아는 바가 없었
다. 우리 고향 학교에서는 영어 수업 자체가 없었기 때문이다.
비교적 수준이 높은 많은 과목과 마찬가지로 영어를 가르칠 선
생님이 없었던 것이다. 그나마 몇 안 되는 조선인 영어 선생님
들은 모두 이 왕국의 수도에 있는 더 좋은 여러 학교로 불려 갔
다. 나의 학교 친구들도 나를 도와 줄 수 없었다. 영어에 대해
아는 바가 없었기 때문이다. 나는 무척이나 의기소침해졌다.
영어야말로 가장 중요한 과목이었다. 영어를 모르면 진정한 유
럽 문화에 다가갈 수 없었기 때문이다.

　　용마 형은 화학과 물리를 도와 주었고, 기섭이는 수학을,
'각성'이라고 불리는 또 다른 친구는 유럽 역사를 도와 주었
다. 유럽 역사는 처음 듣는 낯선 이름이 너무나도 많아 애를 먹
었다. 그들은 저녁마다 와서 내가 버틸 수 있을 때까지 나와 함
께 공부했다. 그들은 모두 우리 고향 학교를 졸업했지만 여러
가지 사정 때문에 서울로 공부하러 갈 수가 없었다. 그래서 그
들은 적어도 우리 중에 한 명이라도 전문학교에 가서 공부할 수
있게 하기 위해서 온갖 방법을 동원했다. 그리하여 내 방은 날
이면 날마다 저녁 교실로 변했다. 하지만 학교 교실과는 달리

학생은 한 명밖에 없고, 가르치는 교사는 서너 명이나 되었다.

친구들 중에서 공부를 도와 주지 않은 사람은 만수 한 명뿐이었다. 만수는 조금도 변하지 않았다. 나이가 벌써 열일곱 살이나 되었는데도 만수는 뭔가 배운다거나 앞으로 무엇을 하고 살지 직업에 대해 궁리도 하지 않고 여전히 이 친구 저 친구한테 돌아다니기만 했다. 하지만 만수는 고전 음악가로 발돋움하고 있었다.

만수도 매일 저녁 내게 왔다. 하지만 친구들이 모두 가고 나 혼자 책을 보고 있을 때 느지막하게 왔다. 만수는 잠시 내가 공부하는 모습을 지켜보다가 자기 집에 가서 자기랑 함께 음악을 조금 연주하자고 했다. 만수는 '가얏고'라고 하는 악기를 갖고 있었다. 가얏고는 모든 음악가들과 기생들이 참으로 좋아하는 기다란 현악기였다. 내가 공부를 더 해야 한다거나 피곤하니 그냥 자고 싶다고 하면, 만수는 책을 많이 읽으면 내가 피곤해지기만 할 뿐이라고 했다. 만수는 언제나 반대 이유가 있었다. 예를 들어 책을 많이 읽으면 머리와 마음에 해를 끼칠 뿐만 아니라, 내가 어머니의 하나밖에 없는 외아들인 만큼 정신병에 걸리면 안 된다는 것이었다. 그래도 내가 말을 안 들으면 만수는 친구라고는 나 하나밖에 없으니 자신의 부탁을 거절하면 안 된다고 했다.

나는 만수와 함께 만수네 집으로 갔다. 만수의 방은 자갈이 깔린 좁은 뜰에 있었는데, 출입구가 따로 있어서 밤에도 마음대로 드나들 수가 있었다. 그 방에는 책도, 작은 책상도, 자명종도, 그리고 학생이라면 마땅히 갖고 있어야 할 물건들도 없었다. 그 작은 방은 텅 빈 것이나 마찬가지였다. 한쪽 구석에 이불 몇 채가 개어져 있었고, 또 다른 구석에는 화로가 있었다. 화로에는 풀 그릇이 올려져 있었다. 만수는 벽장 속에다 자신이 애지중지 아끼는 것들을 모두 보관하고 있었다. 만수는 벽장에서 술병과 과일 몇 개가 담긴 놋쟁반을 가져왔다.

"자, 마셔. 너 주려고 오늘 특별히 가져온 거야."

매번 만수는 그렇게 말했다. 그러고 나서 만수는 벽장에서 자신의 가얏고를 가져와 내 무릎 위에 놓고, 두껍고 낡고 손으로 베껴 쓴 악보를 펼쳤다. 그 악보에는 모든 고전 음악이 들어 있다고 했다. 만수가 어떻게 이 값비싼 현악기를 손에 넣게 되었는지, 그리고 어디에서 그 낡아빠진 악보를 어렵사리 구했는지 나는 알 수가 없었다. 만수는 악보의 한 줄을 가리키고는 음표와 가락에 맞춰 콧노래를 불렀다. 나는 손놀림이 좋아질 때까지 조심스럽게 천천히 가얏고를 뜯었다. 드디어 나는 별로 틀리지 않고 한 곡을 탈 수 있게 되었다. 만수는 악보에 나와 있는 곡을 끈기 있게 계속해서 흥얼거리며 내 손가락의 모양을 바로잡아 주었다. 그리고 내 연주가 어느 정도 제 마음에 들면 피리로 반주를 해 주었다. 우리는 굉장히 오랫동안 연주했다.

"야, 미륵아. 너 정말 꼭 서울 가서 공부해야겠니?"

언젠가 만수가 물었다.

"응, 시험에 합격하면 그럴 거야."

"여기에 살면서 우리가 늘 함께 연주를 할 수 있으면 좋지 않겠니? 너는 일할 필요도 없고 걱정할 일도 없어. 그저 행복하게 살기만 하면 되는 거야. 맘 내킬 때 친구들을 집에 불러서 하늘이며 땅이며 세계며 우리네 마음에 대해 즐겁게 이야기를 나누는 거야. 사람을 시켜 산에 오두막을 한 채 지은 다음, 산속 여기저기서 시내가 졸졸 흐르는 소리나 듣고 하늘에 흘러가는 구름을 바라보기도 하고 말이야. 넌 이걸 다 할 수 있단다. 네 어머니는 행복해하실 거야. 너 역시 행복하게 살 거고. 그리고 나는 언제나 네 곁에 있을 수 있지."

"아냐. 난 공부해야 해."

"넌 참 이상한 애구나."

만수는 한숨을 내쉬며 말했다.

일 년이 금방 지나가고 다시 겨울이 왔다. 눈은 별로 내리지 않았지만 몹시 추운 겨울이었다. 그 때 운명이 내게 좀처럼 거부할 수 없는 미끼를 던졌다. 그것은 바로 내년도 의학 전문학교 입학시험에 대한 공문이었다. 시험 과목은 모두 다섯 과목으로 수학, 화학, 물리, 그리고 두 가지 언어, 즉 일본어와 한문이었다. 내가 언제나 두려워했던 영어와 역사는 없었다. 의학 전문학교 입학시험은 내게는 하나의 커다란 유혹이었다. 모두 가 의학이 내게 적합한 전공 분야라고 말하면 말할수록 나는 더욱더 그 유혹을 뿌리치기가 어려웠다. 문제는 이 학교의 입 학시험에 응시자가 너무 많이 몰리는 바람에 전부터 이 학교에 들어가기가 가장 어렵다는 점이었다. 중학교를 우수한 성적으 로 졸업한 학생 열 명 중 한 명만 그 시험에 합격했다.

나는 며칠 동안 곰곰이 생각하다가 드디어 이 유혹에 넘어 갔다. 학교 친구들이 힘을 북돋워 준 것도 한몫했다. 지원서를 제출하고 일 주일 뒤, 나는 수험 허가 통지서를 받았다. 지정된 수험 기간 동안 붓, 먹, 연필, 호주머니칼을 한 개씩 가지고 우 리 고을에 있는 시립 병원으로 오라는 내용이었다. 우리 고을 출신의 지원자들은 모두 그 곳에서 시험을 치른다고 했다.

시험 첫날 아침에 나는 시립 병원으로 갔다. 날은 아직 어둡 고 몹시 추웠다. 한 간호원이 나를 어느 작은 대기실로 데리고 갔다. 대기실 한구석에는 벌써 수험생 세 명이 서서 그 다음 절 차를 기다리고 있었다. 셋 다 모르는 아이들이었다. 아이들은 내게 빙그레 웃음을 지어 보였다. 하지만 얼굴은 핏기가 없고 수심이 그득했다. 입학시험 책임자가 들어와 우리의 이름을 부 르고, 지원서에 붙어 있는 사진과 우리의 얼굴을 일일이 대조 했다. 그리고 나서 그는 우리에게 시험 문제를 풀 때 마음의 여유를 갖고 침착하게 우선 잘 생각한 다음에 답을 쓰라고 주의를 주었다. 우리는 닷새 동안 치르게 될 시험 일정표를 한 장씩 받았다.

그 날, 우리는 건강 진단을 받았다. 우리는 꽤 널찍한 강당으로 안내되었다. 의사 두 명이 키, 몸무게, 시력, 청력, 척추, 폐, 심장, 위, 신장 그리고 그 밖의 몇몇 기관을 검사했다. 다른 세 아이는 진찰을 마친 뒤 곧바로 내보냈는데, 어떤 이유에서인지 의사들은 내 심장을 한 번 더 세밀하게 진찰했다. 그들은 오랫동안 논의한 뒤에 건강하다며 나를 내보냈다.

우리는 매일 아침 이른 시간에 작은 강연회장에 가서 몇 시간씩 필기시험을 치렀다. 첫날에는 수학, 둘째 날에는 언어, 셋째 날에는 물리와 화학 시험을 차례로 치렀다. 수학은 누워서 떡먹기였고, 물리와 화학도 어렵지 않았다. 하지만 언어 시험에서는 고대 일본어로 된 원문과 고전 한문의 원문을 현대 일본어로 옮겨야 했는데, 그 원문 자체가 이루 말할 수 없이 어려웠다. 대부분 이 두 과목에서 낙제할 것이 분명했다.

입학시험 책임자는 우리에게 등을 돌린 채 난로 옆에 조용히 앉아 있었다. 아마도 우리에게 서로 조금씩 보고 쓰도록 하기 위해서인 듯했다. 하지만 우리 가운데 어느 누구도 그런 건 감히 엄두도 못 내고 조용히 혼자서 열심히 문제를 풀었다. 셋째 날 딱 한 번 조그만 종이 뭉치가 내 책상 위로 소리 없이 굴

러왔다. 조심스레 종이를 펼치자, 거기엔 황린과 적린의 용해점이 적혀 있었다.

마지막 날 치른 구두시험에서 시험 감독관은 내게 왜 의학을 선택했느냐고 물었다. 나는 삶과 죽음의 원인을 진정 알고 싶다고 말했다. 감독관은 나를 보며 빙긋 웃었다. 그리고 한참 동안 장난치듯 연필을 만지작거렸다.

"고상한 목표구나."

그는 내 말을 인정한다는 듯이 말했다.

"당분간 우리는 일반 개업의를 대폭 양성해야 해. 특히 너희 고향은 더 그렇단다. 너희 고향에서는 보건 시설이나 위생 관념을 너무나도 등한시했으니까."

대화 도중 그는 잠시 고사장을 떠났다. 그래서 나는 그가 갖고 있던 명단을 볼 수 있었다. 수험생들의 이름 밑에 여러 난이 있고, 거기에 특기 사항이 적혀 있었다. 내 이름 밑에는 이렇게 쓰여 있었다. 언어: 단순하고 명료함. 성격: 정직하고 온유하고 예의바름. '학업 목적' 난에는 아무것도 적혀 있지 않았다.

감독관은 이내 다시 돌아와서 잠시 침묵하다가 입을 열었다.

"시험을 잘 봤더구나. 너는 일 차 선발에 들었어. 하지만 일 차 선발이 되었다고 해도 다섯 명 중 한 명만 우리 학교에 입학할 수 있지. 실망스러운 결과를 통보받는다고 해도 그것 때문에 낙심할 필요는 없어. 최종 선발은 제비뽑기 같은 거란다."

헤어질 때, 그는 다시 빙긋 웃으며 말했다.

"네가 '우리 나라'라고 말할 때에는 조선 한 나라만이 아니라 일본 제국까지 뜻한다는 것을 알아야 해. 또 네가 '우리 나라 사람'이라고 말할 때도 조선 사람들뿐만 아니라, 일본 제국에 있는 모든 사람들까지 뜻한다는 것을 너는 늘 명심해야 한단다."

그 말에 나는 잠자코 있었다.

약 삼 주일 뒤에 최종 통지서가 왔다. 서울에 있는 의학 전문학교에 합격했으니 사월 초에 학교 사무실로 오라고 적혀 있었다. 이 날, 나는 큰누나 집에 저녁 초대를 받았다. 집에 돌아오니 온 집안 식구들과 용마 형을 비롯한 내 친구들이 모두 내 방에 모여 앉아 즐겁게 이야기를 나누고 있었다. 내가 방 안에 들어서자, 모두 입을 다물어 버렸다. 용마 형은 내게 통지서를 주며 읽어 보라고 했다. 모두 나를 축하해 주었다. 어머니도 기뻐하는 듯했다. 하지만 어머니는 아무 말도 하지 않고 내 두 손만 자꾸 어루만졌다. 모두 오랫동안 말이 없었다.

용마 형과 친구들은 자신들이 매일 저녁 도와 준 결과, 드디어 그 뜻이 이루어졌다고 생각하는 눈치였다. 나는 머지않아 저 넓은 세계로 나아갈 것이고, 용마 형과 친구들은 여전히 이 좁디좁은 고향에 남아 있을 터였다. 우리 집 일꾼들은 내가 드디어 집을 완전히 떠나는 것이라고 생각하는 듯했다. 구월이는 근심이 그득한 얼굴로 전문학교에서 온 통지서를 들여다보고 있었다. 읽지도 못하면서 말이다.

어느 포근한 봄날 저녁, 나는 친구들의 배웅을 받으며 용당 포 앞바다로 갔다. 그 곳에는 내가 서울로 타고 갈 증기선이 정박해 있었다. 만수와 용마 형과 기섭이는 유쾌하게 떠들면서 앞서 갔고, 나는 어머니와 함께 그 뒤를 따랐다. 어머니는 고을 에서 조금 벗어난 지점까지 나와 함께 걷다가 내게 이번 서울 여행과 대도시에서 생활할 때 주의해야 할 점을 일러 주었다.

"지나간 일은 너무 많이 생각하지 말거라."

어머니는 끝으로 다음과 같이 말했다.

"네가 누차 얘기한 것처럼 시대는 변했어. 다른 사람들은 새로운 문화를 받아들여 우리보다 앞섰어. 그네들은 종종 무례 한 짓도 범하지. 하지만 너는 네 온화한 성품을 부디 잃지 말 고, 그들에게서 무언가 배우려거든 그들의 교양 없고 무례한 면도 감수하렴."

용마 형과 친구들은 나와 함께 용지만(龍池灣)으로 갔다. 용 지만은 휘영청 밝은 달빛에 풍덩 잠겨 있었다. 하얀 증기선이 어두운 암초와 뚜렷이 구분되었다. 마치 마법 같았다. 나는 한 사람씩 일일이 작별 인사를 나누고 작은 배에 올랐다. 작은 배는 이내 거친 파도를 헤치고 이리저리 흔들리면서 하얀 증기선을 향해 나아갔다. 용마 형과 친구들은 좁은 상륙용 발판에 그대로 서서 증기선이 천천히 방향을 틀어 슬픈 고동 소리를 내며 좁은 용지만을 빠져 나갈 때까지 나를 배웅했다. 나 없이 그들 셋이서만 언덕을 넘어 집으로 돌아가는 모습을 보고 있자니 가슴이 아팠다. 서로 무슨 얘기를 할까? 용마 형이 말을 할까? 아니면 만수가? 셋이 나의 여행에 대해, 그리고 음악에 대해 이야기를 나눌까? 그들은 곧 다시 남쪽 구릉과 선녀산 사이로 난 그 정겨운 고향 들판을 가로질러가겠지.

배 위에 있던 대학생들이 큰 소리로 내게 인사를 건넸다. 모두가 나의 합격을 축하해 주었고, 서울에 가면 도와 주겠다고 약속했다.

용지만이 시야에서 사라졌다. 높은 수양산이 물 속 깊이 잠겨 있었다. 연이어 붙어 있는 수압섬이 지척에서 스쳐 지나갔다. 이윽고 우리가 탄 배가 드넓은 바다에 들어섰다. 오로지 바다만이 달빛을 받으며 수평선 이쪽 저쪽으로 넘실넘실 출렁이고 있었다.

서울

아침 식사가 끝나자마자 우리가 탄 배는 제물포항에 입항했다. 나는 사람들을 따라 역으로 가서 기차에 올랐다. 기차는 곧 떠났다. 몇몇 작은 정거장에서 정차한 다음, 정오쯤 기차는 마침내 삼각산 방향으로 증기를 내뿜으며 달렸다. 언덕과 계곡과 마을이 쏜살같이 스쳐 지나가고, 우리는 오백여 년 동안 임금님들이 권좌에 있었던 도시에 점점 더 다가가고 있었다. 어렸을 적 밤마다 봉화로 서로 신호를 보내는 것을 우리 고을 성벽에서 보았는데, 이 나라의 각 도에서 봉화가 바로 이 곳으로 전달되어 온 것이다. 이 곳 여러 왕궁에서 관찰사들은 임금의 전권을 받았다. 백성을 다스리기 위한 것이었다. 그리고 이 곳에 우리 나라의 가장 유명한 시인들이 머물렀고, 이 곳으로 모든 학자들과 예술가들이 몰려들었다. 나는 깊은 생각에 잠겼다. 기차는 터널을 빠져나가 강을 건넌 뒤 곧 엄청나게 큰 역사(驛

숨) 안으로 들어섰다. 차창 밖에서 기차가 서울에 닿았다고 외치는 소리가 들렸다.

나는 짐을 들고 사람들을 따라 역사 밖으로 나갔다. 어마어마하게 넓은 광장이 눈앞에 펼쳐졌다. 경적을 울려 대는 인력거, 자전거, 오토바이가 요란하게 벨 소리를 내며 달리는 전차들 사이를 질주하고 있었다. 우리는 전차를 탔다. 현대식 상점이며 은행이며 음식점이 즐비하게 늘어선 번화가를 지나 대부분의 대학생들이 살고 있다는 시내 북쪽으로 가는 길이 아득히 멀게만 느껴졌다.

실제로 이 곳에서는 골목길이건 책방이건 음식점이건 가는 곳마다 대학생을 만났다. 그들은 모두 비슷비슷한 제복을 입고 있어서 모자와 옷깃에 학교와 학과를 나타내는 배지로만 구분이 되었다. 하지만 그들은 어떤 학과 학생인지, 어느 학교를 다녔는지, 어느 도 출신인지를 서로 묻지 않았다. 모두가 마치 대가족인 것처럼 서로 인사를 건네고 도왔다.

이튿날 아침, 나는 서울 의학 전문학교의 입구에 섰다. 의학전문학교는 서울의 동쪽에 자리잡고 있었고, 유럽풍의 몇몇 건물로 이루어져 있었다. 학생들이 물밀듯이 빠져나오고, 우르르 무리지어 들어갔다. 그들은 모두 감색 교복에 '의학'을 뜻하는 금빛 배지를 달고 있었다. 하지만 신입생들은 각자 자기나라의 복장을 그대로 하고 있었다. 조선 사람들은 흰 옷을, 일본 사람들은 검은색 옷을 입고 있었다. 나는 그들과 함께 학교 사무실로 가서 학생증, 시간표, 교복과 모자에 다는 배지를 받았다.

화학 강의는 좋았다. 내용이 일목요연하게 구성되어 있었고, 언제나 실험이 뒤따랐다. 반면 생리학 강의는 평범했다. 새로운 것은 전혀 가르쳐 주지 않았다. 우리에게 가장 중요한 해부학 강의 역시 그와 다르지 않았다. 몸이 마른 해부학 교수는 어조가 고르지 않았다. 강조하는 부분도 없고 활기도 없었다. 그는 뼈 한 개를 손에 들고 평평한 부분, 오목한 부분, 뾰족하게 나온 부분의 명칭을 일본어, 독일어, 라틴어로 설명하는 것 같았다. 하지만 말을 빨리 하는 바람에 강의실 맨 앞줄에 앉은 학생들도 이해하지 못했다. 그는 이따금씩 칠판에 무언가를 썼는데, 그것 또한 강의만큼이나 이해하기 어려웠다. 우리는 하나둘 펜을 내려놓고 괴롭기 짝이 없는 두 시간짜리 강의가 끝나 그 여윈 교수 얼굴이 눈앞에서 사라질 때까지 한없이 지루해하며 앉아 있었다.

"참 바보 같은 사람이네."

몇몇 학생들이 중얼거렸다. 가장 공부를 열심히 하는 학생들은 교탁으로 가서 상자에서 뼛조각 하나를 꺼내 뾰족하게 나온 부분과 움푹 팬 부분을 가까이에서 관찰하고는 교과서에 있는 그림과 비교해 보았다.

"우리도 저렇게 해야 하지 않을까요?"

며칠 전부터 자주 나와 나란히 앉은 학생이 물었다.

"그럼 가져오죠, 뭐."

나는 그렇게 말하고는 깨끗한 측두골(*두개골의 측면을 이루는 뼈의 총칭. 이하 *표시 – 옮긴이 주) 한 개를 가져와 그의 앞에 놓았다.

그는 뼈를 만지지는 않고 오랫동안 관찰하기만 했다.

"그러니까 이게 사람 뼈란 말이지!"

그가 말했다.

그는 한동안 뼈를 뚫어지게 바라본 다음, 천천히 손으로 잡고 무게를 가늠해 보고는 다시 자기 앞에 내려놓았다.

"참 희한하네!"

그가 중얼거렸다.

"그러니까 이게 인간의 실체구나!"

우리는 뼈의 갈라진 틈이며 가장자리, 그리고 불쑥 솟은 부분을 모두 살펴보고는 공책에 적어 놓은 것을 고쳤다.

내 옆에 앉은 학생은 차분하고 호감이 가는 친구로 북쪽 출신이었다. 그의 이름은 익원이었다.

강의 노트를 서로 보충하고 고쳐 주고, 실습도 함께 하면서 학생들은 자연스레 두 명씩 짝이 지어졌다. 시간이 지나면서

둘은 친구가 되기도 했다. 그러면 그들은 저녁에도 함께 공부할 수 있기 위해 같은 집에서 하숙을 했다.

익원이와 나는 여러모로 좋은 하숙집에서 볕이 잘 들고 큰 방을 함께 썼다. 우리는 저녁마다 책을 읽고 토론했다. 어떤 때는 물리학에 대해, 또 어떤 때는 화학에 대해 토론했다. 해부학에 대해 의견을 나눌 때도 있었고, 일 주일에 네 시간씩 듣는 독일어 문법에 대해서도 틈만 나면 논의를 했다. 독일어는 의학도에게 필수 과목이었다. 대부분의 의학 서적이 독일어로 쓰여 있었기 때문이다. 우리는 잠자리에 든 뒤에도 동사와 다른 품사들의 변화를 종종 익혔다.

매일 아침 우리는 함께 학교에 가고 저녁이면 함께 집으로 돌아와 자정이 될 때까지 같이 공부했다. 장도 같이 보러 가고, 목욕도 함께 하고, 극장도 함께 갔다. 일요일이면 우리는 서울의 명소를 보러 다녔다. 서울 북쪽에 있는 경복궁과 남산 공원과 동물원을 둘러보았고 한강에도 갔다. 익원이는 서울에서 공부한 지 벌써 일 년이 지났기 때문에 어디든지 잘 알고 있었다.

우리 학교는 조선의 최고 학부였다. 조선을 두루 여행하는 유명한 남자는 모두 우리 학교를 방문했다. 왕자나 거물급 고위 정치가가 서울에 오면 우리는 그들을 맞으러 역까지 행진을 해야 했다. 그럼에도 우리 학교는 일본 총독부 직속의 다른 학교들과 마찬가지로 따라야 할 교칙이 은근히 많았다. 거의 군대 같았다. 우리는 강의나 실습을 자유로이 선택할 수 없었다. 그 누구든 특별한 이유 없이는 최고로 무더운 칠월까지 계속되는 강의를 한 시간이라도 빠져서는 안 되었다.

그래서 우리는 드디어 학기의 마지막 날, 한동안 교복을 입지 않고 바구니에 넣어 둘 수 있게 되자 뛸 듯이 기뻤다. 우리는 가을에도 함께 공부를 하기 위해 방학 동안 무엇을 할 것인가를 의논했다. 익원이는 내가 광학 부분이 가장 뒤떨어져 있다고 했다. 그래서 나는 두툼한 물리책을 짐 속에 넣었다. 익원이는 책상에 앉아 나를 물끄러미 바라보았다. 그는 방학에 고향에 내려가지 않고 서울에 남고자 했다. 부모님이 없었기 때문이다. 그는 아주 어린 나이에 고아가 되어 기독교를 믿는 어느 가정에서 양자로 자랐다. 하지만 그가 기독교 전문학교에 가지 않고 국립 학교에서 공부하기로 결정을 내린 뒤로, 집에 가도 아무도 반가워하지 않았다.

우리는 마지막 저녁을 서울을 이리저리 걸어 다니면서 보내기로 했다. 그 때껏 우리는 그런 걸 해 보지 못했다. 우리는 서울 동쪽에 있는 창덕궁의 이끼 낀 긴 담장을 따라 걸었다. 그 조용한 옛길은 언덕을 오르내리듯이 때로는 오르막길이었고 때로는 내리막길이었다. 이 궁궐 담장 안에는 전 왕실의 후손들이 갇혀 있는 듯이 살면서 시종들과 시녀들 외에도 수백 명에 이르는 사람들을 거느리고 다닐 텐데도 이 길은 늘 조용했다.

이 곳을 지날 때마다 나는 자꾸만 발걸음이 멈추어졌다. 걷더라도 발자국 소리를 되도록 덜 내려고 했다. 아마도 나는 왕족들이 말하는 목소리를 듣고 싶었나 보다. 하지만 소용없는 일이었다. 누군가를 부르는 소리도, 한마디 대화도 들리지 않았다. 발자국 소리 하나 담장 밖으로 새어 나오지 않았다. 오백년 동안 유지되었던 자랑스러운 왕조의 후손들이 아주 조용해진 것이다.

우리는 궁궐 담이 끝날 때까지 담을 따라 걸은 다음, 남쪽으로 난 큰길을 가로질러 계속해서 걸었다. 거리도, 일본과 유럽에서 들여온 사치품들이 진열되어 있는 진열장도 대낮처럼 환히 불이 켜져 있었다. 어디를 가나 유럽 음악이 흘러나왔다. 바이올린과 피아노와 손풍금 소리가 들렸고, 축음기에서도 음악이 흘러나왔다. 철도호텔의 넓디넓은 정원에서는 유럽의 행진곡과 춤곡이 울려 퍼졌다. 우리는 고향에 있는 친구들에게 줄 오락용 읽을거리를 사려고 서점가로 갔다.

집으로 돌아오는 길에 우리는 끝으로 서울 동쪽의 너른 뒷골목에 서는 야시장이라는 곳에 들렀다. 수많은 노점에서는 낡고 싼 물건을 팔고 있었다. 누렇게 바랜 책, 파랗고 빨간 줄이 쳐진 필기 용지, 그림, 부채, 담뱃대, 담뱃갑, 테 있는 모자, 여자들의 비단신 등 모두 케케묵고 먼지가 잔뜩 낀 것들로 동전 몇 닢이면 살 수 있었다. 헤졌지만 고상한 옷을 입은 노인들은 물건을 사라며 지나가는 사람들을 불러 댔다. 그들은 아마도 지난 날 어느 도나 면의 부윤이나 목사(牧使)였을 것이다. 그들은 가난해진 데다 권력마저 잃고서 저녁이면 이 곳에서 자식들의 허기를 채워 주기 위해 동전 몇 푼을 벌려고 애를 쓰고 있었다. 사람들은 물건 값을 부르고, 깎으며 흥정하고, 서로 다투었다.

야시장 제일 끝에 있는 한 노점에서는 가느다란 대나무로 만든 피리가 수북이 쌓여 있었다. 한 개에 동전 두 닢이었다. 익원이는 이 노점 앞에 서서 피리를 열심히 들여다보았다. 나는 그에게 피리를 사지 말라고 했다. 만든 솜씨가 조잡하고 구멍에서는 제대로 된 소리가 나오지 않을 것이 뻔했기 때문이다. 하지만 그는 기어코 사고 말았다. 여태껏 악기를 손에 잡아 본 적이 없으니 아무거라도 상관없다고 했다. 적적할 때 한 번씩 민요나 몇 가락 피리로 불고 싶다고 했다. 나는 그 많은 피리 중에서 겉이 깨끗해 보이는 피리 몇 개를 골라 노래 몇 곡을 불어 본 다음, 그 중에서 한 개를 고르라고 했다. 익원이가 피리를 사고 있는 동안, 한 젊고 낯선 남자가 다가오더니 자기에게도 쓸 만한 피리를 하나 골라 달라고 부탁했다. 나는 그의 뜻을 들어주었다. 하지만 피리를 한번 불어 봐 달라고 부탁하는 사람은 이 청년만이 아니었다. 나이가 지긋한 한 남자와 두 여자 역시 내게 부탁하자, 곧 우리 주위에는 내가 부는 피리 소리를 듣기 위해서 수많은 사람들이 둘러섰다. 난 기분이 언짢았다. 사람들을 뚫고 뛰쳐나가고 싶었다.

그 때 그 늙은 피리 장수가 와서 내게 완전히 다른 피리를 보여 주었다. 대나무 가운데서도 유난히 딱딱한 부분으로 만든 다음 소박하고 부드러운 장식을 한, 예술가들이 부는 피리였다. 노인 역시 그와 같은 피리를 손에 쥐고 명령하는 어투로 자기와 함께 타령을 연주하자고 짧게 말했다. 타령은 옛 음악 학교를 다닌 사람이면 누구나 할 줄 알아야 하는 인기 있는 고전 음악이었다. 피리로 보나 말투로 보나 노인은 아마도 지난 날 음악 선생이었거나 왕실의 악사였던 듯했다. 도처에서 사람들이 유럽 음악만 흉내냈기 때문에, 노인은 더 이상 할 일이 없었던 것이다. 노인은 마침내 고전 악기를 제대로 다룰 줄 아는 젊은이를 만나 자신과 함께 다시 한 번 고전 음악을 연주할 수 있게 되어 기뻐하는 눈치였다.

하지만 나는 선뜻 피리를 불지 않고 망설였다. 우리는 야시장에서, 그것도 사람들에 빙 둘러싸여 있었던 것이다! 줄곧 말 없이 침묵하고 있었지만 자신도 모르게 야릇한 분위기에 취해 모든 곡을 경청하고 있던 익원이는 내게, 지금 교복도 입지 않았고 또 노인에게 크나큰 기쁨을 안겨 줄 터이니 마음 편히 피리를 불라고 귀엣말을 했다. 내가 천천히 피리를 입에 대자, 비단 옷 차림의 그 노인도 연주를 하기 시작했다. 주위가 쥐 죽은 듯이 조용해졌다. 이 예술가가 이따금씩 발걸음을 옮기며 점점 더 신명이 나서 고전 음악을 잇달아 연주하는 동안, 사람들은 꼼짝도 하지 않았다. 밤이 깊어 가고 있었다.

남쪽 새 일본인 구역인 그 곳에서는 아직도 수없이 많은 불빛이 반짝거렸고, 북쪽에서는 옛 조선이 어둠 속에 잠들어 있었다. 삼각산 위에는 칠흑같이 검은 밤하늘이 펼쳐졌고, 오래된 창덕궁은 과거 속으로 침묵하고 있었다.

구학문과 신학문

익원이는 나보다 훨씬 꼼꼼히, 그리고 철저하게 공부를 했다. 나는 이미 첫 학기 때 그런 점을 눈치채고 있었는데, 시간이 갈수록 확실히 알게 되었다. 나는 강의 내용을 매일 빠짐없이 받아쓰고, 그것을 어느 정도 이해하기만 하면 만족했다. 하지만 익원이는 자리에 그대로 앉은 채 잠시 생각을 하다가 자신이 명확하게 이해하지 못하는 것과 새로운 질문거리들을 찾아냈다. 그래서 우리는 자주 이 과목 저 과목의 책을 다시 죽 훑어보아야 했고, 그런 다음에는 끝없이 토론을 했다. 익원이는 모든 과목을 매우 진지하게 받아들였다. 하지만 그 중에서도 특히 물리학과 화학의 여러 문제점에 대해 깊이 생각하는 듯했다. 에테르나 물질, 에너지와 같은 어려운 개념을 이해하기 위해 애쓸 때 특히 그랬다. 그가 저녁 내내 그런 문제들과 씨름을 하느라 우리는 자정 무렵에야 비로소 생리학이나 해부학을 공부할 때가 잦았다.

그런 밤이면 우리는 무척 허기가 져서 떡 파는 소년이 우리가 사는 하숙집 골목을 지나며 김이 모락모락 나는 떡을 사라고 노래하듯 외치는 소리를 초조한 마음으로 기다렸다. 떡장수는 어느 골목 어느 집에서 대학생들이 한밤중까지 공부를 하느라 허기에 시달리는지를 잘 알고 있었던 것이다. 떡장수가 외치는 노래 같은 소리는 처음에는 모기 한 마리가 앵앵대는 것처럼 멀리서 들렸다. 그러다가 그 소리는 점점 더 커져서 높이 달린 하숙집 쪽창 밑에서 완전히 멈춰 버렸다. 우리는 떡장수가 떡 상자를 내려놓고 뚜껑을 여는 소리를 들었다. 익원이는 싱긋 웃으며 미닫이창을 연 뒤, 달콤한 소가 든 찹쌀떡 두 개를 받았다. 떡장수의 노랫소리가 골목에서 조금씩 멀어져 가는 동안, 우리는 다시 책상 앞으로 돌아왔다.

익원이에게는 학술 서적 외에도 재미있는 읽을거리가 많았다. 특히 일본어로 번역된 유럽의 장편소설이 많았는데, 제목 정도는 나도 알고 있는 것들이었다. 한번은 그 중에서 내용이 철학적으로 보이는 책 몇 권을 발견했다. 그 중 한 권은 제목이 '존재론'이었다. 나는 그 책을 꺼내 읽었다. 그 날은 익원이가 한 학교 친구네 집에 가서 나 혼자 집에 있었다. 나는 그가 돌아올 때까지 오후 내내 그 흥미진진한 책을 읽었다.

내가 그 책에 푹 빠져 있는 모습을 보고 익원이는 빙그레 웃기만 했다. 하지만 잠시 뒤 철학적인 문제들에 너무 심취하면 안 된다고 했다. 그런 문제들에 몰두하다 보면 내가 의학 공부를 등한시하게 될지도 모른다고 했다. 그렇지 않아도 우리 동양 사람들은 이론적인 것에 대해 지나칠 정도로 사고하는 경향이 있다고 했다. 하지만 나는 그 책을 손에서 놓기가 어려웠다. 내가 보기에 그 책은 인간이 던질 수 있는 질문 중에서 가장 심오한 질문을 다루었기 때문이다. 내가 그 책을 손에서 놓고 더 이상 읽지 않기로 해도 별 소용이 없었다. 읽은 내용에 대해 계속해서 깊이 생각하게 되었기 때문이다. 그래서 나는 며칠 동안 익원이가 주의를 줘도 틈만 나면 그 철학책을 붙들고 있었다.

어느 날 저녁, 익원이가 말했다.

"우리가 유럽 사람들보다 뒤떨어진 현대 학문은 철학적 사고에서 비롯된 것이 아니고, 자연에 대한 실제적인 지식에서 비롯된 거야. 자연과학도 그렇고 의학도 그래. 우리의 선조들이 항상 인간의 육체를 고전 철학을 통해 이해하려고 노력하는 동안, 서구의 학자들은 대단한 용기를 발휘해서 인간의 육체를 해부해 내부 기관을 직접 눈으로 관찰한 거야. 그들은 더 이상 골머리를 싸매고 고민한다거나 생각에 생각만 거듭하지는 않았어. 그 대신 심장이 어디에 있고, 위가 어디에 있으며, 혈관과 신경 섬유가 어디로 흘러가는가를 직접 두 눈으로 본 거야. 고전 의학 지식보다 백배는 더 위대한, 오늘날의 모든 의학 지식은 다 이 대담한 용기 덕분이지."

우리 나라의 오랜 한의학에 대해 우리는 아는 바가 없었다. 익원이도 그랬고 나도 그랬다. 한의학 역시 우리가 공부하는 의학의 일부분이었는데도 말이다. 우리는 지금껏 한의학을 다른 모든 오랜 전통과 마찬가지로 구식이고 쓸모없는 것으로 여겨 거들떠보지도 않았다. 우리는 한의사들이 어떻게 공부를 했으며 또한 그들의 여러 학문이 어떻게 분류되었는지 알지 못했다. 우리는 한의사가 되려면 적어도 십 년은 공부해야 한다는 소리를 들었을 뿐이었다. 그래서 귀밑머리가 하얗게 세지 않은 한의사는 한 명도 없었다.

그런데 다행스럽게도 이 희귀한 책 한 권이 우리 손에 우연히 굴러들어 왔다. 익원이는 숙부가 한의사였던 한 친구네 집을 찾아갔다. 친구의 숙부는 책을 모두 불태워 버리라고 했는데, 익원이의 친구가 그 중 한 권을 건져 보관하고 있었다. 익원이는 그 귀한 책을 하루 저녁 하숙집에 가져왔다. 우리는 조심스레 그 두툼한 책을 죽 훑어보았다. 그 책은 해부학에 대해 서술하고 있었던 게 분명했다. 그 책에는 인간의 몸을 여러 부분으로 나누어 먹으로 그린 그림이 여러 장 실려 있었다. 모든 그림에는 수없이 많은 선이 쳐져 있었고, 점이 찍혀 있었다. 선과 점이 몸을 온통 뒤덮고 있었는데, 그 명칭이 무척 복잡했다. 그 선들은 이른바 생명선인 듯했으나, 그 생명선들이 뻗어 있는 방향은 혈관이나 신경의 경로와 일치하지 않았다.

책의 뒷부분에는 역시 먹으로 그린, 내부 기관에 대한 해부도 몇 장이 딸려 있었다. 각 기관의 외적인 형태는 조잡하고 단순하게 그려져 있었다. 마치 어떤 예술가가 대강 스케치를 해 놓은 듯했다. 위나 심장의 모양은 우리가 배우는 교과서의 그림과 완전히 일치했다. 하지만 간에는 엽(葉)이 일곱 개나 있었는데, 엽은 두꺼운 가로대에 한 줄로 걸려 있었다. 우리는 정말 놀랐다. 폐는 양옆에 엽이 각각 세 개씩 있었고, 왼쪽 폐에서는 두꺼운 힘줄이 심장 쪽으로 뻗어 있었다. 이는 바로 우리가 소순환의 상징이라고 보는 것이었다.

조야한 이 해부학 그림을 보고 우리는 씩 웃었다. 하지만 이 책을 쓴 저자가 직접 눈으로 보지도 않고 내부 기관을 이 정도로 정확하게 그려 낸 그 재주에 대해서는 탄복할 수밖에 없었다. 한의사들은 한 번도 해부를 해 본 적이 없다고 했다. 그들은 신체의 내부를 진찰할 때, 다만 몸 바깥쪽을 손으로 더듬어서 예측했을 뿐이다.

이 존경스러운 의사들은 환자의 몸을 거의 만지지 않았다. 그들은 등을 두드려 보지도, 내부 기관의 소리를 듣고 진단하지도 않았다. 다만 환자의 얼굴을 보고, 환자의 이야기를 주의 깊게 듣고 나서 맥을 짚어 보았을 뿐이다. 그러고 나서 그들이 처방전을 쓰면 조수들은 곧바로 약을 지었다. 진찰실에는 필요한 모든 약초와 뿌리와 알뿌리가 보관되어 있고, 조수들은 한 의사의 감독 아래 환약과 연고 또는 탕약을 제조했던 것이다. 환자는 그 밖의 다른 치료는 받지 않았다. 방사선 치료도 수술 도 주사도 한의학은 몰랐다. 한의사는 환자가 몇몇 특정한 질 병에 걸렸을 때만 생명선이 확실히 지나간다고 여기는 여러 곳 에 침을 한 개씩 놓았다.

이토록 단순한 기술을 익히는 데 그렇게 오랫동안 공부를 해야 하는 걸까? 한의사들은 인간 존재의 의미에 대해 그토록 오랫동안 철학적인 사고를 했다는 말인가? 그들은 약초에 대 해 그렇게 오랫동안 공부를 했던 것일까?

우리는 한의학 서적도, 인체의 구조에 대한 책도, 질병을 다 룬 책도 여태껏 본 적이 없었다. 책방에서는 그런 책을 팔지 않 았고, 한의사들은 누구나 자기 책들이 마치 비밀문서라도 되는 양 혼자서만 보았다.

인체는 신성한 것으로 여겨졌다. 특히 영혼이 몸을 떠난 다 음에는 더욱더 그랬다. 영혼이 몸을 떠나면 사람들은 시신을 어떤 특정한 땅에 묻어야 했다. 시신이 어느 누구의 방해도 받 지 않고 자연과 행복한 조화를 이루며 자연으로 돌아가고, 또 한 후손들이나 주위 사람들에게 불행이 닥치지 않도록 한 것이 다. 그런 까닭에 시체를 해부하는 것은 자연법칙과 영혼에 대

해 죄를 짓는 일이었다. 설사 의사들이 그렇게 한다 해도 마찬
가지였다. 조선 사람만 다녔던 초창기에 우리 학교 학생들이
해부 실습을 거부했다는 사실이 이해되었다. 아마 그들은 현대
의학이 조선의 고리타분한 한의학보다 훨씬 뛰어나다고 생각
했기 때문에 현대 의학을 공부하고 싶어 했을 것이다. 하지만
그들은 죽은 사람을 해부하는 것을 여전히 엄청난 죄라고 여겼
던 것이다.

　서구 문화를 우리 나라에 처음 도입하려고 했던 수십 년 전
에는 그랬을 만하다. 하지만 이미 오래 전에 그와 같은 낡은 사
고를 떨쳐 버린 우리도 어느 겨울 오후, 해부실이 있는 잿빛 별
관에 들어서자 기분이 무척이나 으스스했다. 다른 여섯 명과
함께 익원이와 나는 큰 책상 쪽으로 천천히 걸어갔다. 책상 위
에는 한 젊은 남자의 시체가 안치되어 있었다. 말하자면 곧 다
가올 일을 기다리고 있었던 것이다. 얼마쯤 떨어져서 우리는
그 창백한 시체를 응시했다. 이 청년은 죽은 뒤 대지의 그늘 속
에 깊이 묻혀서 쉬지 못하고, 이 곳 함석판 위에 누워 벌거벗은
몸뚱이에 겨울 햇살을 받아야만 했던 것이다. 익원이는 슬픈
표정으로 나를 바라보며 내 손을 잡았다.

　"향도 안 피웠잖아!"

　그가 못마땅한 듯 중얼거렸다.

　교수가 들어와 오늘 우리는 복부의 내부 기관들이 각각 어

떤 곳에 있는지만 보면 된다고 설명했다. 시체 해부는 인간의 존엄성을 해치는 게 아니라고 했다. 오히려 우리가 지상에 남겨진 그의 몸을 숭고한 학문의 제단에 바치는 일이 그 죽은 자에게 크나큰 경의를 표하는 것이라고 했다. 이제 우리 중 한 명이 용감하게 나와 우선 늑골(*갈비뼈 전체를 이름)의 피부를 아래로 절개하라고 했다. 하지만 모두 잠자코 있었다. 마침내 한 학생이 주저하며 자신의 작은 의료 기구 상자를 꺼내 교수가 지시하는 대로 했다. 그 다음에는 순서대로 다른 학생들이 했다. 우리는 위에서부터 인접 기관으로 연장되는 복막의 주름이 확연하게 드러날 때까지 함께 작업했다.

우리가 등불 아래에서 모든 기관을 보고 마침내 집으로 돌아갈 때에는 이미 밖이 어두워져 있었다. 집에 돌아온 우리는 식사도 하지 않고 저녁 내내 아무 말도 하지 않았다. 우리는 과연 무슨 말을 해야 할지 몰랐다. 우리 주위에 있는 모든 것, 학업, 철학, 자연, 인생, 그 모든 것이 우리에게는 무의미하고 추해 보였다. 학교를 나올 때 나는 뜨거운 물에 목욕을 해서 내 자신을 정화하고 싶은 간절한 바람이 있었다. 하지만 이제 나는 내 자신의 몸을 보는 것도, 또 내 피부를 내 손으로 직접 만지는 것도 두려웠다. 나는 꼼짝도 하지 않고 누워서 오늘 오후에 본 무시무시한 광경을 애써 잊어버리려고 했다. 익원이는 책상 앞에 앉아 이 책 저 책을 별 뜻 없이 뒤적거리면서 가끔씩

"정말 무시무시해.", "야만적이야.", "끔찍해."라는 말을 툭툭 내뱉었다. 하지만 그는 마침내 마음을 달래 줄 것 같은 책을 한 권 찾은 듯했다. 그는 쉬지 않고 읽었다. 나는 잤다 깼다를 반복하며 그가 밤새 책을 읽는 것을 보았다.

"우리가 계속 의학 공부를 해야 하는 걸까?"

이튿날 아침에 그가 물었다.

"잘 모르겠어."

내가 말했다.

이별

삼 학년 이 학기 때의 일이다.

어느 날 오후, 안과 수업이 끝나고 강의실을 나오려고 하는데 누군가 나를 붙들었다. 내 친구 상규였다. 상규는 나지막한 목소리로 내일 저녁에 중대한 일을 의논해야 하니 남운(南雲)식당으로 오지 않겠냐고 물었다. 나는 그러기로 약속하고 무엇을 논의하는 것이냐고 물었다. 상규는 나를 한쪽 옆으로 데리고 가더니 거의 속삭이다시피 하면서 우리 나라 대학생 여러 명에게서 이상한 이야기를 들었는데, 그 문제에 대해 우리가 협의해야 한다고 대답했다. 조선 민족은 곧 일본의 부당한 정책에 맞서 일종의 시위를 벌일 것이며, 모든 조선 학생들은 시위에 가담할 것이라고 했다. 그래서 우선 우리 학교의 몇몇 믿을 만한 조선 학생들에게 우리도 시위에 합류해야 하는지를 물어보고 싶다고 했다.

나와 함께 상규에게 초대받은 익원이는 신중하게 생각을 하는 듯했다. 그는 집으로 돌아오는 길에 한마디도 하지 않았다. 우리는 저녁에 해야 할 과제물을 부리나케 끝낸 뒤, 우리 민족이 정부에 무엇을 요구해야 하는지를 서로 물었다. 선거권일까? 아니면 자국의 국방력? 아니면 자치권일까?

　　"어쨌든 정치적인 문제일 거야."

　　익원이가 퉁명스럽게 말했다.

　　"틀림없이 그럴 거야."

　　"우리가 가담한 사실이 당국에 발각되면 처벌받는다는 거, 너도 염두에 두고 있니?"

　　"물론이지."

　　"정부의 지배를 직접적으로 받는 학교에 다니니까 더욱더 그렇겠지. 우리는 고마운 마음에서라도 정치적인 시위에는 참여하면 안 된다는 거지."

　　가장 큰 문제는 이제 우리가 가담할 것인가 아니면 방관만 하고 있을 것인가 하는 점이었다. 학교 측에서는 예상 외로 우리에게 아무런 의무도 지우지 않고 우리를 수준 높은 학문으로 이끌어 주었다. 우리는 그런 학교가 고마웠다. 학교에서는 또한 우리에게 명소나 구경거리가 있으면 하나도 빠짐없이 국비로 구경시켜 주었고, 저명한 학자들과 성직자들과 정치가들을 만나게 해 주었다.

익원이는 한참 동안 침묵하면서 고민했다.

"우리, 어떻게 해야 할까?"

익원이가 물었다.

"나도 잘 모르겠어."

"하지만 우리 민족 모두에게 관련된 일이 일어나면 우리도 함께해야 해."

"그건 그렇지."

"그럼 네 생각은 어떤데?"

나는 침묵했다.

"참 골치 아픈 상황이다!"

익원이가 중얼거렸다.

"하지만 우리 둘은 어떤 경우든 같이 행동하는 거야."

"아무렴, 그래야지."

이튿날 저녁, 우리는 남운식당에 갔다. 그 곳에는 대략 열 명의 학생이 모여 있었다. 상규는 우리에게 시위는 이미 상당 부분 준비된 상태이고, 국립 대학 학생들만 그런 사실을 모르고 있다고 했다. 사람들이 우리를 '반왜놈'이라고 하면서 믿지 않았기 때문이라고 했다. 모두 잔뜩 긴장한 채 상규의 이야기에 귀를 기울였다. 우리는 모두 시위에 참가하는 데 찬성했다. 반대하는 사람은 아무도 없었다. 누가 시위를 일으켰는지, 시위대는 어떻게 조직되었는지, 또 시위를 함으로써 일본 정부에 무엇을 요구하는지 사람들은 아직 알지 못했다. 그래도 학생들은 모두 참가하고 싶어 했다.

시위에 대한 논의를 마친 뒤, 우리는 우리의 유구한 문화와 우리 선조들의 문화유산에 대해 오랫동안 이야기했고, 또한 일본인들은 단지 벼락부자에 불과하다는 말도 했다. 우리는 우리나라가 세계 최초로 활자를 자유자재로 사용하는 인쇄술을 발명했다는 이야기도 했고, 거북선, 도자기 기술, 한지, 그 밖에 우리 조상들이 세계에서 가장 먼저 발명한 것들에 대해서도 이야기를 나누었다. 우리 가운데서 가장 유순하고 침착하며 가장 생각이 깊은 익원이까지도 다른 학생들의 이야기를 끝까지 귀 기울여 듣고 난 뒤 이렇게 말했다.

"좋아, 우리도 가담하는 거야."

마치 우리 의학 전문학교 학생들이 시위를 일으키는 데 있어 마지막 장벽인 것처럼 보였다. 시위에 참여할 군중은 이제 목표를 향해 돌진했다. 목표는 그리 멀리 있는 것 같지 않았다. 상규는 종종 우리에게 시위를 위해 새로 준비해야 할 것들, 예를 들면 태극기, 선전물, 행진 순서 등에 대한 소식을 전해 주었다. 마침내 그는 중요한 소식을 가져왔다. 첫 시위가 삼월 초하루, 오후 두 시에 이른바 파고다 공원이라고 하는 곳에서 시작될 것이라고 했다.

그 날은 화창하고 따뜻한 무척이나 아름다운 봄날이었다.

내가 잠에서 깨어나 눈을 떴을 때, 익원이는 이미 교복을 입고 서 있었다. 며칠 전부터 창상 감염 때문에 학교에 가지 않았던 나는 그 날도 집에 있었다.

"정각에 파고다 공원으로 와."

그가 내게 손을 내밀며 말했다.

"거기서 만나서 같이 행진하자."

"그럼, 물론이지!"

내가 말했다. 그는 방을 나가면서 살짝 미소를 지었다.

밤새도록 우리는 거의 눈을 붙이지 못했다. 몸이 천근만근 이라 자꾸 누워만 있고 싶은 바람에 일어나기가 무척이나 힘들 었다.

정각 오후 두 시에 내가 공원에 갔을 때, 공원은 이미 순경 들에게 포위되어 있었다. 담장으로 둘러싸인 그 작은 공원에는 사람들이 어찌나 많이 몰려들었는지 나는 열 발자국도 채 걸을 수가 없었다. 익원이도, 우리 학교 학생들도 보이지 않았다. 나 는 담장 한구석에 서서 점점 더 많은 대학생들이 입구에서 공 원 안으로 몰려들어 오는 것을 지켜보았다. 갑자기 적막감이 감돌더니 누군가가 팔각정 앞에 설치된 연단에서 조선 민족의 독립 선언서를 낭독하는 게 보였다. 나는 너무 멀리 떨어져 있 어서 내용을 제대로 알아들을 수가 없었다. 한순간 침묵이 흐르더니 '만세' 소리가 천지를 진동했다. 만세 소리는 그칠 줄 모르고 계속되었다. 그 작은 공원이 흔들렸다. 쾅 하고 폭발이라도 하고 싶어 하는 것만 같았다. 공중에는 다양한 크기와 내용의 선전물이 휘날렸고, 공원에 모인 군중은 모두 공원 밖으로 우르르 몰려나와 시가행진을 했다.

나도 전단을 한 장 받아 읽었다. 일본에 의한 조선의 합방은 잘못된 것이며, 조선 민족은 오늘부터 이것이 무효임을 선언한다고 쓰여 있었다. 조선 사람들은 자유로운 민족으로서 자기 운명을 스스로 결정할 권리를 다시 돌려줄 것을 요구했다. 나는 독립 선언서를 몇 번이나 되풀이하여 읽고 행진 대열에 합류했다. 공원 입구에서 누군가 내 손에 전단 한 뭉치를 안겨 주고는 명령하듯이 짧게 외쳤다.

"좍 뿌려요!"

거리 양쪽에는 이미 수없이 많은 사람들이 서 있었다. 뜻밖의 일이 일어나 놀란 그들은 전단을 받으려고 손을 뻗었다.

"드디어 해냈어!"

몇몇 사람들이 외쳤다.

"그래, 우리 대학생들이 해냈어! 우리 청년들이!"

다른 몇몇 사람들도 소리를 질렀다. 여자들은 울고, 부르르 떨고, 우리에게 마실 것과 먹을 것을 건넸다.

경찰은 일절 개입하지 않고 우리가 시내를 자유롭게 다닐 수 있도록 그냥 내버려 두었다. 관청 건물과 영사관 두 곳만 중무장을 한 경찰관들이 에워싸고 있었다. 그들은 대학생들이 행여 폭력 행위를 저지르지나 않을까 하고 매서운 눈초리로 감시하고 있었다.

저물녘이 되어서야 비로소 우리는 제지당하고 있다는 느낌이 들었다. 우리가 움직일 수 있는 범위가 점점 더 좁아졌다. 우리가 행진한 구역은 모두 경찰들과 군인들에 의해 점령되어서 우리는 점점 더 그들의 포위망에 갇히고 있었다. 프랑스 영사관 앞에서 아무런 제지도 받지 않고 우리가 자유 민족임을 선언한 다음, 그 곳에서 총독부로 행진하려고 했을 때 우리는 결국 완전히 막다른 골목에 이르고 말았다. 길은 완전히 차단된 상태였다. 도로 전체에 중무장한 경찰들이 좌우로 빽빽이 있고, 한가운데에는 군인들이 넉 줄로 배치되어 있었다.

잠시 동안 양측은 미처 결정을 내리지 못한 채 대치하고 있었다. 하지만 곧 맨 앞줄에 있던 군인들이 번쩍번쩍 빛나는 칼을 뽑아 들고 군중을 향해 돌진했다. 맨 앞줄에 있던 사람들은 여전히 용감하게 서 있었지만, 뒤에서 공포심에 사로잡혀 두려워하자 모두가 뒤로 물러섰다. 우리는 진 것이다. 귓가에 들리는 건 오로지 슬피 탄식하는 소리와 흐느껴 우는 소리뿐이었다. 군인들은 한순간에 우리를 큰길로 되쫓았다. 그러자 그 곳에 있던 또 다른 군대가 우리를 다시금 몰아 댔다.

나는 다친 데 없이 무사히 집으로 돌아와 곧바로 잠이 들었다. 다시 깨어났을 때는 이미 어두워진 뒤였다. 익원이는 아직도 돌아오지 않았다. 깜짝 놀란 나는 그를 찾으러 다시 밖으로 나갔다. 거리 분위기는 무시무시했다. 어느 거리를 가도 사람 그림자 하나 보이지 않고, 가로등을 켜 놓은 곳도 거의 없었다. 길 양쪽에는 기관총을 든 군인들이 서 있었다. 검은색 장갑 자동차가 쉬지 않고 빠른 속도로 지나갔다.

나는 조심스레 이 골목 저 골목을 다니면서 학우들을 찾았다. 하지만 익원이가 어떻게 되었는지 아는 사람은 아무도 없었다. 나는 하숙집을 한 집 한 집 들러 보았다. 그러나 허사였다. 그 때 어느 길모퉁이에서 상규를 만났다. 마침 상규도 사태를 파악하기 위해 이곳 저곳 다니고 있었다. 거의 모든 친구들의 집을 방문한 결과, 그는 익원이를 비롯한 학우 다섯 명이 행방불명되었다는 사실을 확인했다.

자정이 지나서야 나는 집으로 돌아왔다. 방은 여전히 텅 비어 있었다.

적막한 밤이 서서히 지나갔다.

이튿날 아침, 상규는 내게 익원이와 다른 네 친구가 가벼운 부상을 입은 채로 감옥에 끌려갔다는 소식을 전해 주었다. 그러고는 감금되어 있는 친구들에게 먹을 것을 갖다 주라고 부탁했다.

그 사이, 민족 봉기는 대도시에서 중간 도시를 거쳐 장터와 마을에까지 빠른 속도로 확산되었다. 고향 친구들 중에는 기섭이와 만수가 투옥되었다는 소식이 들려왔다. 대학생들과 중학생들의 뒤를 이어 상인들이 시위운동에 참여했고, 그 다음에는 수공업자들과 농부들이, 그리고 끝으로 조선인 관리들이 시위를 벌였다. 난관에 봉착한 총독부는 일본 육군 사단을 파견하도록 했다. 일본 군대는 십 년 전 우리 나라가 합방되었을 때처럼 밤낮으로 행군했다.

곳곳에서 피를 흘리고 있었다. 마을 사람 대부분이 기독교인이었던 어느 마을에서는 전 주민이 교회에 갇혀 산 채로 불타 죽었다. 낡은 형무소와 교도소는 확장되거나 계속 새로 지어졌으며, 경찰은 밤낮을 가리지 않고 고문을 했다. 서울에 있는 대학생들은 네 번째 시위를 벌인 뒤, 지하로 잠복하여 시위운동을 위한 비밀 활동에 들어갔다. 나는 선전물을 만드는 부서에 배치되었다.

조선의 민족 봉기를 무력으로 진압한 뒤, 동경에서는 하세가와 총독을 해임하고 그 후임으로 사이토 해군 제독을 조선에 파견했다. 실제로 그는 화해 정책을 폈다. 그는 우선 지금껏 세무원, 교사, 통역관, 의사를 막론하고 제복을 입고 장검을 차고 다니던 모든 공무원들에게서 장검을 빼앗았다. 민중에게 공포의 상징이었던 기마 헌병대는 해체되었고, 경찰의 고문이 금지

되었다. 조선 사람들의 월급이 일본 사람들과 동등해지고, 언론의 자유가 선포되었다. 조선인 학교는 일본인 학교와 대등하게 되었고, 서울에 제국 대학이 세워졌다.

화해 행위로 보이는 이러한 정책과는 다르게 삼일 운동에 참가한 사람들에게는 중형이 내려졌다. 참으로 이상한 일이었다. 법원은 '폭동을 일으킨 자들'에게 유죄 판결을 내리기 바빴고, 경찰은 삼일 운동에 가담한 사람들을 모두 찾아내 체포하기 위해 미친 듯이 여기저기 돌아다녔다. 쫓기는 자들은 외국으로 도망쳤다. 나는 교복을 벗고 고향으로 돌아갔다.

소요가 일어났던 기간 동안에 나는 어머니에게 서울에서 일어난 일을 몇 차례만 보고했다. 그것도 사실대로 말하지 않고 슬쩍슬쩍 암시만 하는 정도였다. 그런 까닭에 어머니는 내 걱정을 무척 많이 하고 있었다. 이제 내가 직접 겪고 행동으로 옮긴 일을 전부 자세히 이야기하자, 어머니는 조금 창백해졌다. 어머니는 아무 말도 하지 않고 방을 나갔다.

나는 깊은 잠에 빠져들었다. 지난 몇 달 동안 밤에 대체로 잠을 편히 자지 못했기에 나는 굉장히 피곤했다.

저녁에 어머니가 내게 왔다.

"너 도망가야겠다!"

어머니가 말했다.

"도망을 가요?"

무슨 뜻인지 몰라 나는 그냥 되물었다. 머리를 써서 깊이 생각할 수가 없었다. 엄청나게 피곤했기 때문이다.

"그래, 너 도망가야 해!"

어머니가 거듭 말했다.

"국경인 압록강 상류는 경계가 그리 심하지 않다고 하더라. 그 곳에 가면 아직 북쪽으로 도망칠 수 있을 거야."

나는 아무 말도 하지 않았다. 나는 도망갈 용기가 나지 않았다. 그렇게 많은 대학생들이 도주 중에 체포되고, 많은 이들이 총살당했기 때문이다.

하지만 어머니는 그다지 위험하게 생각하지 않는 듯했다. 어머니는 이미 여러 대학생들이 압록강을 넘어 더 먼 곳으로 무사히 갔다고 했다. 나 또한 국경을 넘고, 어딘가에서 여권을 만들어 공부를 계속 하기 위해서 유럽으로 가야 한다고 했다.

'유럽'이라는 단어 자체만으로는 내게 아무런 용기도 불러일으키지 않았다. 나는 유럽에서 공부하는 일이 무척 어렵고 언어 한 가지만 해도 대부분의 아시아 사람들에게는 좀처럼 극복하기 어려운 장애물이라는 것을 잘 알고 있었다.

하지만 어머니는 몇 번이고 그 이야기를 했다. 어머니를 안심시키기 위해서는 도망쳐야겠다는 생각이 들었다. 어머니 곁에 있으면서 언제 닥칠지 모르는 위험 속에 사느니 차라리 어머니 곁을 떠나는 게 어머니의 걱정을 더는 것이라는 생각도 들었다. 시위운동에 참여한 게 거의 후회될 정도였다.

다음 날 저녁, 이미 이별의 시간이 다가오고 있었다. 어머니는 내게 집에 더 머물지 말라고 했다. 내가 국경을 넘을 때까지는 아무도 내가 떠난다는 사실을 알면 안 되었다.

어머니는 내게 버들가지로 만든 조그만 고리를 주었다. 그 안에는 얇은 옷감으로 지은 양복 한 벌, 줄이 달린 은시계, 그리고 돈 뭉치가 들어 있었다. 그것이 내가 어렸을 때부터 그렇게도 꿈꾸어 왔던 그 다른 세계로 떠나는 머나먼 여행길에 가져갈 수 있는 전부였다. 안개가 끼고 어두웠는데도 어머니는 고을을 벗어나 한참 동안이나 나를 배웅했다.

"넌 겁쟁이가 아니란다."

내내 둘 다 말없이 길을 걷다가 어머니가 말했다.

"넌 곧잘 낙심을 하긴 했지만, 네가 가고자 하는 길에 늘 충실했지. 난 전적으로 너를 믿는단다. 용기를 내렴! 어렵지 않게 국경을 넘고, 결국엔 유럽에 도착할 거야. 어미 걱정은 하지 말거라! 난 네가 다시 돌아올 때까지 조용히 기다릴 거야. 세월은 정말 빨리 간단다. 하지만 우리가 다시 만나지 못해도 너무 슬퍼하지 마렴! 너는 지금껏 내 삶에 정말 많은 기쁨을 안겨 주었단다. 자, 우리 아들, 지금부터는 혼자 가렴!"

압록강은 흐른다

나는 국경에 있는 거대한 강 가까이에 왔다. 곳곳에 사람 키만 한 갈대가 자라고 있었고, 밭이나 논은 좀처럼 보이지 않았다. 그래서 나는 더는 나아갈 수가 없었다. 꼭두새벽부터 밤늦게까지 무장한 군인들이 순찰을 했고 총소리가 자주 들렸다. 특히 새벽녘에 그랬다. 도주자들 대부분은 그 때 길을 떠나는 듯했다. 농부인지 어부인지 알 수 없는 어떤 사람이 매우 조심스레 나를 이웃 마을로 안내했다. 바로 옆집으로 안내할 때도 많았다. 그런 식으로 해서 나는 마침내 어느 어부의 오두막에 도착했다. 그 곳에서 나는 사공이 강을 건네 줄 때까지 숨어서 기다려야 했다.

이튿날 밤, 대학생 두 명이 그 오두막으로 왔다. 그들 역시 강을 건너고 싶어 했다. 그들은 나보다 한참 어려 보였다. 두려움에 얼굴이 새파랗게 질린 한 명은 열일곱 살도 채 되지 않은 듯했다. 그는 도주를 감행하려고 했던 것을 후회하는 눈치였다. 그는 조용히 앉아 앞만 바라보고 있었다.

사흘째 되는 날 밤, 드디어 나이가 지긋한 한 어부가 나타나서 자기를 따라오라고 했다. 우리는 선뜻 오두막을 나서지 못했다. 달이 아직도 떠 있어서 쉽게 발각될 것 같았기 때문이다. 하지만 뱃사공은 오히려 달 밝은 밤에는 국경 감시가 그리 심하지 않다고 했다. 우리는 그를 믿고 갈대밭 사이로 난, 거의 알아볼 수 없는 좁은 길을 따라 걸었다. 그렇게 한 시간 넘게 도망을 친 뒤 작은 숲에 이르렀다. 사공이 짧게 휘파람을 불자 저쪽 덤불에서도 비슷한 휘파람 소리가 들렸다. 그러자 어부 두 사람이 나타났다. 우리는 갈대를 헤치고 조금 더 걸어갔다. 마침내 물가에 이른 우리는 적잖이 놀랐다. 이 곳은 하구가 가까웠는데, 강 같지 않고 아득히 먼 어떤 곳의 바다같이 끝없이 펼쳐져 있었다.

우리가 꼼짝도 하지 않고 서 있는 동안, 어부들은 잠시 속삭이더니 말없이 작은 말뚝에서 조그만 통나무배를 풀었다. 이 '배'는 너무나도 작아서 겨우 두 사람만 탈 수 있었다. 어부들은 각기 한 사람씩 우리를 쪽배에 태웠다. 우리는 배와 배 사이에 간격을 넓게 두고 차례로 강가를 떠났다. 우리가 아무 소리도 내지 않고 그토록 조용히 이 큰 강 위로 노를 저어 나아가고 있노라니 거의 영겁에 가까운 시간이 흘러가고 있는 듯한 기분이 들었다. 강 한복판에 이르렀을 때, 멀리서 몇 차례의 총성이 들렸다. 나를 태운 어부는 씽긋 웃더니 그냥 조용히 있으라고 했다. 나중에 그는 내게 그것은 이따금씩 철교 위에서 경고 삼아 쏘는 총소리일 뿐이라고 속삭였다. 반짝이는 수면 한가운데에서는 결코 우리를 발견하지 못할 것이라고 했다.

우리가 강 건너편에 닿았을 때는 이미 한밤중이었다. 어부들은 우리에게 세 시간을 가면 가장 가까운 중국 국경 도시에 닿는다며 간단히 길을 일러 준 뒤 우리와 헤어졌다. 우리는 잠시 서 있다가 배 세 척이 서서히 우리의 고향을 향해 돌아가는 것을 바라보았다. 그러고는 우리 모두 태어나서 처음으로 만주 땅에서 자갈이 깔린 좁은 길을 말없이 걸었다.

중국 도시에 도착한 뒤, 우리는 한참을 찾아 헤맨 끝에 어부들이 일러 준 조선 여관을 발견했다. 날은 이미 훤히 밝았다. 우리는 곧바로 잠자리에 들었다.

그 날 오후, 우리는 헤어졌다. 일행 중 나이가 어린 사람은 창춘으로, 나이가 많은 사람은 선양으로 갔다.

나는 생전 처음 보는 중국의 도시를 이리저리 걸으며 둘러보았다. 비좁은 거리에는 사람들이 넘쳐 났고, 황금색 글자로 쓴 간판이 많았는데도 그 비좁은 거리들은 우중충했다. 집은 흰색 칠을 하지 않았고, 사람들은 푸른색 옷을 입고 있었기 때문이다. 이 곳은 조선보다 활기차고 시끌벅적했다. 어디를 가나 야릇한 향기가 났다. 참 낯선 냄새였다.

나는 그 도시를 떠나 강을 한 번 더 보기 위해 언덕에 올랐다. 푸르른 강은 석양을 받아 반짝반짝 빛을 내며 언덕들 사이에 있는 모래 바닥을 가로질러 유유히 흐르고 있었다. 이 곳은 강폭이 좁았다. 오백 미터도 안 되는 것 같았다. 맞은편 물가에 있는 사람들의 얼굴도 알아볼 수 있을 것 같았다. 그들은 그물을 널고 있었다. 부인들과 여자 아이들은 집 앞에 앉아 저녁에 먹을 콩 껍질을 까고 있었다. 아이들은 놀기도 하고 드잡이를 하기도 했다.

태곳적부터 나의 고국과 이 끝없이 넓은 만주 땅을 갈라놓은 국경의 강은 쉬지 않고 흐르고 있었다. 이 곳은 모든 게 크고 어둡고 진지했다. 반면 우리 고향에서는 모든 게 작고 유쾌했다. 초가지붕을 올린 밝은색 초가집들이 언덕에 살짝 몸을 기댄 채 점점이 흩어져 있었다. 꽤 많은 굴뚝에서 벌써 저녁연기가 모락모락 피어오르고 있었다. 저 멀리 맑은 가을 하늘 아래 산들이 잇달아 줄지어 있었다. 산들은 햇살에 빛났다. 저녁노을 속에서 한 번 더 번쩍 하고 빛이 나더니 산들은 서서히 푸르스름한 안개 속으로 모습을 감춰 버렸다. 나는 먼 남쪽에 있는 수양산이, 계곡과 시내가 있는 그 수양산이 보이는 듯했다. 또한 어렸을 때 저녁만 되면 가서 장엄하면서도 화려한 음악을 듣던 이층 탑 건물도 눈에 아른거렸다. 아름다운 천상의 소리가 들려오는 것만 같았다. 남쪽에서 바람결처럼 들려오는 게 분명한 그 천상의 소리가.

압록강은 쉼없이 흘렀다. 날이 어두워졌다. 나는 언덕에서 내려와 역으로 갔다.

잔뜩 흐린 하늘이 끝없이 광활한 평야 위에 드리워져 있었다. 내가 탄 기차는 북쪽을 향해 달렸다.

고향에서 산과 언덕, 골짜기와 시내만 보았던 나는 이 거대한 평야에 그만 놀라고 말았다. 광활한 평야에 대한 이야기를 들으면 언제나 약간은 구릉진 평야를 떠올렸지, 이 곳과 같이 그저 끝없이 평평하기만 한 평야는 상상조차 못했던 것이다. 이 평야는 구릉이나 산도 없고, 움푹 들어간 곳이나 구덩이도 없이 한없이 평평했다. 어디선가 폭풍이 일어나 엄청난 모래 먼지가 우리가 탄 기차 쪽으로 몰려왔다. 옛날에 몽골과 만주의 기병대가 이 곳으로 돌진해 오던 모습이 어렵지 않게 머릿속에 그려졌다. 남쪽 하늘이 다시 개고, 희미한 달빛이 귀신이 나올 것같이 으스스한 벌판을 비추고 있었다.

만주의 수도인 선양도 그와 같이 무방비 상태의 평지에 있었다. 육중한 성벽이 에워싸고 있어 선양은 무시무시한 성과 같은 인상을 주었다. 인도와 중국 등지에서 불어오는 폭풍과 몽골 사막의 먼지에 둘러싸인 이 성은 한때 아시아의 절반이 넘는 영역으로 확장되었던 만주 세력의 본거지였다. 나는 딱 한 번 말들이 끄는 전차를 타고 시내로 가 장쭤린 장군의 궁전들을 둘러보았다. 과거 마적이었던 장군은 지금은 이 궁전들 안에서 만주 지방을 나름의 방식대로 다스리고 있었다. 그는 구식 제도를 택했다. 성벽 밖에 있는 처형장은 보기만 해도 끔찍했다. 처형장 주위에는 처형당한 이들의 무덤이 있었다. 묘지 앞에는 비와 먼지로 얼룩진 나무 막대기에 이름과 나이와 직업이 적혀 있었다. 이 슬픈 벌판의 한가운데에는 육중한 정자가 우뚝 버티고 있었다. 바로 이 곳에서 끔찍한 일이 벌어졌던 것이다.

선양에 있는 중국 기차역에는 대합실이 따로 없었다. 노란색 칠을 한 객차가 많이 달린 열차 한 대가 땡볕을 받으며 서 있었다. 열차는 곧 만원이 되었고, 모두 열차가 떠나기를 기다리고 있었다. 하지만 열차는 좀처럼 떠날 생각을 하지 않았다. 이미 가을이 한창인데도 찌는 듯한 더위 때문에 점점 더 견딜 수가 없었다. 특급 열차는 예정보다 한 시간이나 늦게 출발했다. 기차가 움직이기 시작하자 모두 안도의 한숨을 내쉬었다. 잠시 뒤 기차는 뜻밖의 속도를 내기 시작했다. 우리는 파란 하늘 아래 광활한 요동 평야를 가로질러 질주했다. 요동 평야는 폭이 칠백 마일에 이르며 옛날에는 중국과 만주 사이에 있는 무인 완충 지대였다. 들판과 집과 묘지가 주마등처럼 우리를 스쳐 지나갔다. 가까이에서 바닷가의 큰 물굽이가 보이기도 하고, 멀리서 산봉우리와 산맥이 불쑥불쑥 모습을 드러내기도 했다. 열차는 저 오랜 역사를 지닌 중국을 향해 계속 달렸다.

저녁이 되었다. 폭이 좁고 긴 의자에서 그나마 몸을 펼 수 있는 사람들이 한 사람씩 누워 잠을 청했다. 그들은 하나둘 코를 골기 시작했다. 기차는 발해만을 따라 쉬지 않고 서쪽으로 질주했다. 자정 무렵, 달이 떠올라 어둑어둑한 객차 안을 비추었다.

내가 잠시 깊은 잠에 빠져들었다가 눈을 떴을 때, 기차는 정차해 있었다.

내 옆에 앉았던 사람은 꼼짝도 하지 않고 줄곧 창밖을 내다보고 있었다. 나는 그의 시선을 좇았다. 푸르스름하게 그 모습을 드러내기 시작한 높은 산들이 여전히 새벽 어스름에 감싸인채 하늘 높이 우뚝 솟아 있었고, 산들이 하늘과 맞닿아 있는 아주 높은 곳에는 엷은 잿빛 성벽이 희미한 빛을 내며 죽 뻗어 있었다. 그것이 바로 이천 년 전에 그 위대한 진시황제가 사람들을 시켜 쌓게 한 만리장성이라는 것을 알게 되었을 때, 나는 온몸에 전율을 느꼈다. 내가 역사책에서 배운 것은 결코 전설이 아니었던 것이다. 이천 년 전에 그들은 번창하는 이 나라를 몇번이고 습격하려 했던 야만족들에 맞서 요새를 만들기 위해 실제로 돌을 하나씩 저 산꼭대기까지 운반했던 것이다. 나는 산

꼭대기에서 사람들이 일하는 모습이 눈에 보이는 듯했다. 그 오래된 성벽은 푸른 하늘을 향해 점점 더 밝게 빛났다.

우리가 탄 열차는 중국과 만주의 국경에 있는 산해관역에 정차했다. 관리들이 여행객들의 짐을 모두 조사하는 데 거의 한나절이 걸렸다. 중국인들은 하나같이 처음에는 자기 짐을 풀지 않겠다고 하면서 짐 속에 무엇이 들어 있는지 하나하나 읊었다. 관리들은 승객들이 하는 말을 참을성 있게 다 듣고 난 뒤, 그래도 짐을 풀어야 한다고 다시 말했다.

"도대체 왜요?"

승객이 물었다.

"아편이 들었나 봐야 합니다."

"내 짐 속엔 아편이 없어요!"

중국인 승객은 또 한 번 주장하고는 웃음을 지어 보였다.

"그래도 저는 짐 안에 무엇이 들어 있나 봐야 합니다. 규정이 새로 바뀌었거든요."

관리도 미소를 지으며 말했다.

승객들이 모두 이런 과정을 거친 뒤, 세관원은 마침내 객차를 떠났다. 우리는 안도의 한숨을 내쉬었다. 기차는 서서히 앞으로 움직이기 시작했다. 긴 플랫폼을 지나 오랑캐들이 사는 동부 지역의 문턱을 조심스레 넘었다. 거대한 만리장성이 우리를 에워싸고 있었다.

텐진에서 나는 베이징으로 가지 않고, 곧바로 난징행 열차를 탔다. 시간을 아끼기 위해서였다. 베이징은 볼거리가 무척이나 많을 터였지만, 나는 중국 사람들보다는 타타르 사람들의 특성이 더 강하게 나타난다는 그 북쪽 도시를 그다지 보고 싶은 마음이 없었다.

남쪽으로 가는 도중 가장 신기했던 광경은 따스한 가을 햇볕 아래 붉은색 돛과 갈색 돛을 단 무수한 돛단배들이 곡식이 무르익은 밭 사이를 지나가는 모습이었다. 그것은 바로 향락을 일삼는 한 수나라 황제가 제국의 남쪽으로 항해하기 위해 만들게 한 삼천리 대운하였다.

황제가 탄 거룻배는 세상에서 가장 아름다운 소녀들이 비단 밧줄로 해가 떴을 때는 천천히, 달이 떴을 때는 더 천천히 끌었다고 한다. 그는 아마도 그보다 이천 년 전쯤에 한 위인이 바로 이 벌판을 돌아다니면서 사람들에게 사치하지 말고 술에 취해 살지 말라고 경고한 사실을 잊었던 모양이었다. 기차는 성인 공자가 태어난 노나라였던 지금의 산둥 성 지방을 달렸다. 공자의 현명한 가르침 덕분에 중국 사람들은 오늘날도 여전히 이 세상에서 가장 부지런하고 평화롭고 큰 욕심 없이 소박하게 살 수 있는 것이다. 공자의 묘에 참배하고 그 성인이 어떤 길을 갔는지 알고 싶은 마음에 나는 그의 고향인 취푸에 얼마나 순례를 가고 싶었는지 모른다. 하지만 일정을 따라야 했기 때문에 공자가 한 번쯤 머물렀을지도 모르는 마을들이 차창 밖으로 스쳐 지나가는 것만 물끄러미 바라보았다. 누렇게 익은 곡식들의 황금물결이 이는 한가운데 푸르른 녹음이 있고, 그 속에 잿빛 지붕들이 꼭꼭 숨어 있었다. 그리고 나무 몇 그루와 덤불이 있는 자그마한 언덕들이 크나큰 축복을 받은 가을 하늘 아래 펼쳐져 있었다.

다음 날 저녁, 내가 기차에서 내릴 때는 완전히 어두웠다. 사람들이 모두 기차에서 내렸다. 나는 그 곳이 어디인지도, 또 어디에서 기차를 갈아타야 하는지도 모른 채 그냥 사람들을 따라갔다. 갑자기 잠에서 깨는 바람에 나는 정신이 없는 상태였다. 역원은 우리에게 한 사람씩 좁은 통로로 지나가라고 했다. 잠시 뒤 어떤 평면이 우리 앞에 펼쳐졌다. 그것은 어둠 속에서 가물가물 빛나고 있었는데, 물 같아 보였다. 그 물은 끝없이 펼쳐져 있는 듯했다. 거룻배들에서 흘러나오는 무수히 많은 작은 불빛들이 미지의 어둠 속에서 흘러오는 그 물 위에서 파르르 흔들리고 있었다. 난 겁이 났다. 선뜻 내키지는 않았지만 나는 높은 건물을 빙 돌아서 배다리로 갔다. 그리고 크고 빛나는 아치형의 현판에서 유구한 역사를 가진 '양자강(揚子江)'이라는 글자를 읽었다.

작은 배 한 척이 매번 승객을 많이 태우고 이리저리 흔들리며 어두운 강으로 나가 난징이 있는 남쪽으로 나아갔다. 내가 탄 배 밑에서는 수많은 산골짜기에서 흘러온 물이 출렁거렸다. 헤아릴 수 없이 많은 시인들이 이 강물을 노래했다. 이 강물은 오미산 아래의 평야에서, 츠비에서, 치산에서, 둥팅 호에서 흘러 내려온 것이다. 그렇게도 자주 강남과 둥팅 호에 대해 이야기를 들려주던 누나들은 태곳적부터 흘러온 이 물이 이제 내가 탄 거룻배가 노를 저어 갈 수 있도록 해 준다는 사실을 알까? 나 때문에 걱정을 하는 어머니는 당신이 가장 사랑하는 자식이 지금 어디에 있는지 알까? 내게 소동파에 대한 이야기를 그토록 많이 들려주었던 분은 이미 오래 전에 잠들어 어머니인 대지에 누워 있다. 모든 게 고요했다. 거룻배 밑에서 찰랑찰랑 물소리만 날 뿐이었다.

맞은편 물가에 내리자, 한 마부가 나무 말뚝을 박아 포장하고 길 위쪽으로 지붕을 얹은 골목길과 도로를 수도 없이 많이 지나 나를 어떤 여관으로 안내했다.

다음 날, 우연히도 같은 여관에 묵고 있던 한 동포가 난징의 다양한 구경거리를 안내해 주었다. 이 곳은 북쪽 도시들에 비해 모든 것이 부드럽고 경쾌했다. 이중, 삼중으로 된 선양의 육중한 성벽 대신, 이 곳에는 운하와 수양버들이 있었다. 그 곳에서는 건장한 병정들이 볼 성 사납게 무기를 들고 돌아다녔지만, 이 곳에서는 날씬한 여자들이 각자 자기 거룻배를 젓고 있었다. 귀엽고 앙증맞은 창살이 달린 집들, 살짝 치켜 올라간 지붕들, 그리고 운하 위의 나무다리들이 푸르른 물 속에 희미하게 비치고 있었다.

오후에 우리는 마차를 타고 명나라 태조의 묘를 구경하기 위해 시외로 나갔다. 이 황제는 약 오백 년 전에 중국을 다스렸고, 몽골 왕조가 파괴해 버린 제국을 전부 재건했다. 황제는 처음에는 걸식을 하는 시주승에 불과했고, 그를 믿고 따랐던 신봉자들 역시 거지였다. 다만 차이가 있다면 그 시주승은 비록 걸인이긴 하지만 가슴 속에는 비밀스러운 계획을 하나 품고 있었고, 또한 그의 두 눈에서는 때때로 이 세상을 초월한 듯한 빛이 섬광과도 같이 뿜어져 나온다는 점이었다. 그런 사실을 알아차린 사람은 아마도 두려움에 떨었을 것이다.

조선의 전설에 따르면 이 시주승은 황해도에서 태어났다고 한다. 작은 나라인 조선은 어떠한 것을 듣든 되도록 전부 서로 연관시켜 보고 적용하려고 했다. 그런 까닭에 그 시주승은 한반도 곳곳을 다니며 구걸을 하고, 그 뒤 만주에서도 걸식을 했다. 이 곳에서 저 유명한 이성계가 우연히 그와 마주쳤다. 이성계 역시 가슴 속에 큰 뜻을 품고 중국으로 가고 있었다. 두 젊은이는 외롭게 홀로 사는 어느 노파의 작은 집에서 하룻밤을 묵었다. 노파는 그 두 사람을 떡과 술로 접대했다. 신기하게도 이 노파는 매우 귀한 술잔을 두 개 갖고 있었다. 하나는 황금으로 만든 것이었고, 다른 하나는 은으로 만든 것이었다. 장차 한 나라의 군주가 될 것이라고 스스로 굳게 믿고 있었던 이성계는 노파가 황금잔은 자신에게 주고 은잔은 그 가난한 승려에게 줄 것이라고 믿었다. 하지만 노파는 그 반대로 했다. 이성계는 불쾌했지만 겉으로 드러내지 않았다. 크게 될 사람이 그런 사소한 일로 무슨 말을 한다는 말인가, 하면서 말이다. 이튿날 아침, 두 사람이 노파에게 작별 인사를 하고 길을 떠나려고 하자, 노파는 이성계의 소매를 잡고 말했다.

"중국은 스님 혼자서 가시게 두게나. 자네가 갈 길은 동쪽이야!"

그 순간, 시주승이 작별 인사를 하려고 몸을 돌렸다. 그 때 이성계는 그의 눈에서 이 세상을 초월한 듯한 빛을 보았다. 이성계는 조선으로 돌아와 이씨 왕조를 세웠다. 그리고 같은 시기에 중국에서는 명 왕조가 시작되었다는 소식을 들었다.

한 시간 넘게 기차가 달린 끝에 우리는 두 개의 거대한 호랑이 석상 앞에 이르렀다. 석상들에 둘러싸이고 경사가 진 길을 천천히 올라가 대문 여러 개와 마당 몇 곳을 지나니 둥그스름한 언덕이 하나 나타났다. 산처럼 큰 그 언덕은 시야를 전부 가려 버렸다. 그건 바로 옛날 그 시주승의 묘였다. 묘와 우리 사이에는 가느다란 도랑이 흐르고 있었다.

어스름 해가 질 무렵, 우리는 키다리 대나무가 듬성듬성 있는 작은 숲을 가로질러 시내로 돌아왔다. 바람이 시원하게 부니 기분이 좋았다. 우리는 젊은 남자들이며 젊은 여자들과 마주쳤다. 그들은 이야기도 서로 나누고 노래도 하고 연주도 하면서 산책을 하고 있었다. 땅바닥에 있는 돌 하나하나마다 수천 년의 역사에 대해 이야기를 들려주는 난징에 있는 것들은 어느 것 하나 뺄 것 없이 얼마나 사랑스러웠는지! 버들가지도 새 소리도 산들바람도 음식점도 전혀 낯설게 여겨지지 않았다.

저녁에 우리는 함께 묵고 있는 여관의 크지도 작지도 않고 녹색과 금색 벽지를 바른 어느 방에서 술을 마시며, 중국인들의 생활과 난징의 명소에 대해 이야기를 나누었다. 난징을 구경시켜 준 그 동포는 난징의 명소에 대해 잘 알고 있었다. 그는 이 곳에서 공부를 한 뒤 이웃 도시에서 교사로 일하고 있었다. 자정이 지나서야 나는 그와 헤어져 위층의 내 숙소로 갔다. 푸른색 칠을 한 그 작은 방에는 놋쇠 침대 하나가 있었다. 그러지 않아도 작은 방에 조그만 화장대와 하얀색 옷장과 천에 수를 놓은 양산까지 있어 방은 발 디딜 틈이 없었다.

기다림

상하이에 도착한 뒤 나는 조선 해외 유학생들을 위한 상담원을 찾아가 유럽으로 가고 싶다고 말했다. 마음씨 좋게 생긴 그 중년 남자는 말씨로 보아 북쪽 지방 사람 같았다. 그는 내게 출생지와 학력, 가족 관계를 묻고는 최선을 다해 중국 정부로부터 여권을 구해 주겠다고 약속했다. 다만 인내심을 갖고 기다리라고 했다. 중국 당국에서 우리의 청을 기꺼이 받아 주겠다고 선선히 말하고 있어서 관리들에게 재촉을 할 수는 없는 노릇이라고 했다.

하지만 너무나 오래 걸렸다!

아름다운 가을이 한 주 또 한 주 속절없이 지나가 버리고, 비가 내리기 시작했다. 우기로 접어든 것 같았다. 아침부터 저녁까지 매일 가랑비가 내렸다. 바깥 공기는 점점 더 싸늘해졌다. 조선에서처럼 방바닥 밑에서 불을 때지도 않았고, 화로나

난로도 없었기 때문에 방 안은 몹시 추웠다. 그래서 나는 비가 와도 시내 주변을 산책하기 위해 자주 집을 나섰다. 하지만 그 거대한 도시는 어느 방향으로 가든 거의 끝이 보이지 않았기 때문에 가장 가까운 들판까지 가는 데도 한 시간이 넘게 걸렸다. 이 곳도 선양처럼 평지였다. 언덕도 없고 시내도 없고 만주에서와 같은 폭풍도 일지 않았다. 희뿌연 잿빛 하늘에서 빗방울이 흩날리듯 힘없이 내려와 타르로 검게 포장된 도로 위에 툭툭 떨어져 흩어졌다.

저녁 무렵, 서쪽 하늘이 조금 환해지면서 불그스름한 빛이 비치는 듯하더니 이내 습기가 그득한 어스름 뒤편으로 사라져 버렸다. 평평한 들판 위로 안개가 빠르게 퍼져 나갔다. 작은 나무들과 덤불은 점점 더 안개에 휩싸여 나중에는 어디가 길인지 알아볼 수도 없었다. 이리저리 떠도는 안개 속에서 보이는 것이라고는 어떤 이유에서인지 곧바로 땅에 묻지 않고 들판의 작은 돌무더기 위에 놓은, 검게 옻칠을 한 관들뿐이었다. 관들은 마치 귀신처럼 떠돌아다니고 있는 듯했다. 또다시 비가 내렸다.

어느 날 저녁, 나는 이따금씩 같은 음식점에서 식사를 하는 한 조선 사람으로부터 이 곳에 나처럼 여권이 없어서 유럽으로 떠나지 못하는 대학생들이 몇 명 있다는 이야기를 들었다. 실제로 나는 나와 마찬가지로 삭막하기 짝이 없는 방에 앉아 이제나저제나 행운이 오기만을 기다리고 있던 조선 대학생 네 명을 하나씩 알게 되었다. 이미 여름에 이 곳에 온 그들은 프랑스로 가서 공부를 계속할 생각이었다. 반년이 다 되도록 기다려도 여권이 나오지 않자, 그들은 낙심하여 유럽으로 갈 수 있다는 희망을 거의 포기한 상태였다. 하지만 그들은 이 곳에 머물면서 계속 기다리는 것 외에는 달리 방법이 없었다. 그들은 매일 저녁 모여 서로 담배를 건네고, 장기를 두고, 몸을 녹이기 위해서 독한 술을 마셨다. 그리고 가끔씩 프랑스 사람들의 생활에 대해 이야기도 나누었다. 그들은 그에 대한 책을 많이 읽었기 때문이다. 그들 중 봉근이라고 하는 사람은 아주 어렸을 적에 프랑스에 가 본 적도 있었다. 그는 몇몇 독일 도시도 알고 있었는데, 우리가 정말 유럽으로 떠날 수 있게 되기만 하면 나를 독일에 데려다 주겠다고 약속했다. 하지만 우리는 여전히 우중충한 파우 강 거리에 앉아 장기를 두었고 오들오들 몸을 떨었다. 하루하루 우리의 사기는 떨어졌다.

겨울이 지나가고 봄이 되었다. 대양 횡단 대형선들이 차례로 항구를 떠나 서쪽으로 갔다. 마침내 우리에게 크나큰 기쁨의 날이 왔다. 우리는 모두 여권을 받고 나서 도대체 여행 준비를 어떻게 해야 할지 몰라 몹시 당황했다. 우리는 필요한 물건을 사고, 짐을 싸고, 밤낮으로 서로 상의했다.

우리가 차를 타고 항구로 가는 동안 흐린 햇빛이 우리의 길을 비추고 있었다. 우리는 끊임없이 밀려드는 사람들을 아무 일도 아니라는 듯이 받아들이는 대형 증기선을 말없이 잠시 바라보았다. 그리고 사람들 틈에 끼여 도대체가 끝이 없을 것만 같은 계단을 하염없이 올라가 수없이 많은 통로를 지난 뒤 마침내 갑판에 이르렀다. 바로 그 밑에 우리의 공동 선실이 있었다. 사람들은 누군가를 큰 소리로 부르거나 고함을 지르면서 계속 여기저기 뛰어다녔다. 악수를 하는 사람도 있었고, 소리내어 웃는 사람도 있었고, 우는 사람도 있었다.

낮은 뱃고동 소리가 울리더니 거대한 그 배가 서서히 바다를 향해 뱃머리를 돌렸다. 바닷가에서는 기나긴 여행이 무사히 끝나기를 기원하는 폭죽을 쏘아 올렸다. 손짓하는 사람들과 바닷가와 집들이 서서히 서로 합쳐져 하나의 선을 이루더니 이내 사라져 버렸다. 고동 소리가 한 번 더 울린 뒤, 증기선은 양쯔 강 어귀를 떠나 거친 파도 속으로 미끄러져 들어갔다. 높게 출렁이는 파도 위쪽에는 누르스름하니 잔뜩 흐린 하늘이 드리워 있었다.

바람은 적당히 불고 있었고 간간이 이슬비가 내리는 가운데 우리가 탄 배는 조금씩 흔들리며 남쪽으로 항해를 했다. 저녁이 되자 송 왕조의 비극적인 종말이 떠올랐다. 그 장엄하고 화려했던 중국이 전쟁에 줄줄이 패한 뒤 몽골 인들의 말굽에 짓

밟혔던 것이다. 무기력한 황실은 이 궁전 저 궁전으로 도망을 다니다가 결국 이 바다로 오고 말았다. 하지만 무자비한 몽골 장군이 바다 위에서 계속 추격한 끝에 그의 함대는 황제의 배에 접근했다. 그 배에는 겁에 질려 파르르 떨고 있는 열두 살난 세자 외에 찬란했던 송 왕조의 마지막 신하인 재상도 있었다. 그는 꼼작도 하지 않고 앉아서 지는 해를 잠시 바라본 뒤 송 왕조의 옥새를 황제의 가슴에 붙잡아 매 놓은 다음, 어린 세자를 품에 안은 채 파도 속으로 뛰어들었다.

그것은 천 년도 훨씬 전에 남지나해에서 일어난 일이었다. 우리가 막 지나고 있는 이 곳이 그 곳일 것 같았다. 거친 파도 위에 황혼이 깃들었다. 외로운 정크선 한 척이 우리가 가는 길을 가로질러 갔다. 나는 선실로 내려갔다.

할인된 승선표를 구입한 우리 동아시아 대학생들은 이른바 대학생 선실을 사용했다. 대학생 선실이란 배 앞쪽에 있는 널찍한 화물실을 선실로 개조한 것이었다. 거의 백 명에 가까운 대학생들이 이 곳에서 잠자리를 마련하고 이미 누워 있었다. 어두침침한 불빛 아래 나는 손으로 더듬어 좁은 통로를 지나 내 자리가 있는 왼쪽 깊숙한 구석으로 갔다. 항해하는 동안 내내 함께 있기 위해서 모든 조선 학생이 이 곳에 모여 있었다.

중국 대학생들과는 대화가 원활하게 이루어지지 않았다. 현대 구어체의 중국어는 우리가 오로지 서당에서만 배운 고전 한문과 발음이 완전히 달랐기 때문이다. 우리들 중에 한 명만 현대 중국어를 유창하게 할 줄 알았다. 그들이 말하는 것을 나는 조금밖에 이해하지 못했다. 그래서 비교적 깊은 내용의 대화를 나누고 싶을 때 우리는 자주 붓을 들 수밖에 없었다. 각 글자의 뜻과 문장의 어법은 변하지 않았기 때문이다.

출항한 지 사흘 뒤, 우리는 호찌민에 도착했다. 배에서 내렸지만 우리는 좋은 안내자를 만나지 못해 제대로 구경을 하지 못했다. 이렇다 할 목적 없이 열대 식물이 울창한 공원 비슷한 곳을 가로질러 가자 동물원이 나타났다. 무척이나 지친 우리는 그 곳에서 무더운 나머지 오후 시간을 보냈다. 공기가 충분히 시원해졌을 때 우리는 갈대밭 사이로 난 좁은 길을 따라 우리 배로 돌아왔다. 베트남의 집들을 별로 보지 못한 게 못내 아쉬웠다. 이 나라는 거대한 중국을 사이에 두고 우리 나라와 너무나도 멀리 떨어져 있는 탓에 우리는 그 나라에 대해 아는 게 거의 없었다.

그랬던 만큼 이튿날 아침, 베트남 대학생 다섯 명이 뜻밖에도 우리에게 와서 선실을 함께 쓰고 싶다고 했을 때 나는 뛸 듯이 기뻤다. 베트남에서도 한자가 통용되었던 터라 나는 한자를 써 가면서 그들과 대화를 나눌 수 있었다. 베트남 학생들도 우리가 조선에서 온 것을 알고는 무척이나 기뻐했다. 오랫동안 말없이 우리가 하는 대화를 귀 기울여 듣고 있던, 그들 중 한 명이 펜으로 '조선은 예의 바른 세계의 북쪽 관문이고, 베트남은 남쪽 관문'이라고 우리에게 써 보였다.

대양에서

남쪽으로 항해할수록 날씨는 무더워졌다. 싱가포르 근처에서는 어떤 것으로든 햇빛을 가리지 않고서는 앉아 있을 수도 없을 정도였다. 아마도 이 뜨거운 열기 때문에 내가 악성 안질에 걸린 듯했다. 어느 날 아침, 잠에서 깬 나는 두 눈이 따끔거리면서 아팠다. 사람들 말로는 내 눈이 매우 충혈되었다고 했다. 나는 배에서 근무하는 의사에게 갔다. 그는 잠시 동안 눈을 진찰한 뒤 진통 효과가 있는 연고를 바르고 붕대를 단단히 묶어 주었다. 그는 내가 어떤 병에 걸렸는지는 말해 주지 않고 붕대를 되도록 떼지 말라는 충고만 했다. 그래서 나는 배가 싱가포르에 도착했을 때 배에서 내릴 수가 없었다.

하지만 통증은 계속되었고, 의사의 경고에도 불구하고 이도시를 멀리에서나마 보기 위해 내 멋대로 붕대를 푸는 바람에 염증은 더욱 악화되었다. 연한 잿빛의 희미한 빛 외에는 아무것도 보이지 않았다. 눈이 쿡쿡 쑤시면서 따끔거렸다. 의사는 햇빛에 자극받지 않도록 며칠 동안 선실에 있으라고 지시했다. 나는 그가 충고한 대로 했다. 시원한 선실 안이 실제로 바깥보다 나았다. 나는 가만히 누워서 파도가 밀려오는 소리를 귀 기울여 들었다. 나는 잠이 들었다가 깨고, 또다시 파도 소리에 귀를 기울였다.

내가 회복되어 다시 볼 수 있었을 때는 이미 수마트라해협을 지난 뒤였다. 우리는 인도양을 항해하고 있었다. 그 넓은 바다에 아무것도 보이지 않았다. 정크선도 섬도 해안선도 보이지 않았다. 어디를 보나 새파란 하늘 아래 큰 파도만 넘실대고 있을 뿐이었다. 하지만 천막의 그늘에서 눈을 뜨고 누워서 잡담을 나누는 것은 참으로 기분 좋은 일이었다. 조선 학생들은 중국 학생들만큼 부지런하지 않았다. 중국 학생들은 책 읽는 것을 좋아했다. 그들 중 상당수는 대부분의 시간을 방해받지 않고 독서를 하기 위해 시원한 선실에 머물렀다. 책을 손에 들고 있지 않은 중국 학생은 찾아보기 어려웠다. 반면에 책을 읽는 조선 학생은 더욱더 찾아보기 어려웠다.

베트남 학생들도 독서를 했다. 하지만 그들은 재미있는 오락물만 읽었지 중국 학생들처럼 교과서는 읽지 않았다. 베트남 학생들은 단편소설과 장편소설을 읽었다. 그 책들 중 일부는 베트남 어로 된 것이었고 나머지는 프랑스 어로 된 것이었다.

그들은 프랑스 책을 읽을 때는 조용했지만, 베트남 어로 된 소설을 읽을 때는 마치 노래하듯이 사람들 앞에서 낭독했다. 그런 것을 보고 주위 사람들은 모두 웃음을 터뜨렸다. 하지만 나는 그 소리에 감동을 받았다. 묘한 기분이 들었다. 저 멀리 북쪽에 살고 있는 조선 사람들도 그런 식으로 책을 읽었기 때문이다. 고향 생각이 났다.

갑판 위에는 동아시아 대학생들 외에 싱가포르에서 배를 탄 것으로 보이는 인도 사람들도 눈에 띄었다. 하지만 그들은 대학생이 아니라서 우리 선실에 묵지 않았다. 우리와 마찬가지로 그들 또한 일등이나 이등 선실에서 묵는 것 같지도 않았다. 그들은 늘 갑판 위에서 살았다. 갑판 위에서 잠도 자고 식사도 했다. 그들은 머리가 하얗게 센 중년 남자 두 명과 할머니와 젊은 여자였는데, 갑판 한가운데에 자리를 잡고 작은 짐과 이불로 집처럼 꾸며 놓았다.

오랜 옛날, 칠팔백 년 전에 꽤 많은 조선 학자들이 그 성스러운 가르침의 본고장에서 내면적인 성숙함을 얻기 위해 인도로 갔다. 그들은 '서역 하늘 아래 있는 극락정토'에 닿기 위해 먼저 만주, 몽골, 쿠쿠노르 그리고 티베트 고원을 이 년 넘게 가로질러 걸어가야 했다. 이들 중 많은 수가 도중에서 죽었다고 한다. 극소수의 사람들만 히말라야 산맥의 고갯길을 넘어갈 수 있었던 것이다. 마침내 열대에 위치한 기적의 세계에 이르러 황금빛 사원 앞에서 인도 현자들의 설교를 들을 수 있었던 사람들의 기분은 과연 어땠을까!

갑판에 있는 인도 사람들은 조용한 사람들 같았다. 그들은 말없이 앉아서 아주 가끔씩만 소곤거리고, 끝없이 펼쳐진 바다 위에서 부드럽게 출렁이는 물결만 줄곧 바라보고 있었다.

콜롬보에서는 비가 내렸다. 그래도 사람들은 모두 상륙용 다리로 서둘러 갔다. 그리고 실론 섬을 구경시켜 주겠다고 나선 여행 안내자를 따라갔다. 사이공에서는 안내자가 없어 제대로 구경을 하지 못한 우리도 따라나섰다. 많은 사람들이 무리지어 천천히 시내를 돌아다녔다. 그 곳에서는 인도인들이 운영하는 작은 노점들을 제외하면 유럽풍의 집들만 있어서 서울이나 상하이와 별로 차이가 없었다. 어디로 가고 있는지 아는 사람은 우리 가운데 아무도 없었지만, 구경거리를 놓치지 않기 위해서 한 사람도 뒤쳐지지 않았다.

마침내 우리는 시내를 벗어나 대나무가 울창한 습지와 대규모 야자 농장을 지나 어떤 큰 집으로 갔다. 집 주위엔 아무것도 없었다. 처음에는 몰랐는데, 그 집은 박물관이 틀림없었다. 그 곳에는 불상 수천 개가 진열되어 있었다. 안내자가 설명을 해 주기는 했으나 무슨 뜻인지 알아들을 수 없는 말을 사용했다. 우리는 완전히 지칠 때까지 전시실 이곳 저곳을 정신없이 우르르 몰려다녔다. 우리 가운데는 예술가와 스님들이 많았는데,

과연 그들이 얼마 안 되는 이 귀한 시간을 이 불상들을 연구하는 데 할애하고 싶었을지 의아했다. 관람객의 대부분은 안내자가 설명하는 것을 이해하거나 불상을 관찰하려고 하지 않았다. 상당수의 사람들은 어딘가에서 한가로이 서 있을 수만 있으면 곧바로 주머니에서 안내 책자를 꺼내 읽었다. 잠시 뒤 팁 때문에 귀찮은 문제가 생겼다. 이 문제로 박물관을 관람한 것보다 더 많은 시간이 허비되었다. 그러고 나서 우리는 출발 시간에 늦지 않으려고 헐레벌떡 증기선으로 달려가야 했다.

이튿날, 하늘에는 구름 한 점 없었다. 빗자루로 말끔히 쓸어낸 듯했다. 하얀 선 하나도 찾아볼 수 없었다. 무척이나 맑고 검푸른 하늘에서 태양이 뜨겁게 내리쬐고 있었다. 갑판은 거의 비어 있었다. 사람들은 모두 서늘한 선실에서 책을 읽었다. 더위를 잘 견디는 것 같았던 인도인들도 예외가 아니었다. 하지만 저녁이 되기가 무섭게 갑판은 활기를 띠기 시작했다. 배에 타고 있는 여행객들은 갑판으로 와 각기 자기 민족의 방식으로 즐거운 시간을 보내고 있었다.

조선 사람 다섯 명도 갑판 한쪽 구석에 모여 말주변이 좋은 김 씨의 고향 이야기를 들었다. 또 다른 동포는 맛이 좋지 않은 술 한 병과 프랑스 사탕 몇 개를 가져왔다. 일 주일 전부터는 저녁 모임에 차례로 마실 것을 조금 가져오는 게 관례가 되었다. 하지만 이러한 계획은 잘 이루어지지 않았다. 어떤 이유에 서인지 술과 음료수는 식사할 때 마개를 딴 병째로 함께 제공 되었다. 그 외의 시간, 특히 저녁에는 술과 기타 기호 식품이 판매되지 않았기 때문이다. 우리 중 한 명이 또다시 갑작스레 졸도를 해 강장제가 필요하다는 걸 식당 종업원에게 납득시키 기 위해서는 말주변이 굉장히 좋아야 할 때가 종종 있었다. 그 럴 경우 우리는 조금만 받아도 매우 기뻤다.

옛날 고려 왕조의 수도였던 송도에서 자라 뼈대 있는 여러 가문의 일화를 많이 알고 있던 김 씨는 매일 저녁 우리에게 일 화를 들려주었다.

우리는 차단기 뒤에 있는 밧줄 옆에 앉았다. 뱃머리가 아주 가까이 있었다. 그 곳은 가장 조용한 곳으로 아무도 우리를 방 해하지 않았다. 바로 옆이 바다였기 때문에 우리가 말을 할 때 면 파도가 출렁이는 소리가 한데 뒤섞였다. 우리는 학문적인 대화에 곧잘 몰두하는 중국 사람들도, 언제나 소곤거리며 대화 하는 인도 사람들도 방해하지 않았다. 베트남 사람들은 우리와 멀리 떨어져 있었다. 그들은 여러 개의 상자 위에 잠자리를 깔 았다. 조선말, 중국 말, 인도 말이 한데 섞여 소란스러웠다. 그 소리는 참으로 독특했다. 갑자기 완전히 조용해질 때가 종종 있었다. 하지만 곧 벌집을 쑤셔 놓은 것처럼 다시금 왁자지껄 해졌다. 그러나 점차 조용해졌다. 사람들은 하나둘 잠자리에 들었다. 김 씨 한 사람만 나지막한 목소리로 계속 고향 이야기를 했다. 증기선 '폴르카'호는 달빛이 흐르는 인도양을 항해하고 있었다.

해안

우리가 탄 배는 지부티에 상륙했다. 난생 처음 듣는 이상한 이름이었다. 석탄 때문에 이 황량한 아프리카 구석에 있는 항구에 들른 것이라고 했다. 실제로 항구는 쓸쓸해 보였다. 모래 사장에는 입구에 종려나무 두 그루가 있는 하얀 집이 한 채 있었다. 일사병에 걸릴까 봐 두려웠기 때문에 상륙한 사람은 몇 명 되지 않았다. 우리 일행은 잠시 생각한 뒤 작은 보트에 올라 풀 한 포기 없고 태양이 작열하는 해안으로 건너갔다. 햇볕이 쨍쨍 내리쬐는 그 곳은 모든 것이 황폐해 보였다. 돌로 쌓은 둑이며 모래 언덕 그리고 그 뒤에 자리잡은 카페가 황량하기 그지없었다. 카페에는 흑인 아이들이 몇몇 손님에게 부채질을 해주고 있었다.

우리는 계속 내륙으로 들어갔다. 처음으로 발을 들여놓는 이 대륙에서 되도록 많은 것을 보고 싶었기 때문이다.

어떤 작은 외딴집 앞에 우리는 멈추어 섰다. 인도인 학교인 듯했다. 한 늙은 인도인이 벽 한가운데에 앉아 있었고, 스무 명쯤 되는 아이들이 벽을 따라 입구까지 쪼그리고 앉아 있었다. 아이들 앞에는 작은 책상이 있었고, 그 위에는 손으로 쓴 독본이 한 권씩 펼쳐져 있었다.

우리는 그 곳을 떠나 원주민 마을로 갔다. 사막에 자리잡은 그 비좁은 거리에는 집들이 두 줄로 늘어서 있을 뿐이었고, 그 거리는 또 다른 사막을 향해 뻗어 있었다. 집 안에 그리고 집 앞에 앉아 있던 성인 남녀 흑인들은 크고 해맑은 눈으로 우리를 뚫어지게 쳐다보았다. 우리는 그 짧은 거리를 대강 둘러본 다음 얼른 다시 돌아 나왔다. 사막 한가운데 있는 이 마을은 얼마나 외로워 보였던가! 우리는 입구에서 다시 한 번 뒤돌아보고 배로 돌아왔다.

그 곳에는 졸졸 흐르는 시내도 과일나무도 물결치는 곡식이 자라는 밭도 없었다. 길 양쪽에 약간의 그늘을 드리우는 집들만 줄지어 있을 뿐이었다. 고즈넉한 달밤에 그 곳에 있으면 기분이 어떨까!

우리는 홍해를 항해했다. 어느 이른 아침, 봉근이 형이 나를 깨워 갑판으로 데려갔다.

"시나이 산이야!"

봉근이 형이 말했다. 그는 유감스럽게도 이미 너무나도 멀어져 가 버린 산꼭대기를 가리켰다.

그 날 밤, 우리는 수에즈 운하를 통과했다. 우리가 탄 대형 증기선은 모래 해안 사이로 난 좁은 수로를 간신히 빠져나왔다. 창백한 달빛 아래 황량한 풍경이 좌우로 펼쳐졌다. 작은 창문에 수없이 많은 색색의 불을 켠 배는 느린 속도로 ─우리가 보통 걷는 속도보다 거의 빠르다고 할 수 없을 정도였다─ 귀신이 나올 것만 같이 으스스한 텅 빈 망망대해 사이를 스르르 미끄러져 나갔다.

기온이 내려갔다. 날씨가 험악해지고, 파도는 높아지고, 이따금씩 상큼한 바람이 갑판 위로 불어왔다. 다시 봄이 된 것이다. 배는 가볍게 흔들리며 검푸른 지중해 하늘 아래로 나아갔다.

북쪽에서는 크고 작은 섬들이 나타났다.

"그리스의 섬들이야!"

봉근이 형이 내게 속삭였을 때 나는 얼마나 감동을 받았는지 모른다.

"그리스!"

내가 외쳤다. 유감스럽게도 먼발치에서지만 소크라테스와 플라톤의 고향을 본 것이다. 어떤 것이 산이고 어떤 것이 계곡인지 구분이 되지 않았다. 자욱한 안개에 젖은 섬들은 우리 곁을 미끄러지듯 스쳐 지나갔다. 이제 우리는 유럽 해안을 따라

항해하고 있었다. 유럽이 실제로 거기 있었던 것이다. 모두 미소를 지었다.

오후 늦게 파도는 더 높아졌다. 태양이 먹구름 뒤에서 사라지자 눈에 띄게 어두워졌다. 선원들이 우리에게 와서 폭풍우가 밀려올 것이니 선실로 들어가라고 했다. 위에서는 굵은 빗방울이 뚝뚝 떨어지고, 아래에서는 파도가 일어 뱃전으로 물이 튀었다. 갑판은 점점 비어 갔고, 허리케인이 거세게 밀려오고 있었다. 대형 선박은 점점 더 심하게 흔들리더니 이내 바다 거품 속에서 호두 껍데기처럼 이리저리 흔들렸다. 배가 반쯤 파도에 잠겼다가는 펄쩍 뛰어오르고, 또다시 파도 속에 잠겼다. 선실에 있는 사람들은 모두 신음을 했고, 배 역시 끙끙 소리를 내며 폭풍우와 싸웠다. 밤새 그런 일이 계속되었다. 지금껏 바다 위에서 이런 폭풍우를 경험하지 못했던 터라 나는 기분이 별로 좋지 않았다.

다음 날 아침이 되자 모든 것이 사라졌다. 꼭 도깨비가 장난을 친 것 같았다. 태양은 빛나고 바다는 거울처럼 매끄러웠다. 배는 조금도 흔들림이 없이 나아갔다. 에트나 화산이 봄바람에 연기를 뿜어내고 있었다.

우리는 육지에 점점 가까이 다가가고 있었다. 증기선은 메시나 해협을 지나갔다. 산들이 가까워졌다가 다시 사라져 버렸다. 집들이 있는 언덕들이 우리 곁을 스쳐 지나갔다. 햇볕이 화사하게 내리쬐는 밭에서 농부들이 일하고 있었고, 기차는 해안을 따라 터널 속으로 질주하고 있었다. 몇 시간 뒤, 우리는 이 모든 것들과 작별해야 했다. 우리 배는 마침내 자기 고향인 항구를 향해 길을 재촉하기 위해서 한 번 더 먼 바다로 출항했다.

정오가 조금 지나서 우리는 마르세유 항구에 입항했다. 하지만 배다리를 내리고 이천 명이 넘는 승객이 길게 줄을 지어 서서히 움직이는 데는 하염없이 오랜 시간이 걸렸다. 동아시아에서 온 우리 대학생들은 여전히 함께 모여서 각자 자기 짐을 든 채 유럽 땅 위에 서 있었다.

우리는 사람을 기다리고 있었다. 프랑스에 거주하는 중국 학생회 회장이 우리를 도와 주려고 이리로 마중을 나온다고 했다. 하지만 막상 그는 우리를 어디로 안내해야 할지 모르는 듯했다. 오랫동안 의논한 끝에 우리는 이 길 저 길을 한참 다닌 뒤에 학교로 보이는 어떤 건물의 널찍한 마당에 들어섰다. 여기서 중국인 학생회장은 인사말을 길게 하고 앞으로 머물게 될 나라의 풍속과 관습을 유념해야 하며, 오천 년 문화 민족의 후손답게 행동해야 한다고 주의를 주었다. 공자도 다른 나라에 가면 그 곳의 풍습에 따라 살아야 한다고 가르쳤다고 했다.

한 차례의 연설과 크게 도움이 될 만한 충고를 여러 가지로 들은 뒤, 우리는 한 사람씩 어떤 방으로 불려 가서 또 한 번 충고를 들었다. 우리는 여권과 성적 증명서와 가지고 있는 재산을 내보인 뒤, 체류 허가를 받았다. 그리고 프랑스의 여러 대학에서 만든 안내장과 그 밖의 중요한 서류를 받았다. 그런 뒤 한 무리씩 학교 운동장을 떠났다.

마침내 우리 둘, 봉근이 형과 내 차례가 되어 방에 들어가 짧게 면담을 마치고 나왔을 때는 이미 저녁이 다 되었다. 봉근이 형은 독일까지 나를 데려다 주겠다고 한 약속을 잊지 않았다. 얼마나 고마웠는지! 우리는 배를 함께 탔던 사람들 가운데 프랑스에 머물고자 하는 이들과 작별 인사를 나누었다. 우리 조선인 학생들 중에는 두 사람만 계속 영국으로 여행하고자 했다. 우리는 작은 식당에 들어가 앞으로의 여행에 대해 의논했다.

봉근이 형은 내게 우선 파리 시내를 구경해 보지 않겠느냐고 물었다. 내가 독일에서 학업을 시작하면 나중에 이 곳에 오기가 어려울 것이라고 했다. 나는 그의 제안을 마다하고 그에게 오늘 밤에 독일로 가자고 부탁했다. 저녁이 되자 왠지 이유를 알 수 없는 커다란 슬픔이 나를 엄습했다. 유럽 땅을 밟은 뒤 처음으로 맞는 저녁이었다. 뉘엿뉘엿 해가 지고 있었다. 그래서 나는 내 여행의 목적지로, 장차 공부하게 될 그 곳에 하루 빨리 가고 싶었다. 봉근이 형은 잠시 지도를 살펴보더니 리옹, 디종, 스트라스부르를 경유하는 길을 택했다.

우리는 역으로 가서 바로 출발하는 기차에 올랐다. 나는 구석 자리로 가 한 중년 여성 옆에 조용히 앉았다. 나와는 달리 봉근이 형은 두 명의 프랑스 남자 사이에 앉더니 팔짱을 낀 채 곧 잠이 들었다.

목적지에서

다시 날이 환해졌다. 객차 안에는 우리 두 사람밖에 없었다. 다른 승객들은 모두 지난밤에 내린 듯했다. 차창 밖에는 희미한 아침 햇살을 받으며 시내, 마을, 언덕이 주마등처럼 스쳐 지나갔다. 기차는 조금도 흔들리지 않은 채 북으로 질주하고 있었다.

"그래, 이게 유럽이야!"

봉근이 형은 이 곳에 다시 온 것을 무척 기뻐하며 우리가 본 것들, 밭, 집, 교회, 의복, 선박과 기차에 대해 모두 설명해 주었다. 프랑스에는 회색 지붕이 많고 독일에는 붉은색 지붕이 많다고 하면서 프랑스 사람과 독일 사람의 차이에 대해서도 길게 이야기해 주었다.

우리는 여러 번 기차를 갈아탔다. 저녁 무렵 라인 강을 건넌 뒤 밤새 달려 이튿날 아침에 독일 중부의 한 소도시에 도착했다. 그 곳이 내가 당분간 머무를 곳이었다. 그 곳은 봉근이 형이 처음 유럽에 왔을 때 얼마간 살았던 곳이었다. 그는 내게 새로운 환경에 보다 쉽게 적응하고, 대도시보다 조용히 공부도 할 수 있으니 자기처럼 나도 이 소도시에 체류하라고 권했다. 시내를 걷다가 우리는 공원처럼 꾸민 너른 녹지 시설을 가로질러 갔다. 이 세상의 색이라고는 할 수 없을 정도로 부드러운 녹색 풀밭이며 나뭇잎에 온통 아침 햇살이 내리쬐고 있었다. 우리는 강을 건너 옆 골목으로 접어들었다. 잠시 뒤 우리는 어떤 집의 정원 문 앞에 멈추어 섰다.

"바로 이 집이야!"

봉근이 형이 미소 지으며 외쳤다. 그는 잠시 망설이다가 초인종을 눌렀다.

얼마 후 한 여자가 나타나 아주 반갑게 봉근이 형에게 인사를 하고는 우리를 집 안으로 안내했다. 그녀는 우리를 이층에 있는 넓은 방으로 데리고 갔다. 둘은 오랜 시간 의논을 했다. 나는 한마디도 알아듣지 못했다. 마침내 봉근이 형이 그 부인이 자기 집에서 내가 머물러도 좋다고 했다고 설명해 주었다.

봉근이 형은 내가 그 곳 생활에 적응하는 것을 돕기 위해 일주일쯤 나와 함께 있어 주었다. 그런 다음 밤 열차를 타고 다시 프랑스로 갔다. 우리가 함께 역으로 갔을 때, 그는 내가 유념해야 할 이 나라의 풍습과 관습에 대해 다시 한 번 주의를 주었다. 그는 내게 특히 평소보다 말을 많이 하라고 충고했다.

"너는 너무 말이 없고 생각은 너무 많이 해."

봉근이 형이 벌죽 웃으며 말했다.

"침묵은 케케묵은 동양에서는 미덕으로 꼽힐지 모르지만, 서양에서는 그렇지 않아. 여기에서는 누군가가 침묵하면 사교적이지 못한 사람으로 보지. 거만한 사람으로 보기도 하고. 늘 사람들과 이야기를 나눠. 어떤 이야기든지 상관없어. 날씨건 기후건 음식이건 옷이건 늘 함께 어울려서 대화를 해. 우리가 지구 상에서 살고 다른 사람들과 한 사회에서 사는 한, 언제나 철학적인 문제에 대해서만 이야기할 수는 없는 노릇이지. 유럽 사람들도 지구 상에서 살고 있고, 세상 이야기를 하는 걸 좋아해."

나를 위해서 해 준 그의 충고에도 나는 입을 열어 말을 할 용기가 나지 않았다. 어휘력이 너무나도 부족했던 나는 행여 표현을 서툴게 해서 다른 사람들의 감정을 상하게 하는 건 아닐까, 하고 겁이 났다. 그래서 나는 될 수 있는 대로 사람들을 만나는 것을 피하고 봉근이 형이 독일어 공부를 하라고 준 책 몇 권만 들여다보았다.

내가 제일 처음 읽은 책은 『녹색 하인리히』였다. 그 장편소설은 이해하기 쉽게 쓰였다며 봉근이 형이 내게 추천한 책이었다. 하지만 이 책도 책장을 넘기기가 무척이나 어려웠다. 두 단어에 하나씩은 사전을 들춰 봐야 했다. 어려운 문장을 보면 그 뜻을 확실히 이해하기 위해 몇 시간씩 생각을 해야 하는 일이 한두 번이 아니었다. 다른 사람이 내게 설명을 해 줄 수도 없었다. 설명해 봤자 내가 못 알아들었을 테니까 말이다. 나는 눈이 피곤해져 모르는 단어의 뜻을 헤아릴 수 없을 때까지, 종일 방에 혼자 앉아 읽고 생각하고 또 읽고 생각했다. 몹시 피곤할 때는 책을 밀쳐놓고 아주 잠깐 동안만 쉬었다. 서쪽으로 난 창문으로 정원이 한눈에 보였다. 녹색 식물들을 보고 있노라면 눈의 피로가 금방 가셨다. 그러면 나는 다시 책을 붙잡고 한 줄 한 줄 끙끙거리며 읽어 내려갔다.

바깥은 여름이 한창이었다. 집집마다 정원에, 그리고 길가에 꽃이 만발해 그윽한 향기를 풍기고 있었다.

하지만 나는 산책도 거의 하지 않았다. 산책 나갈 마음의 여유가 없었기 때문이다. 학업을 계속할 수 있을 만큼 이 어려운 언어를 언젠가는 익힐 수 있게 될지 어떨지도 알 수 없었다. 그리고 밖에서 사람들과 함께 있으면 내가 낯선 세계에 와 있다는 느낌이 더욱더 강렬하게 들었다. 주위가 고요해지는 저녁 늦은 시간에만 나는 때때로 강을 따라 걷거나 버드나무 아래에 있는 벤치에 앉았다. 유유히 흘러가는 물을 바라보고 있노라면 한껏 기분이 좋아졌다. 이 물이 계속 흐르고 흘러서 필시 언젠가는 조선의 서해안에 이를 것 같은 생각이 자꾸만 들었다. 연평도에 닿을 수도 있을 테고 외로움에 잠긴 송림만에 닿을 수도 있을 터였다.

여름 방학을 맞이해 배를 타고 집으로 돌아올 때마다 파란 하늘 아래로 그 섬과 송림만이 미끄러지듯 스쳐 지나가는 것을 보며 나는 얼마나 기뻐했던가! 연평도와 송림만이 스쳐 지나가기가 무섭게 북쪽에서는 바위투성이 수양산이 불쑥 솟아오르고 작은 증기선은 용지만에 조심조심 입항했다. 기섭이와 용마 형과 만수가 배에서 내리는 나를 마중 나오곤 했다. 친구들을 다시 만나 그들과 함께 웃고 농담하며 고향의 들판을 걸어 나의 어머니가 기다리는 고을로 가는 것, 이 모든 것이 얼마나 기뻤던가! 어머니는 우리 집 큰 대문 앞에서 나를 맞았다.

"이 어미에게 다시 돌아왔구나."

어머니는 소리 내어 웃으며 인사를 건넸다. 어머니가 그렇게 환하게 웃는 모습을 보는 것은 정말 즐거운 일이었다!

나와 친구들은 날마다 산 속 시내에서 목욕을 하고, 모교 운동장에서 테니스를 치고, 저녁이면 우리 집 뜰에 모여 앉아 두런두런 이야기도 나누고 악기도 연주했다. 만수는 피리를 아주 멋들어지게 불었다. 용마 형은 방금 읽은 톨스토이의 소설에 대해 이야기하는 것을 좋아했다. 기섭이는 여전히 말이 없었고, 다른 사람들의 말을 귀 기울여 들으며 씽긋 웃기만 했다.

그들 셋은 나의 어머니를 아주머니라고 불렀다. 그리고 종종 마음씨 고운 구월이를 살살 구슬려서 채소밭에 가 잘 익은 참외를 따오도록 했다. 내가 친구들과 모여 앉으면 어머니는 얼마나 기뻐했던가! 어머니는 우리에게 음식과 술을 대접하면서 얼마나 기뻐했던가!

어머니는 지금 무얼 하고 계실까? 주무실까? 아니면 깨어 있을까? 가슴 속 깊이 외로움을 느끼시며 아무도 없는 마당에 홀로 앉아 계실까? 어머니가 모르시는 어느 머나먼 세계로 가버려 이제는 보호해 주실 수도 없는 이 소심하고 심약한 자식을 그리워하실까?

곳곳에 달리아꽃이 만발했다. 달리아꽃은 오후 햇살을 받아 화사하게 빛났다. 가을이 왔다. 독일에 와서 처음 읽기 시작한 책을 드디어 다 읽었다. 그리고 이제는 『격언시』를 읽었다. 이 책은 첫 번째 책보다 쉽게 읽혔다. 이제는 단어를 그렇게 많이 찾지 않아도 되었기 때문이다. 아침저녁으로 날이 쌀쌀해졌다.

가을이 성큼 다가왔다. 저녁이면 안개가 자주 강 위에 내려앉았고, 길 위에는 점점 더 많은 낙엽이 바람에 흩날렸다. 추수가 시작된 지도 이미 오래되었으니 어머니는 어느 한 농지에 가 있을 것 같았다. 송림 마을의 돌다리 아주머니한테 가셨을까? 아니면 강몰에 있는 수암 형네 집에? 그도 아니면 산 속에 있는 석탐 마을에 계실까? 밀만 수확하는 이 산골 마을에 나는 딱 한 번만 가 보았다. 산 속 깊은 곳에 있어서 다니기가 어려웠기 때문이다. 좁고 경사진 길을 한참 동안 걸은 뒤 돌이 잔뜩 깔리고 폭이 넓은 시내를 건너야 했다.

나는 날이면 날마다 혹시 고향에서 소식이 오지 않았을까, 하고 우체국에 갔다. 하지만 번번이 빈손으로 돌아왔다. 점점 불안해졌다. 유럽에 온 지 벌써 다섯 달이 넘었기 때문이다. 나는 고국에서 내 편지를 우리 집에 전달하지 않은 것 같아 두려웠고, 또한 고향에서 소식을 듣지 못한 채 한 해 한 해 이 곳에서 살아야 할까 봐 두려웠다.

언젠가 우체국에 갔다가 집으로 돌아오는 길에 나는 어떤 집 앞에 멈춰 서고 말았다. 그 집 정원에는 꽈리가 자라고 있었는데, 그 빨간 열매가 햇빛에 반짝반짝 빛나고 있었다. 내가 우리 집 뒤뜰에서 숱하게 보았고, 우리가 어렸을 적에 그렇게도 잘 갖고 놀았던 이 식물을 보고 얼마나 기뻤던지! 마치 고향의 한 부분이 지금 내 눈앞에 펼쳐진 듯했다. 한동안 내가 생각에 잠겨 있자, 그 집에서 한 여자가 나와 왜 그렇게 서 있냐고 물었다. 나는 모든 표현력을 동원해 그 부인에게 내 어린 시절을 들려주었다. 그녀는 꽈리 가지를 하나 꺾어 나에게 주었다. 아, 그 부인이 얼마나 고맙던지!

얼마 지나지 않아 눈이 내렸다. 어느 날 아침에 눈을 뜨니 요새 방벽에서 하얀 눈송이가 펄펄 흩날리고 있었다. 친숙한 새하얀 눈을 보니 행복했다. 그것은 그렇게도 자주 우리 고을에, 그리고 송림만에 휘몰아쳐 내리던 그 눈과 똑같은 눈이었다.

　이 날 아침, 나는 머나먼 고향에서 온 첫 번째 소식을 받았다. 큰누나가 쓴 편지였다. 어머니가 가을에 며칠 앓다가 세상을 떠났다는 사연이었다.

《이미륵 연보》

1899년 3월 8일 황해도 해주(현 황해남도)에서 대지주의 막내로 태어났고, 세 누나를 둠.

본명은 이의경(李儀景)이고, 이미륵(李彌勒)은 아명이자 필명.

1905년 서당에서 고대 중국의 경전인 한학(漢學)을 공부하기 시작.

1911년 4년제 해주 보통 학교 졸업.

당시의 조혼 풍습에 따라 여섯 살 연상의 최문호와 혼인.

1914~1916년 신식 중학교에 다님(건강 악화로 휴학).

강의록으로 독학하며 경성 의학 전문학교 입학 준비.

1917년 아들 명기(明起) 탄생.

1919년 딸 명주(明珠) 탄생.

1917~1919년 경성 의학 전문학교(현 서울 의대 전신)에서 의학 공부.

1919년 경성 의전 3학년 당시 3·1운동에 가담해 반일 시위.

어머니의 권유로 일본 경찰을 피해 중국 상하이로 망명.

1919~1920년 상하이 임시 정부 산하 대한적십자회에서 십자대(十字隊) 회원으로 활동.

대한민국 청년 외교단 편집원에서 편집부장으로 활동.

독일 유학 준비.

1920년 5월 26일 중국 여권으로 독일에 망명. 마르세유에서 한국을 잘 아는 독일인 신부를 만나 그의 안내로 독일 뮌스터슈바르차흐 분도회 수도원에 도착하여 약 8개월간 독일어를 공부.

1920년 6월 29일 대구 지방법원에서 징역 2년형 확정 판결(결석 재판).

유럽으로 간 뒤에도 일본 측이 작성한 '요시찰 조선인 학생 33명 명단'

에 오름.

1921년 뷔르츠부르크대학교 의학부에 입학.

1922년 건강 악화로 휴학.

1923년 하이델베르크대학교로 전학.

1925년 뮌헨대학교 동물학과로 전학 및 전과.

동물학, 철학, 생물학을 전공.

1926년 뮌헨대학교 외국인 학생회장.

1927년 2월 5~14일 벨기에 브뤼셀에서 열린 '세계 피압박 민족 회의'에 유학생 신분으로 소르본느대학에서 철학을 공부하고 있던 김법린(1889~1964. 전 문교부 장관, 전 동국대 총장), 독일 베를린대학에서 철학을 공부하고 있던 이극로(1897~1982. 『조선어 사전』 편찬), 황우일 등과 함께 참가.

재불 한인 대표로 참석한 김법린이 조선의 상황을 세계에 알리고 독립을 주장하는 연설문을 10일 발표(「김법린의 브뤼셀 연설문 – 한국에서 일본 제국주의 정책에 관한 보고서」).

1927년 6월 25일~9월 25일 스위스 루가노 근교에 있는 아르가 요양소에서 늑막염 치료.

1928년 뮌헨대학교에서 생물학으로 이학 박사 학위 취득(논문 제목 「변칙 조건하에서의 플라나리아 재생 시 규제적 현상」).

1928~1930년 뮌헨에서 동아시아 예술 애호가들에게 서예 지도.

1931년 뮌헨 근교 그레펠핑에 있는 자일러 교수 집으로 이사. 자일러가 그를 후원함.

본명(Yiking Li)으로 문예지 〈다메〉에 단편 「하늘의 천사」를 독일어로 발표하며 작가 활동 시작.

1932~1945년 자전소설을 준비하며 이야기, 논평 및 단편을 발표.

1934년 2월 9일 독일 신문에 「한국과 한국인」이라는 논평을 기고해 일제의 한국 침략을 알림.

1935년 문예지 〈아틀란티스〉에 「수암과 미륵」을 발표.

1938~1943년 뮌헨대학교 총장이자 철학과 교수인 쿠어트 후버와 교류.

1942년 문예지 〈아틀란티스〉에 「한 한국인이 어린 시절을 회상하다」를 연재.

1943년 그레펠핑에 '월요 대담회'라는 문인 단체 설립. 문인들을 비롯해 많은 지식인들과 교류.

1946년 5월 자전소설 『압록강은 흐른다(Der Yalu fliesst)』 발표.

1947~1949년 뮌헨대학교 동아시아학과에서 한국어, 한국 문학, 중국 문학, 일본 문학을 강의.

1949년 뮌헨대학교 동아시아학과에서 조교로 활동.

1950년 3월 20일 위암으로 타계. 그레펠핑 시립 공동묘지에 묻힘.

1950년 『압록강은 흐른다』 재판 발행.

1963년 대통령 표창(독립운동 공로).

1990년 12월 26일 건국 훈장 애족장이 추서됨(제2019호).

1997년 3월 20일 그레펠핑 시청과 묘소 관리소의 사정에 의해 묘소 이장 및 묘비 제막식. 이미륵 추모제. 독일인이 묻히는 평수보다 세 배 넓은 터에 한국식 묘비를 세움.

1999년 한국의 문화관광부에서 예산을 마련, 묘지를 이전해 새로 세움. 뮌헨에서 탄생 100주년 행사 열림.

2000년 서거 50주기를 계기로 고인의 흉상 제막식이 서울 서초동 국립중앙도서관에서 성대히 거행됨.

2008년 11월 14일 한독 수교 125주년을 맞아 한국 서울 방송사와 독일 바이에른 방송사가 공동 제작한 3부작 드라마 〈압록강은 흐른다〉를 방영.

진실에 다가설 수 있는 용기

우리 나라에서보다는 독일에서 더 많이 알려지고 사랑받았던 작가. 지금은 우리 나라에서도 독일에서도 잊혀지고 있는 망명 작가. 한독 수교 125주년을 맞아 두 나라에서 공동 제작한 특집 드라마 〈압록강은 흐른다〉로 다시금 주목받게 된 재독 교포 작가. 110년 전에 황해도 해주에서 태어나 구한말과 일제 치하에서 살다 일본 순경의 추적을 피해 쫓기듯 이 나라를 떠나 유럽의 한 나라로 가서 수많은 독자들에게 감동을 주고 깊은 인상을 남겼지만, 끝내 고국의 땅을 밟지 못한 채 병으로 생을 마감한 독립운동가. 전 세계적으로 알려졌지만 고국에서는 사후에 작품이 소개된 작가 이미륵.

독일에서 1946년 독일어로 출간된 자전 소설 『압록강은 흐른다』로 유명한 이미륵은 1899년 3월 8일, 황해도 해주(현 황해남도)에서 부유한 지주의 막내아들로 태어났다. 그의 본명은 '의경'이고, '미륵'은 어릴 적에 불리던 이름이자 필명이다. '미륵'은 딸만 셋

낳은 이미륵의 어머니가 나이 서른여덟에 미륵불에게 49일 동안 기도를 드린 뒤 아들을 낳았기 때문에 붙여진 이름이다.

이미륵의 아버지는 전통적인 유학을 공부한 한학자이자 선비였다. 일찍이 아버지에게 한문을 배운 이미륵은 여섯 살 때부터 서당에서 한학을 배웠다. 그는 해주 보통 학교(해주 제일 소학교)를 졸업한 뒤, 당시의 조혼 풍습에 따라 자신보다 여섯 살 많은 여성과 결혼해 아들과 딸을 하나씩 두었다.

구학문뿐만 아니라 신학문에도 개방적이었던 그의 아버지는 그에게 일제 강점기에 중등 교육을 위해 신설된 중학교에서 공부를 하라고 권했다. 그는 신식 중학교를 거쳐 통신 교육 교재로 독학을 해 1917년에 경성 의학 전문학교에 입학했다. 3학년이 되던 1919년, 그는 3·1운동에 참가하여 반일 전단지를 돌리다가 일본 경찰에 수배되었다. 그는 어머니의 권유로 중국 상하이로 피신하여 9개월 동안 임시 정부 산하 대한적십자회(1919년 7월 1일 대한민국 임시 정부가 창립한 보건후생단체)에서 십자대 회원으로 망명객들을 돕고, 대한민국 청년 외교단의 편집장으로 활동했다.

1920년 그는 중국 여권으로 상하이를 떠나 망명길에 올랐다. 유럽으로 가던 중 그는 마르세유에서 한국을 잘 아는 가톨릭 분도회의 독일인 빌헬름 신부를 만나 그의 안내로 독일의 뮌스터슈바르차

흐 수도원에 도착한 뒤 약 8개월간 독일어를 배우며 대학에 들어갈 준비를 했다. 뷔르츠부르크대학과 하이델베르크대학에서 의학을 공부한 그는 뮌헨대학교로 전학을 가면서 전공을 동물학, 철학, 생물학으로 바꾸었다. 그에게는 미래의 직업과 관련된 것보다 "정신적인 활동이 더 절실했기 때문"이다. 1928년 그는 논문 「변칙 조건 하에서의 플라나리아 재생 시 규제적 현상」으로 이학 박사 학위를 취득한 뒤, 전공과 관련된 분야에 종사하지 않고 뮌헨에서 동아시아 예술 애호가들에게 서예를 지도하면서 문학 활동에 전념했다.

극심한 생활고에 시달리던 그는 1931년 동료였던 지크문트 여사와 디아스 여사의 소개로 미술사를 가르치는 자일러 교수를 알게 되었다. 자일러가(家)는 뮌헨 근교인 그레펠핑으로 이사를 하고 이미륵은 그 집에서 한 식구로 받아들여져 함께 기거했다. 자일러 교수의 후원을 받아 생활이 안정되면서 그는 독일의 신문과 문예지에 한국에 대한 글을 기고하기 시작했다. 1931년 그는 문예지 〈다메〉에 단편 「하늘의 천사」를 본명으로 발표하면서 작가 활동을 시작했다. 또한 그는 한국의 문화에 대한 논평과 수필을 독일 신문과 문예지에 기고했다. 1933년, 「한국인의 조상 숭배」와 「한국의 종교」가 동양 문화를 소개하는 문예지 〈오스트아지아티쉐 룬트샤우〉와 한 신문에 각기 발표되었고, 1934년에는 수필 「이상한 사투리」가 독일의 또 다른 신문에 실렸다. 같은 해 기고한 「한국과 한국인」이라는 논평에서 그는 일제의 한국 침략을 폭로했다.

1934년 6월 말, 그는 뮌헨에서 유럽을 여행 중이던 재미 문학가인 강용흘(1903~1972)을 수차례 만났다. 그는 이미륵과 마찬가지로 유교 가문에서 태어나 한학을 공부한 뒤 신식 학교를 거쳐 경성 의학 전문학교를 다니던 중 3·1운동에 가담했다. 그 후 일본의 압제를 피해 중국으로 도피한 뒤 미국으로 망명해 보스턴대학에서 의학을, 하버드대학에서 영미문학을 공부했다. 그는 미국에서 한인 최초로, 그리고 아시아계 미국 작가 중 최초로 자전적인 소설 「초당(草堂)」을 영어로 써서 '구겐하임' 상과 '북 오브 더 센츄리' 상을 받았고, 그의 소설은 독일어를 비롯한 10여 가지 국어로 번역되었다. 그는 구겐하임 재단의 지원으로 유럽을 여행하던 중 독일 뮌헨에 들러 이미륵에게 자전소설을 써 보라고 권유했다고 한다.

1935년 이미륵은 자전적 성격의 단편 「수암과 미륵」을 문예지 〈아틀란티스〉에 12쪽 분량으로 발표했다. 그 뒤 그는 한국의 풍습과 전통적인 문화를 소개하는 단편을 꾸준히 문예지와 신문에 기고했고, 1942년에는 〈아틀란티스〉에 「한 한국인의 어린 시절」을 연재했다. 1944년 그는 1930년대 중반부터 십여 년간 심혈을 기울여 집필한 자전 소설에 대해 뮌헨의 피퍼출판사 사장에게 보내는 편지에 다음과 같이 썼다.

"(…) 제 소설은 제가 어린 시절에 체험한 것들을 그린 소박한 풍경화에 지나지 않습니다. 자칫 이런 분위기를 망칠 수 있는 (…) 설명조의 묘사는 삼갔습니다. 저는 동양 사람의 내면세계에 그다지 적합하지 않은 세계적인 사건들은 신중하게 다루었습니다. (…) 저는 한 동아시아인의 영혼을 보여 주고자 합니다. 그것은 저의 영혼이기 때문에 제가 아주 잘 알고 있는 것이지요."

한 동양인의 유년 시절을 소박하게 그린 자전 소설 『압록강은 흐른다(Der Yalu fliesst)』는 2차 세계 대전 직후인 1946년 피퍼출판사에서 출간되었다. 세계 대전이 끝난 뒤 피퍼출판사가 최초로 발간한 책이었다. 당시 중국 국적을 갖고 있던 이미륵은 초기 습작과는 달리 '미록 리(Mirok Li)'라는 필명으로 이 책을 냈다. '륵'이란 발음에 익숙하지 않은 독일인 독자를 고려해 '록'으로 바꾼 것으로 추측된다. 소설의 제목에는 압록(Amnok)이 아닌 얄루(Yalu)가 나오는데, 얄루는 압록강의 중국식 표기로, 당시 독일에 거주하던 중국인들은 이 작품의 제목을 '야루쟝은 흐른다'로 읽었을 것이다.

『압록강은 흐른다』는 출간되자마자 독일을 비롯한 유럽 신문에 무려 100여 편에 달하는 서평이 실리고 독일 문단에 크나큰 반향을 일으켰다. 이 1인칭 성장소설은 초판이 매진될 정도로 폭발적인 반

응을 불러일으켰으며, 10여 가지 언어로 번역되었다. 독일에서는 5판에 걸쳐 출간되었고, 1960년대에 바이에른 주를 비롯한 몇 연방주의 김나지움 국어 교과서에 부분적으로 실리기도 했다.

총 24장으로 이루어진 이 소설은 화자의 어린 시절과 일제의 식민 지배를 받던 시기에 유럽의 한 국가인 독일로 망명해 정착하기까지의 청년 시절을 다룬다. 이미륵이 자신의 작품을 "어린 시절에 체험한 것들을 그린 소박한 풍경화"라고 일컬은 바와 같이 일제의 압제가 시작되기 전인 유년 시절이 일제 강점기를 거쳐 유럽에서 새롭게 삶을 시작한 청년 시절보다 상세하게 묘사된다.

이 작품은 오래 전에 고국을 떠나온 미륵이 다섯 살 무렵 시골 고향 마을에서 또래 사촌과 함께한 것을 회상하는 장면으로 시작한다. 너무나도 다르지만 "뗄 수 없는 단짝"인 두 소년이 함께 놀고, 벌을 받고, "엄격한" 아버지에게서 한문을 배운 뒤 서당에서 한학과 서예 수업을 받고, 집 가까이 있는 성문으로 산책을 가고, 탈춤과 초파일 등 고을 행사에 참석하고, 설을 쇠는 모습이 묘사된다. 너르고 조용한 대지주의 집과 뜰에는 고요함이 감돌지만, 두 어린 남자 아이들은 심심할 틈이 없다. 뜰의 적막이 놀랄 정도로 수암의 머릿속에는 언제나 재미난 놀이가 떠오른다. 지극히 "평화로웠던" 고장에서 살면서 부모의 사랑을 받고, "대부분 함께 웃고 함께" 우는 친구가 있는 미륵은 "근심 걱정이라고는 모르"는 행복한 어린 시절을 보낸다.

미륵의 어린 시절에서 빼놓을 수 없는 중요한 인물은 아버지이다. 제7장 '나의 아버지'는 이 소설에서 가장 분량이 많다. 대가족의 가부장인 아버지는 전통적인 유학을 공부한 선비로 "공명심이 많"고, "엄격"하고 "근엄"한 "스승"이면서, 벌을 줄 때는 냉정한 "재판관"이다. 대지주로서 소작인들에게도 온정을 베푸는 그는 시를 짓고 시조를 읊을 줄 알며, "이토록 명민하고 이토록 재미있게 이야기를 할 줄 아는" 사람이다. 또한 그는 미륵에게 농담도 하고 술 마시는 법도 가르쳐 주는 "친구" 같은 아버지이다. 구학문뿐만 아니라 신학문에서도 긍정적인 면을 발견하려고 노력하는 아버지는 미륵에게 신식 학교에서 신학문을 배우라고 권한다.

한문 고전과 한시 읽기를 무척이나 좋아했던 미륵은 "이 이상한 학교"에서 접하는 "모든 게 무척이나 낯설"고 "두렵"다. 너무 다르기 때문이다. 미륵은 신식 학교에서 일제를 통해 들어온 서양의 신학문과 과학을 배우면서 유럽에 대해서도 알게 된다. 그는 "유럽의 글자가 적힌 종잇조각, 고층 건물", "기다란 다리와 뾰족한 탑", "장엄하고 화려한 집과 성"이 있는 사진에서 유럽을 발견한다. 친구들은 그에게 유럽의 "현자"에 대한 이야기를 들려주고, 아버지는 학교에서 돌아온 아들에게서 유럽에 대한 이야기를 듣고 기뻐하며 "유럽 인들이야말로 된사람들"이라고 말한다. 미륵은 "새로운 시대"의 "새로운 학문들"은 "매일 수천 마일을 달릴 수 있는 기차를 만드는 법"과 "달까지의 거리를 재는 방법이라든가 전력을 이용해 불을 켜는 방법"을 가르쳐 줄 것이라고 믿는다. 상급생인 용마 형은 일본은 "유럽 사람들로부터 많은 것을 배워 나라를 개혁했으므로" "문화국"이라고 주장한다. 개혁이 된 일본은 기차와 기선이 많은 반면, 조선은 기차가 너무 적다고 한다.

일본에 강제 합병을 당하기 전, 미륵은 황해도의 관찰사나 부윤과 마찬가지로 조선이 비록 유럽을 제때에 받아들인 일본의 점령을 받고 있지만, "우리가 총명하"므로 "새로운 문화"를 받아들이면 일본보다 더욱더 발전할 수 있다고 낙관적으로 생각한다. 하지만 합병이 되면서 많은 변화가 일어난다. 신식 학교에서는 "일본어를 아주 많이 배운 데다 모든 과목의 교과서가 일본어로 된 교과서로 교체되"고, "완전히 다른 내용의 역사"를 배우게 된다. 한민족은 "변방에 살면서 옛날부터 일본 제국에 조공을 바치지 않으면 안 되는 소수 민족"으로 왜곡된다. "침략자"들은 파괴 행위를 일삼고, 문화재를 약탈하고 밀반출한다. 일본의 공포 정치에 대해 미륵은 "크나큰 슬픔"과 "엄청난 두려움"을 느낀다.

　　"새 시대"를 너무 낯설게 여기고 스스로 "새 학문에 소질도 없"
다고 느끼는 그에게 어머니는 그를 "괴롭히는 신식 학교는 그만두"
라고 충고한다. 왜냐하면 그는 "구시대의 아이"이기 때문이다. 하
지만 어머니의 말씀대로 아버지의 농지 중 일부인 송림 마을에 온
그는 "놀라운 세계"이며 "새로운 세계인 유럽"에 대해 다시금 생
각하게 된다. "오로지" 새로운 "학문들만이 우리를 한층 더 높은
문화로 이끌어 줄 것"이라고 믿었던 그는 "어렸을 적에 모아 두었
던 사진도 다시 꺼내" 본다. "사진 속에는 장엄하고 화려한 집과 성
이 여러 채 담겨 있었다. 그 집들과 성들은 너무나도 높아서 이 땅
위에 있지 않고 꼭 하늘나라에 있을 것만 같았다. (…) 나는 머나먼
서쪽에 이 건물들이 있는 듯했다. 그 건물들을 드나드는 금발의 쾌
활하고 키가 큰 사람들도 눈앞에 아른거렸다. 그들은 세상 걱정도,
생존 경쟁도, 악습도 몰랐다. 그들은 오로지 자연과 우주에 대해서
만 연구하고 지혜의 좁은 길들을 추구했다. 이 새로운 문화의 진정
한 교양인이 되려면 그 곳 대학에서 공부를 해야 했다. 그 곳에서는
모든 것을 직접 보고, 직접 체험하고, 학자들에게서 다양한 학설을
모두 직접 배울 수 있었다."

　　서울 의학 전문학교를 다니던 3학년 때 "일본의 부당한 정책에
맞서" 민족 봉기가 일어나자, 그는 시위운동에 참여해 전단을 배포

한다. "삼일 운동에 참가한 사람들에게는 중형이 내려졌다." 일본 경찰에 쫓기는 그에게 어머니는 "공부를 계속하기 위해서 유럽으로 가야 한다고" 충고한다. 하지만 그는 "어렸을 때부터 그렇게도 꿈꾸어 왔던 그 다른 세계"로 선뜻 떠나려고 하지 않는다. 그는 "어머니를 안심시키기 위해서는 도망쳐야겠다는 생각"을 한다. 쫓기듯 그는 조선을 떠나 중국 상하이로 도피한 뒤 유럽의 한 국가인 독일로 망명한다.

유럽 국가들 중에서 그가 왜 독일을 택했는지에 대해서는 작품에 나오지 않는다. 독일과 관련된 것으로는 의학 전문학교에서 의학에 필요한 독일어를 배웠다는 것과 "목적지"로 가는 여행 중에 만난 봉근이 형이 "독일에 데려다 주겠다고 약속"한 것, 그리고 "독일 중부의 한 소도시"에 도착했다는 것만 언급될 뿐이다. 이 작품에서 유럽은 마치 하나의 국가처럼 묘사된다. 당시 서양 문물에 대해 제대로 알지 못했던 소년 미륵과 청년 미륵에게 유럽이라는 곳은 일본이 개혁하는 데 영향을 미치고, 일제의 만행과 침략 행위와는 거리가 먼, 도덕과 문명이 조화를 이룬 이상국이다.

어렸을 때부터 꿈꾸던 이상향인 유럽에 도착한 그는 기쁨을 느끼지 못한다. 소설 마지막 장인 '목적지에서'에서 그는 자신이 이상화했던 유럽에 대해 이야기하지 않는다. 그는 독일어가 익숙하지 않아 고심하며 "낯선 세계에 와 있다는 느낌"을 강렬하게 느낄 뿐이다. 때때로 그는 강가에 가서 고향과 어머니와 친구들을 회상한다. "어머니가 가을에 며칠 앓다가 세상을 떠났다는 사연"을 독자에게 전하며 소설은 끝난다. 그토록 행복하고 평화롭던 어린 시절이 소리 없이 툭 끊어진 것이다. 독자는 구한말과 일제 강점기에 살면서 독일로 망명한 한 개인의 파란만장한 삶을 드라마나 영화로 보다가 갑자기 화면이 정지된 듯한 느낌을 받는다.

『압록강은 흐른다』는 출간되자마자 독일 여러 곳에서 찬사를 받았다. 이 작품은 '독일어로 쓰인 올해 최고의 책'에 선정되었고, 피퍼출판사 사장에게는 자신이 "발간한 책들 중 가장 훌륭한 책들에 꼽힌 책"이었다. 독일인들은 "매우 소박하고 포근한 분위기로 가득 채워져 있"는 언어로 쓴 이 소설을 읽다 보면 마치 "가까운 이웃으로부터 이야기를 듣는" 것 같았다고 한다. 당시 알려지지 않았던 한국의 풍습과 전통 문화, 한국 및 동양 사상, 그리고 그 안에 병풍 속 그림같이 평화롭게 자리잡고 있는 "가장 순수하고 섬세한" 한 동양인의 어린 시절을 접하면서 독일 독자는 "동화 속의 이야기"를 읽는 듯한 기분이 들었을지도 모른다. 나치 치하에서 제2차 세계대전의 참상을 겪은 독일인들은 간결하고 소박한 문체로 지극히 평화롭고 낙원과도 같은 주인공의 유년 시절에 깊이 감동을 받은 뒤 책장을 덮으며 무엇을 느꼈을까? 그들은 현실로 돌아오면서 전후 암담하고 피폐해진 삶을 발견했을 것이다. 그리고 자신들의 유년 시절을 떠올렸을 것이다.

하지만 『압록강은 흐른다』에 나타난 유년 시절의 낙원은 영원하지 않다. 성인이 된 화자는 자신이 체험한 과거에 거리를 두어 비판적 태도를 취할 수 있음에도 이 작품에서 일제의 식민지에 대해 신랄하게 비판하지 않는다. 일제의 압제에 대해서는 어린 미륵의 시점에서 사진을 찍고 그에 대해 간략하게 사건을 보고하듯 묘사하거나 다른 이들의 판단을 대화 형식으로 옮길 뿐이다. 동양과 서양을 모두 체험한 그는 어렸을 적 꿈꾸던 유럽과 독일을 비교하지도, 과거 자신이 유럽에 대해 생각했던 바를 수정하지도 않는다. 또한 독일에서 비롯된 잔혹함이나 야만성에 대해서도 구체적으로 언급하지 않는다. 피퍼출판사 사장에게 자전소설의 집필 의도를 밝힌 바와 마찬가지로 그는 "동양 사람의 내면세계에 그다지 적합하지 않은 세계적인 사건들은 신중하게" 다룬 것이다.

독일 독자들은 유교가 지배하는 조화로운 나라, "옛날부터 일본제국에 조공을 바치지 않으면 안 되는 소수 민족"이 아닌 독립국이자 문화국인 한국에서 펼쳐지는 낙원과도 같은 어린 시절의 이야기를 읽으면서 자신들의 잃어버린 평화로운 유년 시절을 떠올리며 크나큰 위안을 받았을 것이다. 동시에 그들은 그러한 유년 시절이 더는 불가능하게 된 역사적 현실과 서구 문명의 그늘에 대해 생각하는 계기를 가졌을 것이다.

서구에 동양 문화를 소개하며 이해시키는 전달자이자 문화 전도사로 알려진 작품 『압록강은 흐른다』는 그가 세상을 떠난 뒤인 1956년 고(故) 고병익 박사가 대학신문에 기고한 「어떤 이방인, 독일 사람들의 기억 속에 살아 있는 한국인」을 통해 우리 나라에 소개되었고, 1960년 전혜린에 의해 우리말로 번역되었다.

이미륵은 창작 활동 외에도 1946년부터 그레펠핑 근교에 '월요문인회'라는 단체를 설립하여 한 달에 한 번씩 월요일 밤에 문인을 비롯한 여러 계층의 지식인들과 만나 서로 작품을 발표하고 토론했다. 또한 그는 1948년부터 뮌헨대학교 동아시아학과에서 한국어와 한국 문학, 중국 문학, 일본 문학을 강의하면서 많은 학자들을 배출했다. 작가로서 성공하고 대학에서 제자를 양성하며 삶에서 최고의 전성기를 맞이했던 그는 위암으로 1950년 3월 20일, 그토록 그리던 고향을 다시 밟지 못한 채 삶을 마감했다. 그는 아내와 두 자녀, 수암 형을 끝내 다시 보지 못했다. 그는 『압록강은 흐른다』의 속편인 2부와 3부를 탈고했지만, 병이 깊어지자 직접 태워 버렸다고 한다.

  이 작품을 우리말로 옮기면서 문득문득 아쉬움을 느꼈다. 지극히 한국적인 풍경과 정서를 우리말이 아닌 독일어로 접하고 그 풍경과 정서를 우리말로 옮기는 과정에서 작가가 느끼고 생각하고 전달하고자 했던 바를, 그리고 행간에 있을 느낌과 생각을 내가 제대로 우리말로 옮기고 있는지 스스로에게 질문을 던지곤 했다. 가끔 내 가슴 속에 커다란 풍선 같은 바람이 일었다. 재독 망명 작가 이미륵을 온전히 느낄 수 있도록, 그리고 그가 살았던 고향과 그의 삶을 그대로 느낄 수 있게 우리말로 쓰인 『압록강을 흐른다』를 읽고 싶다는 바람이. 그의 유고에는 역시 독일어로 쓴 『이야기』, 『무던이』, 『이상한 사투리』, 『그래도 압록강은 흐른다』가 있다.

2009년 여름
옮긴이 이옥용

이미륵

1899년 황해도 해주에서 태어났다. 본명은 이의경이며, 이미륵은 필명이자 아명이다. 해주보통학교를 졸업하고 경성의학전문학교에서 의학을 공부하다가, 3·1운동에 가담한 뒤 일본 경찰을 피해 중국 상하이를 거쳐 1920년 독일로 망명하였다. 뷔르츠부르크대학교와 하이델베르크대학교에서 의학을, 뮌헨대학교에서 철학과 생물학을 전공하였고, 이후 동대학교의 동아시아학과에서 한국어와 한국문학 등을 강의했다. 문예지 〈다메〉에 「하늘의 천사」를 발표하면서 작가 활동을 시작하였으며, 1946년에 자신의 어린 시절을 그린 자전 소설 『압록강은 흐른다』를 출간하여 독일 문단과 언론의 집중적인 조명을 받으면서 '독일어로 쓰인 올해 최고의 책'에 선정되었다. 광복을 맞은 고국의 땅을 밟지 못한 채 1950년, 위암으로 타계하여 그레펠핑 시립 공동묘지에 안장되었다. 이 밖에 지은 책으로 『이야기』, 『무던이』, 『이상한 사투리』, 『그래도 압록강은 흐른다』가 있다.

이옥용

서강대학교와 동대학원에서 독문학을 공부한 뒤, 독일 콘스탄츠대학교에서 독문학과 철학을 공부하고, 서울대학교에서 박사 학위를 받았다. 2001년 '새벗문학상'에 동시가, 2002년 '아동문학평론 신인문학상'에 동화가 각각 당선되었고, 2007년 '푸른문학상'을 받았으며, 지은 책으로 동시집 『고래와 래고』가 있다. 현재 번역문학가로도 활동하고 있으며, 옮긴 책으로 『변신』, 『젊은 베르테르의 슬픔』, 『인형의 집』, 『그림 속으로 떠난 여행』, 『그림 없는 그림책』, 『신데룰라』 등이 있다.

압록강은 흐른다

초판 1쇄 2009년 10월 15일 | **초판 3쇄** 2011년 8월 30일
지은이 이미륵 | **옮긴이** 이옥용
펴낸이 신형건 | **펴낸곳** (주)푸른책들 | **등록** 제321-2008-00155호
주소 서울특별시 서초구 양재천로7길 16 푸르니빌딩(양재동 115-6) (우)137-891
전화 02-581-0334~5 | **팩스** 02-582-0648
이메일 prooni@prooni.com | **홈페이지** www.prooni.com

ISBN 978-89-6170-098-6 04850
＊잘못된 책은 구입한 곳에서 바꾸어 드립니다.

이 도서의 국립중앙도서관 출판시도서목록(CIP)은 e-CIP홈페이지(http://www.nl.go.kr/ecip)와
국가자료공동목록시스템(http://www.nl.go.kr/kolisnet)에서 이용하실 수 있습니다.
(CIP제어번호: CIP2009002700)

보물창고는 (주)푸른책들의 유아, 어린이, 청소년 도서 전문 임프린트입니다.